《红楼梦》写作之美

·修订版·

王雄／著

外文出版社
FOREIGN LANGUAGES PRESS

图书在版编目（CIP）数据

《红楼梦》写作之美 / 王雄著 . -- 北京 : 外文出版社，2020.5
ISBN 978-7-119-12329-5（2020 年重印）

Ⅰ . ①红… Ⅱ . ①王… Ⅲ . ①《红楼梦》—小说创作
Ⅳ . ① I207.411

中国版本图书馆 CIP 数据核字 (2020) 第 073997 号

插　　图：刘西园
出版指导：胡开敏
责任编辑：蔡　箐 李　湲
装帧设计：闰江文化
印刷监制：秦　蒙

《红楼梦》写作之美
王 雄 著

出 版 人： 徐 步
出版发行： 外文出版社有限责任公司
地　　址： 北京市西城区百万庄大街 24 号　**邮政编码：** 100037
网　　址： http://www.flp.com.cn　**电子邮箱：** flp@cipg.org.cn
电　　话： 008610-68320579（总编室）
008610-68995852（发行部）
008610-68996183（投稿电话）
印　　刷： 固安县云鼎印刷有限公司
经　　销： 新华书店 / 外文书店
开　　本： 880mm × 1230mm　1/32　**印　　张：** 11.375
装　　别： 精 装　**字　　数：** 265 千字
版　　次： 2020 年 5 月第 1 版
2020 年 11 月第 2 版（修订版）
印　　次： 2020 年 11 月第 2 次印刷
书　　号： ISBN 978-7-119-12329-5
定　　价： 59.00 元

目　录

序　张庆善　01

开篇的话
《红楼梦》：写作艺术的高峰　07

第一章　谋篇的技巧　001

景夺文章造化功　004
——主体架构与情节编织

休言举世无谈者　022
——视角选择与多维叙事

一丛浅淡一丛深　042
——故事延伸与小说节奏

聚叶泼成千点墨　061
——细节运用与写作价值

第二章　语言的张力　083

花谢花飞花满天　086
——动词妙用的乐趣

风流文采胜蓬莱　104
——形容词的华美讲究

半卷湘帘半掩门　128
——含蓄语言的巧妙表白

偷的锣儿敲不得　146
——比喻语言的生动形象

第三章 修辞的艺术 167

白玉为堂金作马 170

——夸张的艺术感染力

宝钗借扇机带双敲 189

——双关的多向表现力

玉是精神难比洁 207

——对比的差异凸现力

无材可去补苍天 226

——烘托的侧面冲击力

第四章 美学的意境 243

黄金莺巧结梅花络 246

——色彩的美学感官

失去幽灵真境界 265

——道具的美学运用

老刘，食量大似牛 283

——幽默的美学趣笔

假作真时真亦假 303

——模糊的美学表达

后记

我的红学体验 323

序

王雄先生的大作《〈红楼梦〉写作之美》，令人耳目一新，我感觉这确实是一本很值得推荐的好书。全书重在《红楼梦》的写作借鉴与艺术审美，采取实例评点、夹叙夹议的方式，从谋篇技巧、语言张力、修辞艺术和美学意境等方面，分析、探讨《红楼梦》的写作艺术之美。这对于进一步研究《红楼梦》的文学艺术成就，引导更多的人学习、鉴赏文学名著的写作艺术，帮助人们走进红学艺术世界，都是十分有意义的。

毫无疑问，《红楼梦》是中国最伟大的古典小说。对一部文学作品的研究，能够形成一门专学——红学，这在世界文学史上也是极为罕见的。时常有人问我：《红楼梦》研究怎么就成为一门学问？我说这个问题很难用三言两语来说清楚，如果一定要用最简洁的语言来概括，那就是两句话：第一句话，《红楼梦》写得太好了，也就是写作之美；第二句话，《红楼梦》值得研究的“谜”太多了，也就是学问之美。

我以为，对于写作爱好者来说，对文学名著的研读是不能缺少的，尤其是对《红楼梦》写作艺术的学习和探索，更是不应怠慢，应该放在重中之重的位置。如果读小说只是读故事，没有一个好的阅读经验，没有足够的文字艺术鉴赏能力，那是谈不上研读和写作借鉴的。

《红楼梦》的写作之美，源于它经得起阅读、经得起研究。它以白话文为基础，丰富的词汇，精巧的编织，加之美妙的润色，呈现出纯净、规范和生动的写作姿态。谋篇布局，大气浑厚；立意遣词，含蓄蕴藉，没有一处落入前人的旧套中。写作风格，别有情趣，笔随心出，明快流畅，将小说境界上升到了诗意和美学的高度，留给读者无尽的鲜润和甘美。

清代大诗人黄遵宪说：“《红楼梦》乃开天辟地，从古至今第一部好小说，当与日月争光，万古不磨者。”近代大学者王国维说：“苟知美术之大有造于人生，而《红楼梦》自足是我国美术上之惟一大著述。”鲁迅先生评价道：“至于说到《红楼梦》的价值，可是在中国底小说中实在是不可多得的。其要点在敢于如实描写，并无讳饰，和从前的小说叙好人完全是好，坏人完全是坏，大不相同，所以其中所叙的人物，都是真的人物。总之自有《红楼梦》出来以后，传统的思想和写法都打破了。”

《红楼梦》是一座不可企及的文学艺术高峰。欣赏和研读《红楼梦》，读者可以有多方面、多角度的选择。但是，《红楼梦》说到底是一部文学作品，是一部小说，我们研读《红楼梦》不可以脱离文学的、艺术的视角，不可以脱离对写作价值和审美价值的探讨。《红楼梦》的恢宏气势和丰富内涵不须多说，其宏大的布局结构、独特的叙述视角、生动的人物塑造、巧妙的修辞运用和精美的语言艺术，都为中国小说的写作艺术树立起了崇高典范。

汉语写作的强大表现力，传统的、优秀的古典文学是最好的艺术之源。《红楼梦》单从语言艺术上看，含蓄美的语言韵味就令人回味无穷。意在言外，言尽于此，含而不露，指而不明，看似明写此，实则暗写彼，表现出永恒的艺术魅力。我以为，对于广大《红楼梦》爱好者来说，无论是阅读还是研究，都应该把欣赏、感悟写作之美放在重要位置，而不是刻意进行探究考古，或看作是隐藏了什么秘密的清宫秘史。

王雄先生努力发掘《红楼梦》写作艺术的开拓性、独创性和趣味性，呼吁向《红楼梦》学习写作，强调要阅读原著，直接面对文本进行研读、领会和琢磨，表达了对中国传统文学名著的执着精神和诚实态度。他用心品味、细心感觉，从小说布局，探求文学结构之美；从小说语言，领略文字张力之美；从小说韵味，饱览作品意境之美。解析文学奥秘，践行写作借鉴，提升审美情趣，这正是红学意义的真谛所在。

应该怎样阅读《红楼梦》？我以为要从四个方面来把握：一是要把《红楼梦》当文学作品来阅读，不要刻意求深，不要钻牛角尖。二是阅读《红楼梦》要精读、细读。《红楼梦》不是以故事情节见长的小说，由于叙述方式、隐喻表达等原因，对现在的年轻人来说，是有一些阅读的障碍。正因为如此，对这样的伟大文学经典，只有细细地咀嚼，才能真正解其中之味。三是阅读《红楼梦》重在学习借鉴。传神的描写、鲜活的语言、栩栩如生的人物形象，都为我们的写作提供了范例。四是阅读《红楼梦》要习惯其叙述特点，如诗意化表达，以及一语双关、隐喻、草蛇灰线伏脉千里等。

《〈红楼梦〉写作之美》一书，洋洋洒洒，娓娓道来，视角巧妙，内容丰富。全书引文据实讲究，论证环环相扣，既从微观角度细致分析了具体人物、情节及语言运用的精心排布，又从宏观角度为读者阐释了《红楼梦》的历史文化及美学意义，展现了这部伟大作品细腻的艺术雕琢以及壮阔的文学境界。作者不仅对小说的主体架构进行了解读和评点，而且对小说的情节编织、视角选择和多维叙事方式，都有着真知灼见的心得。作者将很刻板的修辞学，写得灵动有趣，如动词、形容词妙用，含蓄语言的隐趣，夸张艺术的豁达，双关表达的诙谐，色彩词汇的美学，幽默话语的趣笔，模糊表达的乐趣等等。

王雄先生就像一位文化导游，遨游在文学大观园里，一路行走，一路解说，胸有成竹，挥洒自如，话语朴实，轻松活泼。谈笑间，《红楼梦》写作之美，尽收眼底。

其中的奥妙和乐趣，惟有刻苦用心的读书人，才能领悟和体会到。

总之，我十分赞赏向《红楼梦》学习写作技巧、借鉴写作秘诀。学习的目的全在于运用。写作是每一个现代人的基本功，学习写作是读书人的毕生追求，尤其是在校中学生、大学生，他们正处于学习写作的成长期，不妨多读《红楼梦》，加之有效的读书引导，开卷有益，必将受益终身。

《〈红楼梦〉写作之美》的出版，传承中华优秀文化，拓展文学名著效应，让每个读书人都能从中有所收获、得到快乐，这无疑是一件大好事，值得称道，可喜可贺。

是为序！

张庆善

2019 年 10 月 6 日于北京惠新北里

（张庆善：中国红楼梦学会会长、《红楼梦学刊》名誉主编）

开篇的话

《红楼梦》：写作艺术的高峰

我们为什么要读《红楼梦》?

回答可能会有 N 多条理由。但是，有一条理由是可以肯定的，那就是《红楼梦》的写作之美。

当年曹雪芹写完《红楼梦》后，曾在题诗中写下这样两句："字字看来皆是血，十年辛苦不寻常。"读过《红楼梦》的人自能体会这座"皆是血"丰碑的内涵，其写作之美的价值。

一

什么是《红楼梦》的写作之美?

鲁迅先生认为："自有《红楼梦》出来以后，传统的思想和写法都打破了。曹雪芹摆脱了旧套如实描写并无讳饰的创作思想、表现手法的羁绊，实现了包括语言上遣词造句的一系列创新。"

著名作家王蒙评价道："《红楼梦》令你觉得汉语汉字真是无与伦比。它似乎已经把汉语汉字汉文学的可能性用尽了，把我们的文化写完了。"

著名报告文学家徐迟说："《红楼梦》的出现，就是我国近代的一次语言革命。它简直是惊蛰的春雷。它为现代中国语言破了土，并奠了基，建筑了一座精美绝伦的大观园，作为典型环境的榜样示范。"

毛泽东将《红楼梦》与造纸术、指南针、火药及活字印刷术并列，称之为中国的"第五大发明"。他认为："中国小说，艺术性、思想性最高的，还是《红楼梦》。"

美国《时代周刊》评出最伟大的100部小说，中国仅有一部，那就是《红楼梦》。英国《每日电讯报》发布"史上十佳亚洲小说"排行榜，《红楼梦》位列第一。

一个人文化素养越高，见识越广，对《红楼梦》阅读越深入，对《红楼梦》的评价就越高。《红楼梦》的写作之美，如同攀登云梯，你有多大本事、多高境界，你就能在写作上攀登得多高，它就能给你多高的层次和平台。

二

《红楼梦》是当之无愧的写作艺术经典。

《红楼梦》是中华民族古往今来、绝无仅有的"文化小说"。其深刻的思想内容和完美的艺术形式高度统一，达到了古典小说现实主义艺术的高峰。其妙不可言的写作技巧，被越来越多的人所认同和欣赏，永恒于世界文学的浩繁星空中，奇景芬芳，璀璨夺目。

精巧精到的结构。曹雪芹编织了一个网状的文学环境，讲述宝黛钗爱情的悲剧故事，将人生无处不在的悲剧现象上升到哲学的高度来认识；采取多线结构方式，以散文化的描写为主，进行着生活全景的创造，不以情节取胜，而以人情世态和人物刻画见长；通过纷繁复杂的小说架构，立体地展示了社会各个阶级、阶层人物，描绘出纵横交错的封建大家族全景图。

精细精准的语言。曹雪芹用一些最平常、最普通、最富有感情色彩的词汇，形象地描绘事物、事件和人物言行。人物语言个性鲜明，通俗传神。叙事语言张弛适度，流利畅达。抒情深沉隽永，嘲讽一语中的，表现出强大的语言艺术张力，达到了“一字不可更改，一字不可增减”的文学境界。

精巧精致的修辞。曹雪芹追求细腻、传神、精准的修辞风格，运用比喻、夸张、对比、含蓄、幽默等二十几种修辞手法，活泼人物、优美场景、生动语言、传神细节，极大地丰富了小说的表达手段，形成了独特的叙事风格，提升了小说阅读快感和艺术魅力。

精深精美的意境。曹雪芹借助诗赋、色彩、道具等多种方式，超越具体的物象、事件、场景，追求画面、意象、韵味之美，呈现出阴柔、幽深、隐约之美。他将心中的意境以精美绝伦的姿态呈现出来，实现了美学意境与自然景观统一，展现出朦胧梦幻美的艺术品质。

《红楼梦》内蕴着一个时代的历史容量，是封建末世的百科全书。民俗风情、园林建筑、家具器皿、服饰摆设、餐饮食谱、婚丧嫁娶、车轿排场等，三百年前的生活环境，都能在这里找到痕迹，具有很强的资料性和历史性。同时，曹雪芹对医药、建筑、诗词、绘画、戏曲、烹饪等丰富知识的运用和精到见解，在世界文学史上也是罕见的。

三

一部小说，成就一门学问。《红楼梦》是唯一的。

写《红楼梦》前八十回，曹雪芹大约花了十年时间。自清乾隆年间《石头记》手稿流出，研究之作就同步产生，即“脂砚斋”评阅《石头记》。二百多年来，人们对《红楼梦》的喜爱、探究热情经久不衰，诵读研习，撰文著书。由此，“红学”应运而生。

胡适之前一个半世纪的《红楼梦》研究被称为“旧红学”。旧红学影响最大的是索隐派，以穿凿附会、烦琐考证的办法，探索《红楼梦》所隐是何人何事，将《红楼梦》打造成了神秘的谜学。

胡适否定了前人的《红楼梦》谜学，提出了“《红楼梦》是作者自传，是他亲自看见的家庭。贾宝玉就是曹雪芹，《红楼梦》就是曹家的历史”的假设。胡适的“曹雪芹说”，一度得到了红学界广泛的认可。

进入新世纪以后，伴随着思想的活跃，许多民间学者对“曹雪芹说”提出了质疑与批评，对《红楼梦》故事的探究和人物考证，更是五花八门。红楼食谱、药方、音乐、玩物、把件等，无所不及。更有别出心裁者，肆意想象，将林黛玉怕痒痒、贾宝玉有脚气，都纳入了探究的范围。让读者一头雾水，莫可究诘。

著名红学家、山东大学教授马瑞芳曾讲过这样一个故事：1992 年，国际红学会议在扬州举行。会上，一位宋女士宣读了一篇论文：论《红楼梦》“晴雯抓子”用的是什么“子”？她认为，这个“子”应该是羊拐骨做的。宋女士刚发言完，与会者纷纷登台，提出不同意见。有的说，不是羊拐骨，是猪拐骨；有的说，不是猪拐骨，是小石子；还有的说，不是小石子，是小豆豆，以此争论不休。

《红楼梦》对中国文学的影响力，说到底还是自身的文学力量；其骄人的成就和巨大的艺术价值，还是在于作品本身。对《红楼梦》的研究，如果失去了对小说文学本质的还原，那显然是很可惜的。或只是为了自我陶醉，或只是热衷于小圈子的自我循环，那么《红楼梦》的价值和阅读影响力就会大打折扣。

《红楼梦》是小说，它不是曹家的家史，也不是清朝宫廷史或社会史。既然是小说，必定有许多虚构的成分。“假作真时真亦假，无为有处有还无”，这是《红楼梦》的创作总纲。遗憾的是，我们至今也未必读懂了。

曹雪芹用心构筑的真与假、有与无、实与虚之间的吊诡缭绕关系，以无与伦比的原创性，造就了一种梦幻般的文学意境。我们为什么不用心体验、尽情享受这种文学意境的阅读快感，却一定要没完没了地揭秘它？试图去打破它？

四

阅读《红楼梦》，如同书法爱好者临帖，重在遵循、效仿和借鉴。

启功先生是书法大家，也是著名的红学家。1953 年，人民文学出版社出版了新中国首部《红楼梦》整理注释读本，启功先生是主要注释者。此后的数十年间，此版《红楼梦》成为在读者中传播最广泛的版本。

启功先生认为，“有效”临帖是开启书法创作的一把金钥匙。文学创作也应如此。他强调写作“临帖”，即对名篇佳作写作技巧的模仿。许多学有建树的学者、作家，多从此问途，方得升堂入室。

有评论家说，几千年中国文学史，假如我们只有一部《红楼梦》，它的光辉也足以照亮古今中外。沐浴文学经典的光辉，贵在学习借鉴，贵在发扬光大。

临学经典，无疑是一种光大。临摹不是为了和它完全一样，也不是要写成自己手边帖的复印本，而是以范本为谱子，练熟自己手下的技巧。譬如练钢琴，每天对着名曲谱子，意在练习基本功。古人说的熟能生巧，就是这个道理。

写作之美，完全可以借鉴书法临帖之道。一是“摹写”，按照经典范文进行复述性写作训练。二是“临写”，依照经典范文的结构、语言等，进行仿写训练，内容可以不同。无论是“摹写”，还是“临写”，《红楼梦》都是最好的“帖”。

毫无疑问，《红楼梦》博大精深，写作之美，美不胜收。由此，吸引着各个层次的众多读者，以至诸多的写作爱好者，纷至沓来，追寻探宝，乐此不疲，不忍离去。

第一章 谋篇的技巧

写作动笔前，先构思文章的主旨、内容，然后对文章的整体结构、层次作出安排，这就叫作谋篇。

文章是由主题思想、材料、结构三个要素组成的。主题思想是文章的“灵魂”，必须正确无误；材料是“血肉”，必须丰富，能够集中地说明和反映主题；结构则是文章的“骨架”，是运用材料反映主题思想的方法和手段。

《红楼梦》的谋篇精致、精到。它犹如一棵大树，根深叶茂，重重叠叠。立体式的网状结构，由无数的线条、细节，编织成为一个个趣味别样的精彩故事。许多的大波、小波，聚集一场场高潮迭起的小说风云，讲述着宝黛钗爱情的悲剧，揭示了封建大家族盛极必衰的重大社会主题。

《红楼梦》是一座迷幻般的文学建筑群，楼宇亭台，复道回廊，令人目眩神摇，迷不得出。聪明的读者，只有打破通常的时空关系，从多维时空的角度，把握各个故事、情节的交叉关系，才能从总体上认识和理解内在结构和外在表现。

文章谋篇，是指材料的组织和安排，它是思路外在的表现。它是文章部分与部分、部分与整体之间的内在联系和外部形式的统一。谋篇的技巧，表明了作者对客观事物的认识水准，是作者对客观事物的认识在写作方法上的反映，是作者创作思路的具体体现。

思路决定谋篇。谋篇的过程，就是认识和思考主题的过程。一篇文章只能有一个主题，要围绕主题谋篇布局，协调组织好结构、叙事、节奏、细节等各个环节，服务、服从于主题。要勇于删去一切与主题无关的东西，这是文章谋篇的一个基本原则。

自然流畅地表达，顺理成章，水到渠成，是和谐表达的目的。和谐表达讲究“文气”，追求血脉流通、气韵生动的写作姿态，树立线条清晰、内容实在的写作风范，展示外形匀称、内体丰满的写作形态。

谋篇的优化，全在于创新。客观事物是千姿百态的，内容的多样性，决定了表现形式的多样性。内容变了，形式亦应随之变化；内容不变，形式也可以推陈出新。好的谋篇，可以让人耳目一新，增强阅读的美感和快感。

景夺文章造化功

——主体架构与情节编织

周汝昌先生认为，《红楼梦》的主体架构为立体式建筑。

有人形象地说，曹雪芹吃下的是荆条，拉出来的就是篮子，全凭肚子里的编织。《红楼梦》是用千万条经纬线编织而成，就像一张巨大的网，勾连着许许多多的情节和故事。

中国文化形成之初，曾经崇拜过绳子。据文字记载：“女娲引绳在泥中，举以为人。”又因绳像盘曲的蛇龙，于是有了龙的传人之说。龙神的形象，在史前时代，是用绳结的变化来体现的。

一根红绳，在灵动的手指下，就这么三缠两绕，相互勾连，就形成了一件结艺饰品，这就是编织艺术。天下的编织手艺都有着异曲同工之妙。中国结艺饰品就凝聚着远古的神秘与东方的灵秀。

写作如同结艺，要想将许多细节、情节、人物和故事串联起来，也需要架构和编织。曹雪芹以笔当针，以生活当线，一针一线地编织起了红楼天地和大观园世界。

《红楼梦》第十八回，大观园题咏诗。贾惜春在《文章造化（匾额）》诗中写道：园修日月光辉里，景夺文章造化功。意思是，大观园修建于皇帝贵妃的恩泽荣光之中，华丽的铺陈，错综的布局，有巧夺天工之奇。后人也常比喻，精心编织的华美文章，如同天工神力造就。

曹雪芹是一位高屋建瓴的智慧者，精心搭建主体架构，精巧确立小说主题，精致编织情节细节，从多维时空的角度，准确把握各条线索、各个故事的交叉关系，纵横交错，多方渗透，穿针引线，相互扭结，就像用千条万条彩线编织起来的巨锦，展示出《红楼梦》绚丽灿烂的优美画卷。

一、凸现小说主题，构建鸿篇巨制的主体框架

凸现小说主题，即精心地围绕小说主题进行谋篇布局，清晰地显现主题主线，编织网络结构，依次线性递进，构建起小说的主体框架。

曹雪芹是一位极为神奇的建筑师，他以红楼爱情和贾府兴衰为主题，设置了贾府、大观园的雄伟建筑群，描绘了人物、事件的螺旋行进图，打造了场景、画面的惊艳故事圈，环环相扣，复道回廊，令人目眩神摇，迷不得出。

1. 主题的立体化架构

《红楼梦》的主题架构到底是什么？

大多数红学专家认为，《红楼梦》这座立体式高大建筑，其主题架构表现在：以宝钗、黛玉、宝玉的爱情故事为主线，以四大家族尤其是贾府的盛衰为副线；以荣国府的日常生活为中心，以贾元妃与贾府的联系、僧道与贾府的联系、贾雨村与贾府的联系、刘姥姥四进荣国府等为辐射，勾连起盘根错节、纵横交错的关系网，编织出色彩鲜明的人间百态图、封建大家族全景图。

这种立体式架构的奥妙在于，以梦始、以梦行、以梦终，让梦幻与现实交错，成就了一种神秘的小说氛围。它完全打破了中国传统小说的单线式结构，运用超现实的浪漫笔法，把梦写得荒诞不经，寄予梦的情绪和理想。主线、副线与中心情节交错串联，主要人物与重要事件错综复杂，多种矛盾线索齐头并进，多层次交相联结，全方位互相制约，让众多人物活动于同一时空内，情节的推移呈现出灵动性、整体性，由此形成宏大完整、自然有序的艺术结构。

《红楼梦》人物众多，事件纷繁，矛盾错综复杂，故事线索千头万绪。人物上至皇妃王爷，下至村妪农夫；事件大到省亲仪式，小到婆子吵嘴。由于采用了立体式架构，主线与副线交叉引领，大故事引出小故事，大网格勾连小网眼，主题突出，布局合理，矗立起了规模庞大的文学建筑群。

《红楼梦》是章回小说，以九回为一单元。其总体布局是，章节回目均为八字对句，句式整齐美观、对仗工稳自然，形式美、节奏美。结构上，按时序可以划分成四段：第一段前十八回，属于序幕；第二段第十九回至五十四回，是贾府烈火烹油，鲜花着锦的鼎盛时期；第三段第五十五回至第八十回，是贾府由盛而衰的转折阶段，抄检大观园是最重要的转折标志；第四段是八十回后，贾府的衰败没落阶段，以查抄贾府为标志。这种结构给人以巧夺天工的美感，回荡着洒脱畅快的艺术韵味。

2. 网状结构支撑

《红楼梦》的立体架构是由网状结构所支撑的。

其网状结构表现在：主线与副线，经纬交织；明线与暗线，相互交叉；多线相交，扭结网眼。网眼间互为勾连，串起情节，绵延故事，共同编织起了一张小说大网。

所谓网眼，实际上就是小说故事的网格或窗口。一个网眼盛一个故事或多个细节。故事与故事之间，细节与细节之间，相互勾连，一个事件的了结，一个人物故事的结束，导致另一个事件的开始，另一些人物的掀帘登场。

《红楼梦》紧扣“一主一副”两条中心线，以及“通灵宝玉”的失得、甄士隐与贾雨村的命运、大观园姑娘们的悲喜剧等多条线，沿线伸展，布满网眼，让每个网眼都盛满了故事。如“顽童闹学”“宝玉挨打”“试才题对额”“叔嫂逢五鬼”“抄检大观园”“红楼二尤”等。如果说主线、副线是纲，那么网眼就是目，纲举目张。

虽然每个网眼的容量有限，读者不可能从某一个网眼看清全部的情节脉络，但红楼里的故事都是由这些网眼聚集起来，交织成网，浑然天成，结成透明的晶体，发射出耀眼的光彩。就像晴夜观天一样，群星灿烂而又浑然一体。

3. 线性递进法则

《红楼梦》虽然是网状结构，但小说不是绘画，不能同步展示，只能线性递进。这种线性递进类似宝玉的发型，先依次编成小辫，然后总攒至顶，束成大辫。每条小辫又由数根细辫交织而成。一条小辫，串出一路的大小事物，或完成一连串的人物性格巡览。

曹雪芹笔下的线条，刚柔相济，有张有弛，适时而行。沿着这些线条，或大波翻滚，或小波涟漪，或峰谷起伏，或洼地一片，时明时暗，气象万千。

第七回，周瑞家的送刘姥姥并取送宫花，一路走来，就像电影上的“摇镜头”，依次展现了薛姨妈、薛宝钗、香菱、贾府三艳、王熙凤、林黛玉等八个人物的个性风采和为人处世。尽管这是一条很平常的生活线，但线性复杂有趣。写薛姨妈会做人，写薛宝钗的“淡”，写迎春、探春、惜春的懂礼貌，写贾琏、凤姐小夫妻的恩爱，写凤姐与秦可卿的友谊，写黛玉敏感多疑不合群……

第三回，黛玉进府。作为一条人物线，以黛玉行踪为序，将贾府的豪华宅第一处一处地进行了精细描绘，如银线串珠，连缀成一串精美绝伦的项链,呈现出一个璀璨夺目的艺术世界。

第六回，刘姥姥进贾府。一个乡下老人穿针引线，引出了当家奶奶王熙凤的严厉与搞笑，引出了贾府鲜为人知的奢华生活。刘姥姥是贾府的一门穷亲戚，沿着刘姥姥的脚印，很自然地走进了乡下普通百姓的生活。

曹雪芹的线性递进法则，一线为主，多线交织。曲折多弯，断断续续，却不弃不离。小红与贾芸，尽管他们不算小说里的重要人物，但通过线性递进，时隐时现地穿起他们的故事，使之成为大背景的重要一环。第二十四回，小红遗帕这件小事，刚刚提及，就被丫头们的喁喁絮语岔开，留下一个悬念。第二十六回，小红与贾芸在蜂腰桥相遇，四目相对，语言留情，却立刻转写贾芸去见宝玉，又是一个中止。第二十七回，宝钗去找黛玉，却因一双玉色蝴蝶而被逗引到了滴翠亭前，听到了小红与坠儿的谈话，巧妙地接上了红、芸二人的故事。紧接着，凤姐在山坡上招手叫小红去取工价银子，故事又中断了。

小红与贾芸的故事，都是这样间断性的线性递进，互相缠绕，曲折多致，让读者慢慢地品味。

还有《红楼梦》中的伏笔，就像一条条隐隐行进的暗线，逐渐编织成一个秘密的真相。第十三回，秦氏以魂魄的形式托梦给凤姐说："月满则亏，水满则溢。"秦可卿已道破看似荣华富贵的家族终将凄冷散场的悲惨结局，盛筵必散，这是事物发展的必然规律。秦氏还预料到"眼见不日又有一件非常喜事"。这显然是指元春省亲的盛事。这些伏笔，让故事情节的发展衔接得平稳自然。无论是长远的预料还是眼前的时事，处处如此的小小伏笔就编织成了一层一层立体的网，明暗交错，使整体布局十分精准严密。

《红楼梦》刻画了社会众生相。如贾府私塾的贾代儒夫子、"葫芦官乱判葫芦案"的贾雨村，贾芸自私的舅舅卜世仁、收藏古扇的石呆子、袭人家的姐妹等，一个人物就是一条线，一条线就能串起很多细节、情节。纵横交错，连线成片，组合成一个或多个故事来。

二、营造小说意象，描绘诗情画意的美好图景

《红楼梦》的小说意象表现为阴柔、幽深与隐约。

曹雪芹以其深厚的艺术素养和对社会历史人生的深刻思考，在《红楼梦》中营造了神奇的石头中心意象，以及多种类、多层次的文化意象。通过精心布局、情感活动、人物诗作、环境衬托等方式，将客观物象升华为主体独特的艺术形象，浓笔重抹，情景交融，着力创造诗情画意的美好图景和文化韵味。

1. 石头的中心意象

《红楼梦》本名为《石头记》。

将“石头”确立为小说的中心意象，源自于人们熟悉的女娲补天的神话。曹雪芹巧妙地借用，虚构了一个顽石“幻形入世”的故事。

石头中心意象，即《红楼梦》的“文眼”。它贯穿于小说的全过程，优化了艺术结构，提升了艺术境界。因为丰富的象征意义和强大的表现力，成为具有特殊意味的小说符号和审美意象，承载着曹雪芹的思想表达和情感寄托。

所谓意象，即客观物象经过创作主体独特的情感活动，而创造出来的一种艺术形象。“意”是作者一切有意识的主观活

动，“象”则是作者心灵的观照物。

石头作为小说的中心意象，通过真假宝玉的艺术定位，有效串起了小说复杂的人物关系，聚焦起离合悲欢的矛盾冲突。悠远冷寂的石头，与大观园里的人间春色截然相反，也与石头化身贾宝玉的多情世界形成强烈反差。这种朴实与繁华、静穆与喧嚣并举的意象追求，在久远与短暂之间形成了巨大张力，具有很强的暗示、象征和烘托的作用，增强了作品的神秘性和艺术感染力量。

事实上，石头是最平凡不过的自然物，坚固、顽强、有韧性，闪耀着生命的光辉。曹雪芹赋予自然形态的石头以生命，并且通过主人翁宝玉的生命历程，来实现这个生命化倾向的转换，独具匠心，意味无穷也。

第一二〇回，宝玉被僧道挟走。那僧道说："情缘尚未全结，倒是那蠢物已经回来了。还得把他送还原所，将他的后事叙明，不枉他下世一回。"幻形成石，复归如初，这就是石头的结局。

石头中心意象的表达，也是曹雪芹的心灵观照与心灵自传，展示了他丰富的内心世界和纯粹的审美情趣。其意义在于，与其他小说中的历史演绎和道德评判不同的是，直接指向了生命的本源以及人性的迷失与救赎，实现了广泛社会意义上的追寻与回归。

2. 诗意化的意象表达

将诗赋直接融入故事情节，形成一种诗意化的意象表达，是曹雪芹的发明创新。

意象源于中国古代诗人对自然山水的审美观照。诗人通过对自然山水的体验和感悟，表现出一种“身与物化”“天人合一”的状态，以超越具体的物象，行云流水于笔端。曹雪芹有意识地将诗赋及诗人品性融入小说中，由此创造出诗情画意的文化意象。

阅读《红楼梦》会领略到一种诗中有画的快感。曹雪芹能诗善画，才气纵横，将自己高深的艺术素养融汇于小说的诗画中，通过小说人物的诗作，营造深化小说的文化意象。黛玉的《葬花吟》就是最杰出的代表作。

“花谢花飞花满天，红消香断有谁怜？”如泣如诉的《葬花吟》是《红楼梦》的情感枢纽。黛玉多愁善感的性格，以花为媒，借花寄情。她凄惨的身世与她本身具有的伤春悲秋的诗人秉性融合在一起，更加凸显了悲痛与哀愁的诗化意象。

《葬花吟》不仅是林黛玉“质本洁来还洁去”的人格精神的表达，而且含蕴着对人生的哲理思考。既有“柳丝榆荚自芳菲，不管桃飘与李飞”所寄寓的对世态炎凉的悲愤，又有“一年三百六十日，风刀霜剑严相逼”所发出的对无情现实的控诉，以及感悟到的人生亦有“红颜老死时”的遗憾。从这诗化的渴望中，让读者感受到一个旧时代的叛逆者在人生道路上的迷惘和艰难。

《葬花吟》与其说是林黛玉身世遭遇的写照，毋宁说它是一种凄清哀艳的人生境界。它如咏菊诗、海棠诗、螃蟹咏等一样，都是通过情景交融的诗化意象，表现诗作者的性格、气质和精神，蕴含着各自独特的人生感慨。其意蕴虽各不相同，但其意象之美同样引人入胜。即使是俚俗如《好了歌》，也自有其豁达、超脱之美。

第七十回，大观园吹来了杨柳风，众人便以柳絮为题，倚声填词。同是咏柳，林黛玉《唐多令》中的“草木也知愁，韶华竟白头！叹今生谁舍谁收？嫁与东风春不管，凭尔去，忍淹留”，与薛宝钗《临江仙》中的“韶华休笑本无根，好风凭借力，送我上青云”，形成了两种截然不同的境界。一边婉约，一边豪放；一边悲情惆怅，一边自负不羁。曹雪芹的高明之处，就是能将人物与诗词的意象紧密结合，同时赋予普通事物以更加广阔的诗化内涵。

《红楼梦》是一部诗化了的小说杰作，处处浸透着诗情的芬芳。大量的诗词曲赋，犹如镶嵌在天穹里的星星，闪烁着耀眼的光芒。《红楼梦》就是一首婉约的诗，生命和美是它吟诵的主题，而意境则是它的灵魂。不难想象，如果没有如此诗意化的意象，《红楼梦》将会成为一场轻描淡写的红粉丽人秀。

诗情画意的大观园，山石流水，楼宇亭阁，一花一草，一木一石，都流淌着诗的意境。大观园的题诗，每一首诗都与四周优美的环境息息相关，都深沉地表达着一种寓意。用诗句来点缀院落的特点，让诗意与环境融合，互为映衬，相得益彰，真可谓诗情画意也。

3. 情景交融的意象韵味

曹雪芹十分注重将主观情感倾注于自然景物之中，实现主观与客观的情景交融，追求一种独特的意象韵味。

《红楼梦》中，自然景物或是用以渲染环境气氛，或是作为人物性格的陪衬，或是人格精神的象征，深沉寄寓的是历史感、人生感。曹雪芹力求把人物情感置于特定的自然景色之中，借景抒情，情景交融，烘托提升人物的思想境界。于是，读者在审美欣赏和审美再创造活动中，品味情景交融的意象韵味，心情舒畅地进入一种高层次的精神享受层面。

第二十六回，宝玉闲逛大观园。“说着，顺着脚一径来至一个院门前，只见凤尾森森，龙吟细细。举目望门上一看，只见匾上写着‘潇湘馆’三字。宝玉信步走入，只见湘帘垂地，悄无人声。走至窗前，觉得一缕幽香从碧纱窗中暗暗透出。”

这里的“凤尾森森”，比喻竹林茂盛，凤尾形容竹叶美观；“龙吟细细”，形容风吹竹动，有如箫笛发出清细悦耳的声音。如此八个字，写尽了潇湘馆环境的幽美与宁静，美妙诱人的景色，营造出一种特别的、韵味无穷的环境意象，令人叹为观止。

这里是情人眼中之竹，为竹绘形绘声。同时，瘦弱的竹叶如舒展之凤尾恰是林黛玉优美体态的象征。微风拂动竹叶发出的飒飒声，分明响应着“每日家情思睡昏昏”的叹息，这正是初恋中的黛玉发出的幽怨的心声。这里的竹，已成为一种人格美的象征，无疑是黛玉风流雅致、孤芳自赏、愤世嫉俗、宁折不弯的人格精神表征。

第十七回，大观园落成，贾政带宝玉和众清客察看，并为各景点题联命名。“遂令开门，只见迎面一带翠嶂挡在前面。众清客都道：‘好山，好山！’贾政道：‘非此一山，一进来园中所有之景悉入目中，则有何趣。’众人道：‘极是。非胸中大有丘壑，焉想及此。’”

如此山的境景，充满着清新自然的味道。众人的感悟，似乎有着一种深层的含蕴，污浊腐朽的贾府背后，竟然有着一个充满生机活力的大观园掩隐其中。

三、编织小说情节，推进故事持续性跳跃发展

《红楼梦》情节丰富，故事千头万绪，仅单线描绘是无法表达的。如果只是单个情节的积累，不仅无法反映广阔的生活内容，而且形同短制，让读者索然无味。曹雪芹十分注重情节的编织，大小故事，前伏后应，纵横扭结，形成多维时空交叉，积极推进故事持续性地跳跃发展。

1. 小故事与大故事

小说重在讲故事。《红楼梦》里有着许许多多的小故事、大故事，它们相互间都有着千丝万缕的联系。每个故事既可以独立成篇，也可以通过编织，成就大故事。写小故事是为了牵出大故事，由大故事延伸小故事。小故事与大故事并举，热闹场面与冷清场面并重，有节奏感地此起彼伏，这样的小说就好看。

譬如说前五回，曹雪芹都在讲小故事，讲荣国府的传说等，意在推出主要人物、介绍人物活动场地等，是在为大故事的展开作铺垫。第六回，曹雪芹闲笔交待了宝玉与袭人云雨之事后，笔锋一转，讲起了乡下妇人刘姥姥的故事。高鹗续后四十回时，也自然延续了刘姥姥的故事。

刘姥姥是个小人物，但她的故事分量很重。刘姥姥四进荣国府的故事，似乎与宝黛爱情故事并行，理应属于大故事。第

六回，刘姥姥初进荣国府，求见凤姐，想“打秋风”，弄几个钱救救女婿的穷。凤姐施舍的二十两银子，救了全家的命；第三十九回至第四十二回，刘姥姥二进荣国府，原想带些土特产感恩贾府，却因会讲故事讨得到贾母的欢心，畅游了大观园。当时的贾府，歌舞升平，一派兴旺景象。然而，就在这一派欢乐之中，已隐隐约约透出一丝哀音。凤姐因贾琏与鲍二家的偷情，拈酸耍泼，表明凤姐威风减弱，局面难以控制。第一一三回，刘姥姥第三次进荣国府，这时的贾府已经历了一场极大的政治风波，家道盛极转衰，抄家、失玉、黛玉之死、宝玉出家、众姐妹或死或嫁，一派萧索、凄凉景象。凤姐病中托孤；第一一九回，刘姥姥进贾府设计救巧儿。

就这样，刘姥姥进贾府，一个又一个小故事，穿插互衬，前后呼应，几个轮回下来，就形成了“轰轰烈烈的贾府兴衰史”的大故事。

第三十三回，“宝玉挨打”是个大故事，是《红楼梦》四大高潮之一。然而，这个大故事，是由“忠顺王府上门要人”“金钏跳井而死”“贾环进谗言”等小故事交织而成，一波接一波展开的。贾政手里的板子下得这样快、这样狠，正是多股力量聚集产生的强烈后果。波澜起伏的画面，反映了曹雪芹编织故事的艺术技巧。

第四回，“葫芦僧判断葫芦案”的故事，由贾雨村带出甄英莲，又由甄英莲带出薛蟠及薛蟠一家，再由薛蟠进京，带出“金玉姻缘”等一系列的小故事。贾雨村的特点在于，满口的仁义道德，一肚子的损人害人。当门子告诉他官场生存之道后，贾雨村不仅没有酬谢这位当年寄居葫芦庙时相识的小沙弥，反而“寻了他一个不是，远远的充发了才罢”。当贾雨村得知被拐卖的英莲正是自己恩人甄士隐之女时，不仅没有秉公断案，使英莲冤有所伸，反而将英莲断给打死冯渊的凶手薛蟠。

小故事与大故事的交织，情节勾画，相互铺垫，构成了一幕接一幕的小说场面。烘托人物性格，推进故事发展，服务小说主题。

从另一个方面讲，《红楼梦》中一些比较完整的大故事，都是由一个一个零星的小故事组成。如宝玉与秦钟、宝玉与妙玉、贾蔷与龄官、贾芸与小红，以及焦大醉骂、倪二醉态醒语等。这些小故事尽管没有贯穿始终，但放在大框架里，与其他故事形成交叉，呈现出多侧面、多角度的故事效应。

2. 故事情节的交织

大故事靠小故事支撑，小故事由多情节交织。所谓交织，就是将多个情节编织于一体。一个好的故事，或小桥流水，或大浪淘沙，都是情节在起作用。情节的交织，讲究纵横连贯，曲笔是手段，融合是关键。

第四十一回，贾母带着刘姥姥游大观园，高兴地吃着点心。突然，来了一个曲笔：“忽见奶子抱了大姐儿来，大家哄他顽了一会。那大姐儿因抱着一个大柚子玩的，忽见板儿抱着一个佛手，便也要佛手。丫鬟哄他去取，大姐儿等不得，便哭了。众人忙把柚子与了板儿，将板儿的佛手哄过来与他才罢。”

这个“互换柚子与佛手玩”的曲笔，意在打断对贾母游玩的叙述，与另外一个情节实现交织，巧妙地为后面“巧姐与板儿结缘”的故事留下伏笔。如同脂砚斋评点道：“柚子，即今香团之属也，应与缘通。佛手者，正指迷津者。以小儿之戏，暗透前后通部脉络，隐隐约约，毫无一丝漏泄，岂独为刘姥姥之俚言博笑而有此一大回文字哉？”脂砚斋认为，这种伏线隐约透露书的前后脉络，是很有趣的情节交织笔法。

第五十八回，病愈后的宝玉去看望黛玉。一路上，场景与联想不断地进行交织，极大丰富了故事情节。“一株大杏树，花已全落，叶稠阴翠，上面已结了豆子大小的许多小杏。”宝玉不由得感叹自然景物的变化：“能病了几天，竟把杏花辜负了！不觉倒‘绿叶成荫子满枝’了！”随之而生的是抱愧和留恋之情；继而，宝玉又由大自然的变化联想到姐妹们的变迁，邢岫烟已择夫婿，又将失去一个好女儿，他倍感惋惜和同情；接着，宝玉又联想到：“再过几日，这杏树子落枝空，再几年，岫烟未免乌发如银，红颜似槁了。”未来的落寞凄凉，令人感伤，不堪想象。

这种人物与场景的交织表达，既是情节的编织，也是在营造一种心情。由杏树枝上的啼鸟，联想到人生的变化不定；由雀儿对杏花的依恋、同情，体会到“情”对于生命的重要意义。于是，大自然的景物灵动起来，仿如一幅善解人意、直达心意的山水花鸟画。

3. 网眼间的扭结

扭结，即网眼之间的连接。或者说，多条矛盾线索、多个故事情节的链环。若干个扭结套在一起，叫作链环。一个链环即一个情节，若干个链环，就组成了一个一个的故事。

许多故事情节或人物编排之间，看似没有直接的关联，但仔细品味，耐心推敲，就会发现一些关键字、关键句、关键事，这就是扭结在暗伏和遥应，形成了巧妙的内在联系。这种内在联系，也是一种前后关联、照应、连贯，使整部小说脉络分明，成为一个活动的、有生命力的整体，达到含蓄隽永的艺术效果。

《红楼梦》中的不少写作技法都属于扭结的范畴，如起承转合法、草蛇灰线法、一石三鸟法、首尾照应法，还有伏线法、谶语法等等，都有其独特的作用，魅力无穷也。

第十九回，元妃省亲后，连日用尽心力，人人力倦，个个神疲，贾府出现了难得的平和状态。宝玉本就“无事忙”，这时发生了几件与他有关的事情：一是袭人回家去吃年茶了，宝玉很无趣。二是东府珍大爷请他过去看戏。三是贾妃赐出糖蒸酥酪。在这些事里，又延伸出了几件事：一是东府小书房里，小厮茗烟按着一个女孩子干那警幻所训之事，被宝玉撞见。二是宝玉突然跑到袭人家来。三是宝玉留给袭人的糖蒸酥酪，却被李嬷嬷吃了。这一件接一件的事，每件事都是一个故事，而且还是大故事套小故事。

仔细分析，这些事都是宝玉“转”出来的。说是东府看戏，贾珍、贾琏、薛蟠等只顾猜枚行令，百般作乐，让宝玉很无聊，于是想要到处转转。这样就转出了许多故事。要让这些故事串联起来，当然就需要“扭结”。第一个扭结，是“小书房里挂着一轴美人”。宝玉担心她寂寞，“须得我去望慰他一回”，于是坏了茗烟的好事。第二个扭结，“找你花大姐去”。茗烟想讨好宝玉，“引二爷往城外逛逛去”，竟然去了袭人家，让全家人惊慌失措。第三个扭结，“糖蒸酥酪”被吃。缘由是宝玉出门了，房中的丫鬟、婆子肆意顽笑，闹翻了天。第四个扭结，“就赎我出去的”。袭人以“出嫁”为由，劝导宝玉有几件“要改的”事。

就这样，这天贾府发生的大小十几件事，被“扭结”一个一个地串联起来。如同织网一样，一环扣一环，环环紧扣，疏而不漏，融为一体。

第三十回，龄官画蔷。一个春日炎炎的中午，大观园树荫合地，满耳蝉声，静无人语，好一派宁静的气氛。宝玉来到花叶茂盛的蔷薇花架下，只见一个女孩子蹲在花下，一面悄悄流泪，一面用簪子在地下画字。“宝玉早又不忍弃他而去，只管痴看。只见他虽然用金簪划地，并不是掘土埋花，竟是向土上画字。宝玉用眼随着簪子的起落，一直一画一点一勾的看了去，数一数，十八笔。自己又在手心里用指头按着他方才下笔的规矩写了，猜是个什么字。写成一想，原来就是一个蔷薇花的‘蔷’字。”

第三十六回，宝玉想起《牡丹亭》曲来，来到梨香院想听龄官唱曲。“只见龄官独自倒在枕上，见他进来，文风不动。”“不想龄官见他坐下，忙抬身起来躲避，正色说道：‘嗓子哑了。前儿娘娘传进我们去，我还没有唱呢。’宝玉见她坐正了，再一细看，原来就是那日蔷薇花下划‘蔷’字的那一个。”

这个“蔷”字，就是这个故事中的扭结，很巧妙地把龄官前后的故事连接起来，刻画了龄官对贾蔷的痴念之情。通过“龄官画蔷”这个特殊意象，将人物的内心世界表达得出神入化，无比动人。难怪宝玉不觉看痴了。

第七十一回，鸳鸯行至“山石后”大桂树荫下，欲行方便，不料惊散了在“山石后”私会的一对野鸳鸯司棋和潘又安。第七十三回，傻大姐在“山石背后”拾到的五彩绣春囊。对此，脂砚斋评点说：“司棋一事，在七十一回叙明，暗用山石伏线；七十三回用绣春囊在山石上一逗便住；至此回可直叙去，又无数曲折，渐渐逼来，及至司棋，忽然顿住，结到入画……”

这里的“山石后”就是一个扭结，承上启下，组合情节，引导读者领悟出书中未明写的细节：绣春囊正是司潘偷会时遗失的。

休言举世无谈者

——视角选择与多维叙事

叙事，即叙述事情，是小说创作的基本表现手法。

小说是一种叙述艺术。作家依据生活用想象虚构方式创造的小说世界，只有通过叙述才能呈现出来。叙事是指对人物、事件和环境所作出的具体概括和形象表达。从一定意义上讲，文学作品中的人物塑造、情节推进、环境营造，都是靠叙述来实现的。

叙事的核心功能是讲故事。在叙事的过程中，因作者选择的表现角度、运用的艺术方法存在差别，其叙事结构、叙事风格和叙事方式表达则有所不同。

第三十八回，贾母领着众女眷在藕香榭赏花饮酒吃螃蟹，欢乐非凡。宝玉和姑娘们酒足蟹饱之后，诗兴大发，分题作出了十二首咏菊诗。其中黛玉所作的《问菊》被评为第二。《问菊》诗的最后两句为："休言举世无谈者，解语何妨话片语。"意思是说，不要说这个世界上没有可以相谈的人，如果真是知音，只言片语又何妨？引申开来，世上叙述者无处不在，好的叙事才能赢得更多的知音。

曹雪芹全面突破与创新了传统小说写法，跳出了说书体通俗小说模式，以全知叙事、限知叙事、空间叙事等多角度选择，构成了独具特色的多维叙事景观。叙事方式的多样性、丰富性，极大地发展和丰富了小说叙事艺术。

《红楼梦》叙事结构精巧别致，叙事风格灵动飘逸，叙述方式变化多端，把中国古代小说从俗文学提升到雅文学的品位，成就了一种空灵、高雅、优美的叙事艺术典范。

一、关注多层面，矗立起多维状叙事结构

《红楼梦》的叙事结构是多角度、多层面的，成多维状形态。

从叙事结构上来看，《红楼梦》突破了中国传统小说单一以说书人作为全知叙事者的方式，开创了作者与叙述者分离、叙述人多角度复合叙述、由作者创造的虚拟化以至角色化叙述人来叙事的新模式，实现了叙述人、叙述视点的自由转换。

全书由作者、说书人和石头组成三维架构，形成了一个立体、多维、交叉的叙事者结构体。这种叙事结构表现为，神话世界和人间世界并存，写意世界与写实世界共生，现实世界与理想世界呼应，实现了多维结构与复杂小说故事的自然融合、相辅相成。

1. 作者开场、转场

《红楼梦》作者曹雪芹的叙事表现，只是开场和转场。

第一回，“作者自云：因曾历过一番梦幻之后，故将真事隐去，而借‘通灵’之说，撰此《石头记》一书也。故曰‘甄士隐’云云。但书中所记何事何人？自又云：‘今风尘碌碌，一事无成，忽念及当日所有之女子，一一细考较去，觉其行止见识，皆出于我之上。……虽我未学，下笔无文，又何妨用假语村言，敷演出一段故事来，亦可使闺阁昭传，复可悦世之目，破人愁闷，不亦宜乎？’故曰‘贾雨村’云云”。

这段直接由作者讲述的开场白，交待了创作缘起，道明了写作的立意和主旨，声明《石头记》是他的创造和编述。完全是写实的，只是有了许多隐藏。

曹雪芹让作者与叙述者分离，作者只是画龙点睛，如开场、转场关键时刻出现，说完之后，立刻退隐到幕后。叙述人的不断转变，既尽量避免了作者直接介入，又便于作者根据不同的表达需求和构思来创造不同的叙述人，有利于体现作家的个人风格，有利于展示人物的真实面貌，有利于表达环境的和谐友好。

2. 说书人只是穿插

说书人，即传统意义上的叙事者。

中国古代白话小说，由说书发展而来，说书人是全知全能的叙述者。《红楼梦》虽然还残留了说书人叙事的痕迹，但创新了说书人与叙述者的分离。说书人从前台隐退到幕后，只限于一些穿插。这是一种颇有现代意味的叙述人叙事方式，在中国小说史上是首创。

第一回，“列位看官：你道此书从何来？说起根由虽近荒唐，细按则深有趣味。待在下将此来历注明，方使阅者了然不惑。”

这显然是说书人的语气，仿佛《红楼梦》是先于作者而存在的一部书。这样，曹雪芹把自己与叙述者做了第一次分割。于是，说书人开始讲述神话故事——石头的经历。

说书人道：“原来女娲氏炼石补天之时，于大荒山无稽崖炼成高经十二丈、方经二十四丈顽石三万六千五百零一块。娲皇氏只用了三万六千五百块，只单单剩了一块未用，便弃在此山青埂峰下。谁知此石自经锻炼之后，灵性已通，因见众石俱得补天，独自己无材不堪入选，遂自怨自叹，日夜悲号惭愧。”

紧接着，说书人又叙述道：“后因曹雪芹于悼红轩中披阅十载，增删五次，纂成目录，分出章回，则题目《金陵十二钗》。”这时，作者曹雪芹反而成了一位整理者，他与小说的关系变得若即若离。

第五回，“第四回中既将薛家母子在荣府内寄居等事略已表明，此回则暂不能写矣”。这种开场沿用了话本小说说书人的习惯用语和回前、回后诗。《红楼梦》的叙述主要在贾府内，一旦涉及贾府外的事，大多以说书人的介入来打断园外的话题，把叙述的笔墨收回到园中来。说书人习惯用语有：却说，且说，如今且说，后回再见，暂且无话，欲明后事、且见下回等等。第三十七回，“却说贾政出门后，外面诸事不能多记。单表宝玉每日在园中任意纵性的逛荡”。对小说中人物、情节、环境的概述。一般追述前事时，常用“原来”如何如何。如第七回，

“原来这周瑞的女婿，便是雨村的好友冷子兴”。第九回“原来这一个名唤贾蔷，亦系宁府中之正派玄孙”等。

第六回，贾宝玉初试云雨后，故事立刻转场。由说书人叙述：“按荣府中一宅人合算起来，人口虽不多，从上至下也有三四百丁；虽事不多，一天也有一二十件，竟如乱麻一般，并无个头绪可作纲领。正寻思从那一件事自那一个人写起方妙，恰好忽从千里之外，芥荳之微，小小一个人家，因与荣府略有些瓜葛，这日正往荣府中来，因此便就此一家说来，倒还是头绪。你道这一家姓甚名谁，又与荣府有甚瓜葛？且听细讲。”于是，刘姥姥出场了。

第八回，宝玉看望宝钗，将系在身上的通灵宝玉给她看。先是平静地借宝钗之眼，描绘了宝玉之玉的形态。随即叙述者以不容置疑的权威口吻点明：“这就是大荒山中青埂峰下的那块顽石的幻相。……那顽石亦曾记下他这幻相并癞僧所镌的篆文，今亦按图画于后。但其真体最小，方能从胎中小儿口内衔下。”

说书人每次叙述完，即刻隐身于幕后。接下来的内容便视为曹雪芹整理后的石头上记录，那么，叙述者自然也成了石头。

3. 石头叙述是主角

石头是叙事舞台的主角，由它自述自己的故事。

《红楼梦》适当保留了说书人形式，采用了章回的体例，但仅仅是出于当时阅读习惯的考虑，在叙事结构上，已经完全脱离了话本小说的结构，而创造了一个石头自述的模式。石头的叙述，可以是亲身经历，也可以是间接所闻。因此，许多事件尽管石头不在场，但它仍然可以以叙述者的身份叙说。

曹雪芹之所以借助石头作为叙述者，是因为石头是小说的中心意象，它既有物性的一面，又有灵性的一面。无论是贾府、大观园，还是灵河岸边、太虚幻境，贾宝玉的身影和目光无处不在，自然就可以不断地变化叙事视角。这种多角度叙事，与小说描写的神话传奇、爱情传奇和理想传奇，能够做到无缝衔接，实现了奇妙组合。

石头作为小说的主要叙事者，全面融合于故事情节之中。书中多次提到的“蠢物”，就是这块顽石幻化之后的玉石。脂砚斋批注中，曾多次与所谓的“石兄”进行隔空对话。因此，作为一个在场者和旁观者，石头既是叙事者，又是经历者和见证者，增强了故事的真实性和读者的信任感。

《红楼梦》前八十回中，这个石兄、蠢物曾多次出现。实际上，小说中许多地方，石头都是以第一人称叙述者的语气介入，这就会在一定程度上被具体化和形象化，从而达到身临其境的效果。

第十八回，“元春入室，更衣毕复出，上舆进园。只见园中香烟缭绕，花彩缤纷，处处灯光相映，时时细乐声喧，说不尽这太平气象，富贵风流。——此时自己回想当初在大荒山中，青埂峰下，那等凄凉寂寞：若不亏癞僧、跛道二人携来到此，又安能得见这般世面。”

这里的“自己”，正是石头。石头的感慨，夹述夹议，情真意切。

石头的叙事功能表现在：一是叙事，二是代言。“石头”

神话作为小说的超故事叙述层，既借灵通之说叙述了小说的形成由来，又引出主题故事叙述，并提供了叙述者石头。

无可否认，曹雪芹是小说真正的叙事者，一切叙述都是曹雪芹在叙述，说书人、石头也只是曹雪芹的代言人。故事中，石头与空空道人的对话，实际上也是代曹雪芹而言。

二、真假多变幻，组合成大景象叙事风格

从叙事艺术来看，《红楼梦》悲凉与激情并举，既表现了生活原生态，又充满了理想的光彩；既纷繁复杂、真实自然，又天衣无缝、浑然天成，使作品富于多样变化特征，呈现出虚实相生的艺术效果。

《红楼梦》开篇的大石牌坊上，有一副对联：假作真时真亦假，无为有处有还无。曹雪芹创造了“神话传说、僧道人穿针引线和真假两面人代言”三个载体，营造出虚幻与现实融为一体的叙事景象，笼罩着真真假假、虚虚实实的神秘面纱，呈现出亦真亦幻的叙事风格。

1. 神奇的神话氛围

《红楼梦》拥有一种神奇、空灵、虚幻的神话氛围。

神话叙事，是《红楼梦》宏大叙事主体中的一个美丽光环。它一端维系着原始神话诞生、传播的互文语境，另一端维系着作者的审美取向。具有解释性、隐喻性和预示性表现功能，表达了作者崇尚自然的审美理想。

《红楼梦》神话叙事集中在四个章回中：第一回，交待了神话主角顽石和神瑛侍者的由来与入世的缘由。第五回，借宝玉梦游而铺写太虚幻境的面貌。第一一六回，贾宝玉重游太虚幻境悟彻仙缘。第一二〇回，贾宝玉遁入空门，神瑛侍者回归太虚幻境，顽石重回大荒山青埂峰。

女娲补天的传说古已有之。《山海经》说，共工怒触不周山，天柱折，女娲娘娘炼石补天。值得称道的是，曹雪芹利用这则传说，杜撰了她在“大荒山无稽崖”炼石的这段神话，为《红楼梦》故事找到了楔子与根由。

顽石下凡、绛珠还泪与太虚幻境，三个神话相互独立，首尾呼应，针脚绵密，互相关联，既敷演神话，又自认荒唐，构筑起一个有机的神话世界整体，形成了对写实主题的框架包围。宝玉的形象源于石头神话，“绛珠还泪”神话隐喻宝黛爱情悲剧，“太虚幻境”神话则演绎了人们对西天的认知与崇敬。

第五回，神秘的太虚幻境及十二金钗的判词封册，历来被学者视为《红楼梦》的总纲。太虚幻境是一个子虚乌有的世界，但却比贾府和大观园里的现实世界更具有真理性。太虚幻境升华了小说内涵，提出了生命本质及生活出路命题，一种对人的命运的哲学反思。

在这个神话世界里，贾宝玉、林黛玉携手共行，上天入地，完成了由木石而神、由神而人、又由人而神的生命历程。由此，神话与现实共同构筑起一个不可分割的叙事艺术整体，实现了写实与写意交相辉映的写作创举。

2. 神秘的僧道气场

在《红楼梦》里，癞头和尚与跛足道人既是小说人物，又是穿针引线的道具。他们虽其貌不扬，却地位颇重，穿梭于现实与虚幻之间，成为来无影去无踪的仙人，让小说叙事充满了神秘、活泼、有趣的僧道气场。

癞头和尚和跛足道人的戏份不多。每逢关键时刻，两人就会或明或暗地出现，草蛇灰线，神出鬼没，指点迷津，普度众生。他们的分工极为明确，癞僧度女，跛道度男。

第一回，“看见士隐抱着英莲，那僧便大哭起来，又向士隐道：‘施主，你把这有命无运、累及爹娘之物，抱在怀内作甚？’士隐听了，知是疯话，也不去睬他。那僧还说：‘舍我罢，舍我罢！’士隐不耐烦，便抱女儿撤身要进去，那僧乃指着他大笑……”

在甄英莲的故事里，尽管一僧一道同时出现，其实也遵循了“僧度女”的传统，只是癞头和尚在劝导，跛足道人没有言语。

第十二回，贾瑞纵欲不可自拔。“忽然这日有个跛足道人来化斋，口称专治冤业之症。贾瑞偏生在内就听见了，直着声叫喊说：‘快请进那位菩萨来救我！’一面叫，一面在枕上叩首。众人只得带了那道士进来。贾瑞一把拉住，连叫：‘菩萨救我！’那道士叹道：‘你这病非药可医！我有个宝贝与你，你天天看时，此命可保矣。’说毕，从褡裢中取出一面镜子来——两面皆可照人，镜把上面錾着‘风月宝鉴’四字——递与贾瑞……”

此时，跛足道人看到的是一个欲望无穷、沽名钓誉、巧取豪夺的泥浊世界。然而，贾瑞终究没能克制自己的“邪思妄动之症”，纵欲而死。

第二十五回，王熙凤和贾宝玉同时中了马道婆的“魇魔法”。“正闹的天翻地覆，没个开交，只闻得隐隐的木鱼声响，念了一句：‘南无解冤孽菩萨。有那人口不利，家宅颠倾，或逢凶险，或中邪祟者，我们善能医治。’贾母、王夫人听见这些话，那里还耐得住，便命人去快请进来。贾政虽不自在，奈贾母之言如何违拗；想如此深宅，何得听的这样真切，心中亦希罕，命人请了进来。众人举目看时，原来是一个癞头和尚与一个跛足道人。”

至晚间，宝玉、凤姐二人竟渐渐醒来，说腹中饥饿。

这时僧道二人的同时出场，显然各有自己的使命，癞僧为了救度凤姐，跛道为了救度宝玉。又一次僧度女、道度男的见证。

第一一六回，癞和尚到贾府来给宝玉看病，实际上就是要告之他了，你这个时候应该醒悟了。其实，早在第一回，那道人道：“趁此何不你我也去下世度脱几个，岂不是一场功德？”于是，道人与僧人分工合作，来到人间负责引导点化宝玉。

僧道共同度化一个人，这是唯一的，可见宝玉“蠢物”的显赫与珍贵。

3. 神道的真假叙事

《红楼梦》中，甄士隐和贾雨村是人生真假两面叙述人。

“甄士隐”即“真事隐”，就是要隐藏人生真相。“贾雨村”即“假语村言”，就是要用假话讲故事。其实，他们俩都是“隐含作者”，开篇就出场，贯穿全书始终，以独特的视角参与着小说叙事风格的构建。

这两个人物着墨不多，是故事中的线索式人物，起着提纲挈领的作用。别看他们只是偶尔出来打点酱油，可要是没有他们，“红楼梦”这盘菜就缺少了滋味。他们的真话与假话，道明了人生的真相与假象。

第一回，开篇讲道，甄士隐住在姑苏城一二等富贵风流之地，过着吟诗作赋、神仙般逍遥自在的生活。“这阊门外有个十里街，街内有个仁清巷，巷内有个古庙，因地方窄狭，人皆呼作葫芦庙。庙旁住着一家乡宦，姓甄，名费，字士隐。”

“一日，炎夏永昼，士隐于书房闲坐，至手倦抛书，伏几少憩，不觉朦胧睡去。梦至一处，不辨是何地方。忽见那厢来了一僧一道，且行且谈。”

于是，甄士隐在梦中，听闻了宝玉下凡和黛玉还泪的奇特因缘。

脂砚斋批道：“所谓真（甄）不去，假（贾）焉来也。”这就是说，甄士隐这一人物在《红楼梦》中是作引子出现的。他是正戏的清醒旁观者，注视着、经历着“红楼梦”正戏主角、配角的命运，操纵了《红楼梦》的结构、人物、情节，令读者惊叹不已。

甄士隐大梦醒后，接连遭遇变故受挫，失去女儿、家财，瞬间变成乞丐，遭人冷落。幸亏经指点悟道，跟着道人成仙而去，归于太虚幻境，脱离轮回的苦海。士隐遭遇的变故，隐含着作者对《红楼梦》故事的走向。这就预示着，宝玉的一生，也会像士隐一样，从富贵走向家道败落，最终悟道登仙，返回天上。

甄士隐与贾雨村，真假相伴，始终形影不离。甄士隐代表隐藏的真相，贾雨村则代表人生假象。贾雨村一头联系着甄士隐，一头联系着贾府，他们两人升沉好坏，出世入世，两相对照。到头来，追逐名利一场空。醒悟自己，看到的一切皆为假象。

与甄士隐相比，贾雨村没有破败，但他一步步陷入了滔滔浮世。

贾雨村像个魔鬼的影子，总跟在贾府的身后，时隐时现。他的发迹，又总给一些人带来厄运。林黛玉、薛宝钗来到贾府，与贾雨村有关；呆霸王薛蟠，就更不用说了。无论对于贾宝玉或者整个贾府，贾雨村都像一颗灾星，令人慌乱，躲避不及。

第四十八回，贾琏挨打。平儿咬牙骂道："都是那贾雨村什么风村，半路途中那里来的饿不死的野杂种！认了不到十年，生了多少事出来！"

三、观察多方位，呈现出大视角叙事方式

《红楼梦》采用的是大视角叙事方式。

小说的叙述视角，是作家主观意图所确定的叙述主体，以及所选择的反映生活的观察点和立足点。这不单是个创作技巧、艺术形式问题，而且决定着作品的整体构思与创作实践。

所谓叙述视角，意指叙述者与叙事文本中的事件相对应的位置或状态。或者说，叙述者从什么角度观察事物、讲述故事。

《红楼梦》采用全知视角、限知视角、空间视角和闲文视角等多视角叙事方式，实现了多视角在人物之间的转换。灵活

多变的叙事角度，多维度地推动情节发展，生动形象又诗意盎然，增强了作品的叙事张力和审美效果。

1. 全知视角

我国传统的章回小说结构宏大、线索纷纭，总体上都是采取全知视角叙事方式。

全知视角，即叙述者处于全知全能的地位，有权从任何角度观察被叙述的故事，可以任意从一个位置移向另一个位置。作品中的人物、故事、场景等都处于其掌控和调度之中，或俯瞰纷繁复杂的群体，或窥视隐秘孤单的个体。

《红楼梦》的主要叙述者是石头。石头自天上下凡，充满灵性，无处不在，自然具有全知叙事视角的权力，这也是与石头所叙述的对象相适应的。

第二十九回，“那宝玉心中又想着：‘我不管怎么样都好，只要你随意，我立刻就因你死了也情愿。你知也罢，不知也罢，只由我的心，可见你方和我近，不和我远。’那林黛玉心里又想着：‘你只管你，你好我自好，你何必为我而自失。’殊不知你失我自失。可见是你不叫我近你，有意叫我远你了。”

“看来两个人原本是一个心，但多生了枝叶，反弄成两个心了。”这是由于角色双方的互相不了解，导致的隐曲微妙心理，产生了隔膜误会。然而，这只有叙述者石头知道。石头把双方的心理剖析得纤毫毕现，而且直接出面进行评论。这是典型的全知视角叙事。

诚然，全知视角是可以移动的、转换的。

第三回，林黛玉初进荣国府。石头从全知视角展开叙述，首先是林黛玉的视角，通过她的眼睛和感受来看街景、看贾府的众人。“自上了轿，进入城中，从纱窗向外瞧了一瞧，其街市之繁华，人烟之阜盛，自与别处不同。”其次是众人的视角，通过贾府众人的眼睛和感受来看林黛玉。“众人见黛玉年貌虽小，其举止言谈不俗，身体面庞虽怯弱不胜，却有一段自然的风流态度，便知他有不足之症。”在此期间，叙述视角在林黛玉和众人之间，来回频繁移动转换，令人目不暇接。

第三十五回，“少顷至园外，王夫人恐贾母乏了，便欲让至上房内坐。贾母也觉腿酸，便点头依允。王夫人便命丫头忙先去铺设坐位，那时赵姨娘推病，只有周姨娘与众婆娘丫头们忙着打帘子，立靠背，铺褥子。”

这里看似只是一些人物的零散动作，但都不是客观的描述人物行为。因为王夫人的“恐”，贾母的“觉”，赵姨娘的“推”，都是她们的心理活动，并没有在动作中、说话时表现出来。这个时候的叙述者，拥有全知视角的权力，随手全知地把这些人的心理表现写了出来。

当然，说书人也自然享有全知视角叙事的权力。

第五十八回，“外面细事不消细述。且说大观园中因贾母王夫人天天不在家内，又送灵去一月方回……”这里把贾母入朝祭祀的事情一笔略过，转向大观园。这些明显的说书人声音的显露，便将叙述者全知全能的姿态表露无遗。

2. 限知视角

限知视角，即只允许在某个特定的角度对受述者进行观察叙述。从某种意义上讲，限知视角是对全知视角的有限性认可、突破和发挥。

由全知到限知，意味着人们认知能力的提升，实现了对感知世界表象与实质的分离。限知视角的出现，反映人们审美地感知世界的层面变得深邃和丰富了。《红楼梦》中，一些精彩的叙事片段由于采取限知视角，情节的叙述更加委婉曲折、耐人寻味。

第六回，“刘姥姥只听见咯当咯当的响声，大有似乎打箩柜筛面的一般，不免东瞧西望的。忽见堂屋中柱子上挂着一个匣子，底下又坠着一个秤砣般一物，却不住的乱幌。刘姥姥心中想着：‘这是什么爱物儿？有甚用呢？’正呆时，只听得当的一声，又若金钟铜磬一般，不防倒唬的一展眼。接着又是一连八九下。”

在这里，叙述人运用限知视角对刘姥姥进行独特观察，借用“打箩柜筛面”“匣子”“秤砣”等农家常见之物，形象地将刘姥姥的感受比喻出来。挂钟表示出的那个世界，是刘姥姥限知视角无法了解的、接近的。这里不需要她全知，刘姥姥最终也没有弄清楚这到底是个什么爱物儿。

第四回，门子叙述薛蟠案件。“门子笑道：‘不瞒老爷说，不但这凶犯躲的方向我知道，一并这拐卖之人我也知道，死鬼买主也深知道。待我细说与老爷听……’”

此时，门子尽管装出一副知之甚多的样子，但是，作为一个生活在社会底层的门子，对上层社会的认识毕竟是有限的。门子的无所不知，是装出来的，是一种逞能的表现。一方面表现了小人装腔作势的悲哀，另一方面显现了奴仆讨好主子的卑微，以及对四大家族威赫地位的仰慕和畏惧。

诚然，石头即使是主要叙述者，有时也会自动放弃其全知全能的本事，故意装作一无所知，将其叙述视点进行有意识的自我限制。

第十五回，夜宿馒头庵。宝玉撞见秦钟与智能儿偷情，“宝玉笑道：‘这会子也不用说，等一会睡下，再细细的算账。’”宽衣安歇时，王熙凤担心玉石丢失，等贾宝玉睡下之后，便通知人把通灵宝玉摘下，放在自己枕头底下。此时，通灵宝玉的叙事视角，就由原来的全知变成了限知。石头叙述者自语：“宝玉不知与秦钟算何账目，未见真切，未曾记得，此系疑案，不敢纂创。”

脂砚斋批语道：“忽又做此评断，似自相矛盾，却是最妙之文。……这是世人意料不到之大奇笔。……故特用此二三件隐事，借石未见真切，……无限丘壑。”

由此可见，通过全知视角到限知视角的有效转换，从而赢得了一种更为强烈的阅读期待和可阐释空间。

3. 空间视角

空间视角，强调从小说人物的活动空间来观察、叙事。通过营造叙事空间，活跃故事场景，推进故事的延伸发展。

《红楼梦》的叙事空间，一般以建筑为框架，包括贾府建筑、大观园等。园林建筑是一种动态景观，一种独立的审美意象。石求奇、廊求旋、水求曲、路求幽，假山重叠、奇花异草，每个季节都在变化，都会带给人们不同的绝妙感受。

贾府建筑、庭院作为《红楼梦》人物主要的活动空间，具有超越现实的象征意义。园中和各处建筑与景物，花木与溪桥，室内与室外，深深地打上了主人的气质性情与生活印迹，渗透着主人的意识形态、情感世界和生活方式。

《红楼梦》的空间叙事似乎从黛玉进贾府开始。错落有致的叙事空间，既丰富了小说的内涵和意蕴，又拓展了作品的叙事张力和审美效果。如黛玉进贾府、贾政巡园、刘姥姥游大观园等。

暨南大学张世君教授曾经提出过《红楼梦》门的空间叙事观点。她认为，《红楼梦》中的门，成为空间叙事切入的引子和角度，许多故事的叙事都是从门开始。门既担负着一种叙事功能，而且成了一种形象。

第一回，“至晚间，正待歇息之时，忽听一片声打的门响，许多人乱嚷，说：‘本府太爷差人来传人问话。’封肃听了，唬得目瞪口呆，不知有何祸事。”

这个第一回结尾时的门，很自然地为开启第二回叙事做好了准备。

第二十六回，林黛玉去探望宝玉，被丫鬟们关在了门外，而错怪宝玉。“‘你今儿不叫我进来，难道明儿就不见面了！’越想越伤感起来，也不顾苍苔露冷，花径风寒，独立墙角边花阴之下，悲悲戚戚呜咽起来。”

这门里门外，形成的一个特有的叙事空间，上演了一场误会、气愤和委屈的悲情剧。

第九十六回，听说宝玉要和宝钗结婚的消息，“黛玉仍是笑着随了往潇湘馆来。离门口不远，紫鹃道：‘阿弥陀佛，可到了家了！’只这一句话没说完，只见黛玉身子往前一栽，哇的一声，一口血直吐出来。”

林黛玉的人生悲剧，似乎都是跟门联系在一起的。

《红楼梦》的空间视角还表现在小说场景上。通过节庆、典仪（节日、生日、丧事），构成一个个相对独立的叙事场景。一个场景就是一个空间，每处空间都有一个或数个独立的场景叙事，呈现出多姿多彩的生活场面。

第四十回，贾母在大观园设宴。“贾母道：‘就铺排在藕香榭的水亭子上，借着水音更好听。回来咱们就在缀锦阁底下吃酒，又宽阔，又听的近。’”一碧池水成了各个庭院的空间边界，把潇湘馆、秋爽斋、缀锦阁、蘅芜苑等串联起来。显然，园林场景成了小说故事依托的叙事空间。

4. 闲文视角

闲文，指叙述的人物、事件与小说主题没有直接关系。闲文视角可以理解为，通过非主题的闲笔视角，为小说情节、主题服务。

《红楼梦》的叙事中，有着大量的“琐碎”之笔，它们看似与小说的情节毫无关联，但闲文不闲，内含无限烟波，具有多方面的艺术功用。

第四回，薛蟠打死冯渊，娶香菱为妾，贾雨村乱判葫芦案。

从小说的主题来看，这个故事只能算是一段闲文。其目的是，一是引出宝钗进京，二是交待香菱（英莲）的行踪。宝钗和香菱不可小视，前者是金陵十二钗正册的头号人物，后者是又副册的头号人物，不可谓不重要。小说必须表现她们，总得有一个铺排接引，第四回的闲文叙述，正好起这个作用。

脂砚斋认为，贾雨村乱判葫芦案一节是“闲文”，“非石头记之正文”。像这样的文字，在这一回中固然不是“闲文”，但是在全书里面只能算是接引。脂砚斋正是从全书的结构来观察，否定了这段文字的正文意义。

第五回，秦可卿带宝玉到卧室睡午觉。“有一个嬷嬷说道：‘那里有个叔叔往侄儿房里睡觉的理？’秦氏笑道：‘嗳哟哟，不怕他恼，他能多大呢，就忌讳这些个！上月你没看见我那个兄弟来了，虽然与宝叔同年，两个人若站在一处，只怕那个还高些呢。’”

初看，这应该是秦氏随口应对之闲话，但看到后文，才知道她在这里搬出自己的弟弟为搪塞理由，一方面是说得顺口，另一方面又是确有其事。不经意间，也就为下文秦钟的出场埋下伏笔。在此，甲戌本侧批：“又伏下一人，随笔便出，得隙便入，精细之极！”

第三十回，天下大雨，怡红院的丫头们“堵沟戏鸟”。这个场景表现了大观园女孩们的童心稚气，充满着欢乐的生活情趣。表面上看，这一闲文视角叙事可有可无。然而，正是从这一闲文视角，让读者看到了另外一个画面：宝玉“便抬腿踢在肋上，袭人‘嗳哟’了一声”。于是，故事有了新的延续。

第三十五回，宝玉在接待傅试家两个婆子时，不小心把汤撞泼到手上。宝玉反问丫鬟玉钏："烫了那里了？疼不疼？"于是，两个婆子回家的路上，有了一大段闲话，谈起了宝玉可笑的呆气。这正是一闲文视角，烘托出宝玉的"痴"形象。正如脂砚斋夹批所云："宝玉之为人，非此一论，亦描写不尽；宝玉之不肖，非此一鄙，亦形容不到。"

可见，闲文视角，言在此，意在彼，大有旁敲侧击、此起彼伏之效。闲文不闲也。

一丛浅淡一丛深

——故事延伸与小说节奏

《红楼梦》的小说节奏有着明显的舒缓性特征。也就是说，曹雪芹采用了一种慢节奏艺术。在故事的延伸过程，尽管有时也会出现激昂、激烈的快节奏场面，但总的来说整个小说的节奏是平缓的、平和的。

这就印证了汪曾祺先生的观点：唯有悠闲才能精致。要把一件平平淡淡的事说得很精致，就不能着急，世界上哪有许多惊心动魄的事呢？可见，汪曾祺先生是欣赏和倡导小说慢节奏的。

《红楼梦》第三十八回，史湘云的《对菊》诗首句为：别圃移来贵比金，一丛浅淡一丛深。这里用“一丛浅淡一丛深”，来形容菊花园“长短、高低、大小不齐”的菊花盛开的情景，意在表达一种高低不同的“参差之美”。从艺术形式上讲，称之为“节奏美”。

节奏一词的含义较为广泛。一般来说，事物匀整的交替发展或不规则的交替发展，都是一种节奏表现。汉语是一种具有音乐美的语种，而音乐美的本质在于节奏。借鉴音乐节奏的表意特征，使文学语言具有鲜明的节奏感，这就是小说节奏。

小说就是讲故事，故事的延伸，有情节节奏；故事的叙述，有叙事节奏。讲故事需要语言，而语言是由语义和语音构成，语言只能是一个词语接一个词语、一个句子接一个句子依次表达。语言与故事之间的中介，就是语言节奏。

《红楼梦》的故事回环曲折、波澜起伏，呈现出千姿百态的节奏感。由此，美妙的小说节奏给读者提供了阅读快感。读者通过自己的感觉、知觉和联想，来获得和品味小说的节奏之美。

一、把握故事节奏，追求故事的可读性、曲折性和趣味性

小说的故事节奏，指的是故事情节发展的快与慢。快节奏表现紧张、激烈的气氛，慢节奏表现舒缓、悠闲的情绪。或一波三折、起伏跌宕，或波澜不惊、暗流涌动，这些都是故事节奏的外在表现形式。

具体地说，故事节奏是小说里每个情节、细节的长短，即所占据的篇幅。就本质而言，故事节奏是从整体和剧情发展层面上的定义。

把握故事节奏，就是要求作者在创作过程中，从服务主题

出发，讲究故事的可读性、趣味性，把握好情节的疏密相间、张弛有序，显示出游刃有余的写作功力。

就讲故事而言，情节发展节奏的快与慢不可能一概而论，快节奏有快节奏的好，慢节奏有慢节奏的妙。节奏的快与慢，是由故事主题和叙述方式决定的。譬如说，《三国演义》《水浒传》这类战争故事，大多是血流成河的场面，其故事发展必然是快节奏。而《红楼梦》这类情感故事，大多是小桥流水的场面，其故事发展应该是慢节奏的。

1. 情节落差产生节奏

情节落差，就是在情节上设置起伏，形成情节的对比，起如腾飞，落似退潮。通过情节的落差变化，产生鲜明的节奏感。

大到一个重大事件的发生，小到一个人的情绪变化，都有节奏感可言。这种节奏感有时很壮烈，有时却很委婉，但都是服从于事件表达和人物刻画的。

第十回，金寡妇贪利权受辱。金荣的母亲把“昨日贾家学房里的事，从头至尾，一五一十”都告诉给璜大奶奶。“这璜大奶奶不听则已，听了，一时怒从心上起”，破口大骂秦钟，深深埋怨宝玉，声言“等我去到东府瞧瞧我们珍大奶奶，再和秦钟他姐姐说说，叫他评评这个理”。尽管金荣的母亲一再劝阻，但无法压下璜大奶奶的心头怒焰。

璜大奶奶很强硬，“‘那里管得许多，你等我说了，看是怎么样！’也不容他嫂子劝，一面叫老婆子瞧了车，就坐上往宁府里来”。

璜大奶奶不仅有声势，而且有行动；不是慢慢行动，而是立刻行动，雄赳赳地打上门去，兴师问罪。这段情节很是高潮，起势突兀，来势凶猛。璜大奶奶的阵势，犹如雷声轰隆、乌云滚滚，眼看就要大雨滂沱，令人胆战心惊。

然而，璜大奶奶“到了宁府，进了车门，到了东边小角门前下了车，进去见了贾珍之妻尤氏。也未敢气高，殷殷勤勤叙过寒温，说了些闲话”。这时，情节突然跌落。尤氏的一番抢白，使得“金氏听了这半日话，把方才在嫂子家的那一团要向秦氏理论的盛气，早吓的都丢在爪哇国去了”。至此，情节进一步下跌。

最后，“金氏此来，原要向秦氏说说秦钟欺负了他侄儿的事，听见秦氏有病，不但不能说，亦且不敢提了。况且贾珍尤氏又待的很好，反转怒为喜，又说了一会子话儿，方家去了”。到此，情节彻底跌落了。

从璜大奶奶的表现神态，可以明显地感受到故事的情节落差：怒从心上起→也未敢气高→反转怒为喜。从高到低，三级落差，逐级滑落。这一起一伏、一涨一落，形成了情节发展的特有节奏。显然，这种节奏是根据人物的特定身份、地位以及人物情绪在特定条件下的变化产生的。

2. 突发事件改变节奏

《红楼梦》中，经常是把大小事件结合起来表述，小矛盾凝聚成大矛盾，小事件汇集成大事件。一段悠闲的生活之后，必然会有一个大事件发生；一个大事件暴发之后，必然会有一段宁静的日子。这是日常生活规律，也是故事节奏的需要。

突发事件打破了平静的生活，也就改变了原有的故事节奏，出现了新的景象和新的节奏旋律。如同风和日丽之时，骤然黑云压城，一阵飞沙走石，让人一片慌乱。

第七回“焦大骂贾府”事件。曹雪芹先前铺垫了一个和谐平静的环境和气氛，“宴宁府宝玉会秦钟”，掌灯时分，“凤姐也起身告辞，和宝玉携手同行”；“尤氏等送至大厅前，见灯火辉煌，众小厮都在丹墀侍立”。好一派太平盛世的景象。可就在这时，突然传来了“焦大太爷”的怒骂之声：“我要往祠堂里哭太爷去。那里承望到如今生下这些畜牲来！每日家偷狗戏鸡，爬灰的爬灰，养小叔子的养小叔子，我什么不知道？”

好似一声惊雷响，恶语连珠炮发来，小说原本的舒缓节奏打乱了，骤然间快速挺进。“众小厮听他说出这些没天日的话来，唬得魂飞魄散，也不顾别的了，便把他捆起来，用土和马粪满满的填了他一嘴。”

我们知道，故事的平衡发展，是没有节奏可言的。或永远处于高潮，或一直低音环绕，这也就构成不了故事。必须错落相间，大小起伏。在平静中，设计横穿，让突发事件改变原有事件的节奏。

第十六回，贾政过生日。“宁荣二处人丁都齐集庆贺，闹热非常。”这时，整个场景叙述都比较平和、平静和平衡。但是，曹雪芹并没有让这种平衡持续多长时间，马上就来了一起突发事件：“忽有门吏忙忙进来，至席前报说：‘有六宫都太监夏老爷来降旨。’唬的贾赦贾政等一干人不知是何消息，忙止了戏文，撤去酒席，摆了香案，启中门跪接。”这个突如其来的横穿，如江河改道，从另一个渠道掀起波澜，出现了新的节奏旋律。

尤二姐丧事过后，贾府气氛凝重。第七十回中，曹雪芹不经意间在宝玉屋里来了两个小插曲：“外间房内咭咭呱呱笑声不断……晴雯和麝月两个人按住温都里那膈肢呢。”“忽有李纨打发碧月来说：‘昨儿晚上奶奶在这里把块手帕子忘了，不知可在这里？’”这两个情节与主题毫无关系，就是为改变气氛和节奏，大有四两拨千斤之力。

3. 加塞细节减缓节奏

日常生活中，排队购物时，有后来者突然加插在先到人的前面，众人称之为“加塞”。

在重大事件暴发前，或故事情节的推进过程中，突然加塞一些意外的情节、细节，拖延故事的时间跨度，减缓情节的节奏，以制造更多的、曲折性、悬疑性，迎接新的高潮到来。这种刻意的慢节奏，不仅不会降低、冲淡小说气氛，反而加重了读者的紧张感。

第三十三回，宝玉惹了祸，贾政喘吁吁直挺挺坐在椅子上，满面泪痕，大声叫喊着：“把各门都关上！有人传信往里头去，立刻打死！”众小厮们齐声答应，开始捉拿宝玉。

如此紧张的气氛，眼看一个重大事件即将暴发。贾府的人和读者都等着热闹。曹雪芹却一点不着急，采取慢节奏方式，加塞了一些意外的细节：宝玉着急地正在厅上干转，盼望着有个人来往里头去捎信，偏生没个人。宝玉首先想到找跟班茗烟，可茗烟不知道跑到哪里去了。正盼望时，好不容易来一个老嬷嬷。宝玉如获至宝，便赶上来拉她，老婆子偏生又聋，尽跟他打岔，把“要紧”只听作“跳井”。宝玉着急道：“你出去叫我的小厮来罢。”“那婆子道：‘有什么不了的事？老早的完了。太太又赏了衣服，又赏了银子，怎么不了事的！’宝玉急得跺脚，正没抓寻处，贾政的小厮走来，逼着他出去了。”

就这样，宝玉一步一步走上了“刑场”。这种由于穿插其他导致的慢节奏，十分具有戏剧效果，既让人万分着急，又让人忍俊不禁。特别是聋老婆子的表现，更加加重了读者的紧张感。

第六十七回，贾琏“金屋藏娇”东窗事发，一场大风暴即将来临。袭人为琏二奶奶担心，赶紧前去探望她。

然而，这一路上，一向办事干练的袭人，却一点也不着急，四处张望，不温不火，不紧不慢。她先是在沁芳桥畔看风景，眼下正是夏末秋初，池中莲藕新残相间，红绿离披。袭人走着，沿堤看顽了一回。紧接着，看见老祝妈在葡萄架底拿着掸子赶蜜蜂儿，她便走了过去，与老祝妈拉起了家常，告诉她多多做些小冷布口袋儿，一嘟噜套上一个，又透风，又不糟蹋。老祝妈让她尝果子，袭人正色道：“这那里使得。不但没熟吃不得，就是熟了，上头还没有供鲜，咱们倒先吃了。你是府里使老了的，难道连这个规矩都不懂了。”就这样，袭人与老祝妈慢慢地、儿长女短地聊着。

一路上，如此节外生枝、加塞细节，就是想改变故事节奏，意在打压读者的欲望，以便激起更大的阅读反弹。

4. 闲笔运用舒缓节奏

适当巧妙地插入一些闲笔，可以活跃文势，舒畅故事节奏。

中国传统画技讲究留白，小说亦如此，切忌单一情节太满、太紧张，让人喘不过气来。因此，在主线情节之外，适时地纵横一些接引、过渡性的闲笔，蓄势养气，连绵起伏，让故事情节丰富生动。

第十八回，元妃省亲。如果一味地题匾咏诗，就会使文字单调死板。宝玉急得“拭汗”，宝钗细心指点他用“绿腊”代替“绿玉”等，都是闲笔表达。宝玉笑道：“从此后我只叫你师父，再不叫姐姐了。”宝钗亦悄悄的笑道：“谁是你姐姐，那上头穿黄袍的才是你姐姐，你又认我这姐姐来了。”宝钗的这一番戏谑，让沉闷的场面立刻活跃起来。正如己卯本夹批曰：“一段忙中闲文，已是好看之极，出人意外。”

第二十八回，宝黛二人闹别扭。贾母房里的丫鬟找宝玉、黛玉吃饭，黛玉“起身拉了那丫头就走”，而宝玉却留在了王夫人处吃饭。饭后，“宝玉一则怕贾母记挂，二则也记挂着林黛玉，忙忙的要茶漱口……便出来，一直往西院来”。走到凤姐的院门前，却被喊住，凤姐让他写几个字，宝玉只好跟了进去。写完了字，凤姐又向他要丫头红玉，宝玉爽快地答应了。说完便要走。凤姐儿道：“你回来，还有一句话呢。”宝玉道：“老太太叫我呢，有话等我回来罢。”

甲戌本侧批曰：“非也，林妹妹叫我。一笑。”很明显，这里夹杂的有关凤姐的闲笔，就是为了舒缓节奏，让宝玉心急，让读者好看。

二、把握叙述节奏，追求叙述的曲线性、新鲜感和戏剧化

小说的叙述节奏，表现于叙述层面，显示出叙述过程起承转合、错落有致的运动曲线性。而这种曲线性表达，主要是靠穿插情节来实现的。

穿插，乃曹雪芹常用的写作技巧。

所谓穿插技巧，即在不影响正常叙事的情况下，插入看似偶然却并非偶然的情节，弦外之音和意料之外并举，用以变换叙事的节奏，让小说节奏由快到慢，真实而不呆滞，琐细而不凌乱，增强故事叙述节奏的戏剧化效果。

从整体上来看，《红楼梦》的叙事密度在同类作品中是最大的，叙事节奏也是较为缓慢的。曹雪芹并没有到此为止，而是不断的以穿插为手段，丰富叙事情节和叙述情调，追求叙事过程的稳中有变，保持叙述节奏的新鲜感。

我们把与主题无直接关系的故事，称之为大穿插，如“秦可卿之死”“薛蟠挨打”“红楼二尤”等，这些故事显然与贾府衰亡、宝黛爱情无直接关系，而把每个故事中的分枝和插曲，称之为小穿插。这里谈到的叙述节奏的穿插技巧，主要指小穿插。

1. 活跃小说阅读节奏

相对于叙述中的故事，穿插的内容也许风马牛不相及，但它不会改变事件的发展方向。这种小穿插意在丰富故事情节，或为主要人物的行为从侧面提供展示机会，或暗示人物之间的关系，或为事件的发展埋下伏笔，形成一种悬疑和悬念，甚至也许仅仅是为了缓解读者的阅读疲劳，活跃小说的阅读节奏。

第六回中，刘姥姥初进荣国府，正要向王熙凤表明来意之时，贾蓉突然来访，打断了二人谈话。王熙凤一面叫刘姥姥“不必说了”，一面又问下人：“你蓉大爷在那里呢？”由于这个小穿插，刘姥姥与王熙凤的交谈被搁置起来，转笔叙述贾蓉求王熙凤之事。

贾蓉突访的小穿插，与主体事件之间似乎没有必然联系，插入情节具有相对独立性。正因为如此，中断了原有的叙事节奏，拓展了叙事环境，加强了故事悬念。

第十四回，凤姐主事宁府。按点查名，只有迎送亲客上的一人未到。即命传到，那人已张惶愧惧。凤姐正要处罚她，曹雪芹笔锋一转，穿插了三个情节：王兴媳妇领牌取线打车轿网络、荣国府四个执事人要支取东西领牌、张材家的领取裁缝工银若干两。在有条不紊地应付完这些琐事后，凤姐才回过头来处理迟到者的问题。

这种“横云断山”手法，极大地丰富了小说情节，表现出人物、事件的多面性和复杂性，有效地调整了读者的阅读节奏。凤姐的事无巨细与繁忙无比，立起了一个精明强干的女强人形象。

还有一种穿插叫“空场”。就是说，有穿插行动，但没有穿插结果。这种没有结果的穿插过程，客观上也起到了放慢叙事节奏、活跃叙事环境的效果。

第三回中，林黛玉初进贾府。在晚饭之前，曹雪芹穿插了林黛玉拜见贾赦、贾政的情节。但二位大人均未出场。贾政斋戒去了，不在家。贾赦人在家，却以身体不适为由婉拒。这种场面上的缺省，表现了一个冷漠的环境，即亲情的冷漠之感，以及这个百年望族家庭关系的复杂。同时，由于这个没有结果

的穿插，强化了“黛玉拜见”叙事节奏的曲折性。

《红楼梦》中的类似穿插，都是信手拈来，不觉其突兀死僵，又是妙趣横生。此后，若再拾旧话，适时勒笔，一点也不露痕迹也。

2. 调节小说情绪节奏

由于小说题材的世情化，《红楼梦》的大喜大悲场景挺多。大喜之事，如“元春省亲”“宝玉生日”“贾母寿辰”等；大悲之事，如“秦可卿之死”“贾敬之死”“贾母之死”等，这些都为小说人物情绪多样化表现提供了可能。

曹雪芹除采用明暗穿插、场面缺省等手法之外，还以亦悲亦喜的笔法，调节小说人物的情绪节奏。或悲之以喜，或喜之以悲，或悲中含喜，或喜中寓悲，呈现出一种特有的悲喜节奏感。这使得小说的叙事节奏不拘一格，变幻多姿。

秦可卿之死是《红楼梦》中十分隆重的大悲场景。秦可卿在小说中所占篇幅不多，从第五回出场，到第十三回病死，但秦可卿成了许多红楼爱好者绕不过去的永恒话题。秦可卿发丧，人物情绪极复杂，叙事节奏极慢。停灵七七四十九天，法事时间之长，宁国府“白漫漫人来人往，花簇簇宦去官来”；一百零八位普通和尚外加五十位高僧，九十九位全真道士外加五十位高道悉数到达，完全不同的佛教道教活动同台演出。还有规模浩大的送葬队伍……

与此同时，贾珍上蹿下跳、尤氏患病在床、秦可卿的丫鬟瑞珠撞柱而死，如此等等。这种多角度的穿插，渲染了人物情

绪的多样化表现，舒缓了人物情绪节奏。

3. 调整小说的叙述节奏

通过穿插情节，调整叙述节奏，会导致两种结果：一种是打破了原有的叙述节奏，但不改变原有的叙事方向。另一种是中止原有故事，改变了原有的叙事方向。

第一回，甄士隐与贾雨村携手来至书房中，小童献茶。“方谈得三五句话，忽家人飞报‘严老爷来拜。’士隐慌的忙起身谢罪道：‘恕诳驾之罪，略坐，弟即来陪。’说着，士隐已出前厅去了。”

这个“家人飞报”的穿插，显然是要中止甄与贾的谈话，改变叙事方向。结果是，让贾雨村有机会发现窗外的女子，为后面的故事作铺垫。严老爷是何人？小说中没有交待，严老爷也仅出现此一次。

第三回，林黛玉与宝玉的初次见面。宝玉竟然有两次出场，第一次出场：“一语未了，只听外面一阵脚步响，丫鬟进来笑道：‘宝玉来了。’黛玉心中正疑惑着：‘这个宝玉，不知是怎生个惫懒人物，懵懂顽童？’……黛玉一见，便吃一大惊，心下想道：‘好生奇怪，倒像在那里见过一般，何等眼熟到如此！’贾母便命：‘去见你娘来。’宝玉即转身去了。”

宝玉第二次出场：“一时回来，再看，已换了冠带……贾母因笑道：‘外客未见，就脱了衣裳，还不去见你妹妹！’宝玉早已见多了一个姊妹，便料定是林姑妈之女，忙来作揖。厮见毕归坐，细看形容，与众各别：两弯似蹙非蹙罥烟眉，一双似喜非喜含情目……宝玉看罢，因笑道：‘这个妹妹我曾见过的。’”

曹雪芹让宝玉两次出场穿插，显然是在有意“隔断”，变换场景，变换节奏，形成一种悬念和隔断效应。同时，宝玉有了一个形象转换时间，林黛玉也有了一个视角变换空间。由此，牢固两人心灵交融的“永恒一瞬”，实现了深刻表达的神秘性。

第七回中，周瑞家的奉薛姨妈之命给各位小姐送宫花。一路上，不断变换空间和画面。见到香菱，交代葫芦案里英莲的下落；见到惜春与智能儿，伏笔惜春出家的结局；花送至黛玉处，黛玉多心而尖刻的性格跃然纸上。最后又写道，周瑞家在去见贾母的路上，忽遇女儿，为丈夫冷子兴打官司来求情。这些空间的变换穿插，不仅转换自如，而且节奏得体适当。

周瑞家的送花路上的情节穿插，都是并列的，相互独立的，意在呈现多样生活画面，调整小说叙述节奏，缓解读者的阅读疲劳。

三、把握语言节奏，追求语言的形式美、节奏感和表现力

小说的语言节奏，是文句、语势和字音在单位语音段落里，所呈现的长短、高低和轻重等起伏状况。错杂相间，节拍均匀，形成共鸣。由于文章声势有规律性的变化，而构成小说语言的节奏美感。这种节奏性，就是小说在叙述的时间流程中语音变化所形成的审美特征。

语言的节奏有不同的类型。按照单位语音段落音程的长短、停顿的快慢，可以分为快节奏和慢节奏。快节奏单位语音段落音程短，一句中音组少、音节短、停顿得快。

语言节奏表现在叙事话语的节奏性，包括文句的长短、整散，语势的疾徐、直曲，字音的响沉、抑扬等，体现在小说语言内部由朗读停顿形成节拍。由此，产生一种疏密有致、和谐流畅、如诗如乐的表层韵律，与人物情绪同步推进或两相呼应，表现出节奏变化的美感。一方面使小说叙述语言抑扬顿挫、和谐悦耳，形成了声音层面的外形美；另一方面不同节奏的语言，丰富了审美意味和情绪色彩。

殷孟伦在《略谈〈红楼梦〉作者曹雪芹对语言艺术的认识》一文中认为："《红楼梦》的语言，是'血'的语言的记录。一般来讲，中国古典的五字或七字的诗歌中，可以明显感受得到。《红楼梦》虽然不是五言或七言的诗歌，但朗读起来，同样感受到强烈的节奏感。"

曹雪芹很注重小说语言的节奏、色彩、空白、音律、象征意味等特点。如同音乐中不同的音符组合在一起，时高时低、时长时短、时重时轻、时快时慢，形成了小说叙述语言鲜明的节奏。《红楼梦》许多章节的语言，文字铿锵、音节响亮，朗朗上口，余味无穷。这种语言的音节、旋律，直接传达了生活的节奏感，增强了小说语言的表现力。

1. 四字词语的节奏感

语言是故事的载体、叙述的依托，是叙事话语的物质形式。

小说的语言节奏，实际上是通过小说叙述语言的轻重缓急来体现的。小说的叙述语言如果没有节奏感，会使叙事话语呆板、沉闷、平淡，缺少活力，失去艺术性。

所谓四字词语，通俗地讲，就是采用四字格结构，组成的四字词组。既指惯常使用的、约定俗成的四字短语，尤其是四字成语，又可指临时根据语境需要组合而成的四字词组。这是一种特殊的短语，最能体现汉语的民族特色，是汉语语库里的一块瑰宝，在文学体裁的运用极其广泛。

就一般的写作规律而言，小说采用慢节奏语言叙述，几乎全都是陈述句。段落语音较长，语句停顿少、进展慢，而且长句子较多，句子字数一般在 10 个至 20 个之间。有的自然段落，竟然达到 2000 字以上，句与句之间甚至没有标点。曹雪芹则不然，他的慢节奏语言的特点是，多为短句，停顿多、叙述慢。

《红楼梦》语句活泼，节奏有力，用词精准，韵味十足，其中四字词语俯拾皆是，闪烁着语言艺术的奇光异彩。

第一回开头，曹雪芹就采用了一连串的四字词语，组成“之”字结构，简洁明了地表达写作意图：“当此，则自欲将已往所赖天恩祖德，锦衣纨绔之时，饫甘餍肥之日，背父兄教育之恩，负师友规训之德，以至今日一技无成、半生潦倒之罪，编述一集，以告天下人。”

《红楼梦》的主要人物贾政，出语永远是四字词语，连形容他发怒也是四字一句。第三十三回，“贾政一见，眼都红紫了，也不暇问他在外流荡优伶，表赠私物，在家荒疏学业，淫辱母婢等语，只喝令：‘堵起嘴来，着实打死！’”

“流荡优伶”“表赠私物”“荒疏学业”“淫辱母婢”，成组连片的四字句表达，用词严厉，语气恶狠。可见，宝玉在父亲的眼中真乃罪大恶极也。

第三十回，夏日之景的描写：“只见赤日当空，树阴合地，满耳蝉声，静无人语”；龄官面貌的描写：“只见这女孩子眉蹙春山，眼颦秋水，面薄腰纤，袅袅婷婷……”

第六十八回，尤二姐第一次见到王熙凤：“至门前，凤姐方下车进来。尤二姐一看，只见头上皆是素白银器，身上月白缎袄，青缎披风，白绫素裙。眉弯柳叶，高吊两梢，目横丹凤，神凝三角。俏丽若三春之桃，清洁若九秋之菊。”

王熙凤的着装和面貌，清一色的四字句：“素白银器”“月白缎袄”“青缎披风”“白绫素裙”“眉弯柳叶”“高吊两梢”“目横丹凤”“神凝三角”等。

接下来，王熙凤说道：“我今来求姐姐进去和我一样同居同处，同分同例，同侍公婆，同谏丈夫。喜则同喜，悲则同悲，情似亲妹，和比骨肉。”

又是一串的四字句，而且还用了六个“同”，既表示了自己迫切的心情，又强化了语言的节奏感。

从语言的角度看，四字句容易产生错落有致、泉水叮咚的节奏韵味，成就小说最外层——话语层面的形式美。这种节奏感，阅读起来给人以美的享受。

2. 音同、音近语素的节奏感

语素是最小的语音、语义结构，是最小的有意义的语言单位。语素不是独立运用的语言单位，它只是构成词语的材料。运用同音、音近的语素组成句子，无疑有利于丰富语言节奏感。

曹雪芹十分讲究语素的组合，将音同、音近语素进行组合，推陈出新，别有洞天。

第十九回，宝玉与黛玉打闹着，伸手向黛玉膈肢窝内两肋下乱挠。黛玉笑道："再不敢了。"一面理鬓笑道："我有奇香，你有"暖香"没？"宝玉见问，一时解不下来，因问："什么'暖香'？"黛玉点头叹笑道："蠢才，蠢才！你有玉，人家就有金来配你；人家有'冷香'，你就没有'暖香'去配？"

第四十五回，秋雨凄凉，黛玉心有所感，伏案作诗。丫鬟报说："宝二爷来了。"一语未完，只见宝玉头上带着大箬笠，身上披着蓑衣。黛玉不觉笑了："哪里来的渔翁？"……黛玉笑道："我不要他，戴上那个，成了画儿上画的和戏上扮的渔婆了。"及说了出来，方想起话未忖夺，与方才说宝玉的话相连，后悔不及，羞的脸飞红，便伏在桌上嗽个不住。

薛宝钗有"冷香丸"的"冷香"，从来也没有什么"暖香"，可怎么会跑出个"暖香"来了呢？宝玉头上戴着大箬笠，身上披着蓑衣，像个"渔翁"，从来也没有一位"渔婆"，可怎么会跑出一个"渔婆"来了呢？这些都是曹雪芹在借音造词，利用相近音、仿音词进行组合，承接上文临时仿造出的词语，形成的一种独特的韵味美感。

第四十七回，贾母误把鲍二家的说成赵二家的，被鸳鸯予以纠正。贾母说："我那里记得什么抱着背着的……"抱背音近，抱与背为同一种姿态，隐含着贾母对贾琏偷鸡摸狗的不满，把因奸致命不当一回事的冷漠。

3. 对偶、对仗句的节奏感

对偶句和对仗句是两种极为相像的语言形式。

对偶句是一种字数相等、结构形式相同、意义对称的成对短语或句子，是用以表达两个相对或相近意思的修辞方式。其要求在于，两面对称，不能多字也不能少字。对偶句形式工整、匀称并节奏鲜明；音调和谐，便于记忆和传诵；对仗句则是按照字音的平仄和字义的虚实做成对偶的语句。对仗句前后呼应，互相映衬，对比鲜明，语言凝练，意在增强语句的韵味和词语的表现力，给读者留下深刻的印象。

金陵十二钗正册判词之《巧姐》“偶因济村妇，巧得遇恩人”。“偶”和“巧”相对，“因”和“得”相对，“济村妇”和“遇恩人”相对。

第五回的《枉凝眉》中：“一个是阆苑仙葩，一个是美玉无瑕”。“阆苑仙葩”与“美玉无瑕”相对，结构相同。林黛玉和贾宝玉，一个是绝色佳人，聪明伶俐；一个是翩翩少年，博学多才。他整天为她，牵肠挂肚，她整天为他，哀婉哭叹。他心里只有她，她心里只有他，真可谓是天生地造的一对。

第二十六回，薛蟠误认唐寅作庚黄，念了白字还笑道：“谁知他‘糖银’‘果银’的。”这种趣偶表达，讥讽了薛蟠的粗俗与无知。

第二十九回，曹雪芹用了连续对偶，先是用“一个在潇湘馆临风洒泪”与“一个在怡红院对月长吁”对偶，描写贾宝玉、林黛玉的动态，接着又用“人居两地”与“情发一心”对偶，抒发贾宝玉、林黛玉的心情。

曹雪芹特别追求具有异质审美风范词语元素的对应组合，通过既相对又统一的刚柔、动静、顿续、疏密共构，实现了小说节奏动势与秩序的统一。如“两弯似蹙非蹙罥烟眉，一双似喜非喜含情目”“娴静时如姣花照水，行动处似弱柳扶风”等，这种对偶句表达，几十个字就把林黛玉千娇百媚形容出来了。“似蹙非蹙”与“似喜非喜”，“姣花照水”与“弱柳扶风”，“两弯”与“一双”，“娴静”与“行动”，都十分工整、对仗，精湛的语言艺术，令人叹为观止。

值得一提的是，小说人物的语言节奏与人物情绪有关，由此派生出情绪节奏。情绪节奏增强了小说人物的动感，表层情绪节奏通过句式、语气的变化，呈现出节奏变化的美感，与内层情绪节奏构成对位、错位的关系。

聚叶泼成千点墨

——细节运用与写作价值

金蔷薇的价值，在于它是由无数的金子碎屑合成。

《红楼梦》无疑是中国文学的“金蔷薇”，而形成金蔷薇的那些金碎屑就是细节。小说庞大的故事架构，丰富的故事情节，都是通过细节来完成的。

巴尔扎克曾说过：“当一切的结局都已准备就绪，一切情节都已经过加工,这时,再前进一步,唯有细节组成作品的价值。”

细节是组成文学作品的艺术细胞，是小说、散文中情节的基本构成单位。包括人物、景物、事件等表现对象所富有特色的细枝末节。细节的运用，对于深化作品主题、丰满人物形象、精致景物环境、推进故事发展，都有着十分重要的作用。

细节是艺术、是品位。细节运用的成功与否，决定写作价值，决定写作的深度、高度，乃至写作生命。

《红楼梦》第三十八回，薛宝钗的《画菊》诗写道，“聚叶泼成千点墨，攒花染出几痕霜”。意思是说，泼墨千点，描绘茂密的菊叶、繁盛的花瓣，聚攒成美丽的花姿。这里尽管是在谈中国画技法，但文学写作如同一理，细节成就情节，情节成就小说故事。

曹雪芹的细节运用，以丰富、细腻、生动见长。每个细节都精雕细刻，寓意丰富，朴实自然，没有丝毫的人工斧凿痕迹。许多细节看似闲笔或赘笔，似乎无关紧要，可有可无，信手拈来，但绝对不能随意去掉或取代。

一、注重人物形象细节，以展示人物性格的多样性为基本点

有了细节，人物就有了性格。抓住了人物细节，就立起了人物的个体形象。

人物细节描写，包括人物语言、人物神态和人物心理等。细节可以是一连串的动作，也可以是一句话、一个字。曹雪芹笔下人物细节，能够让读者身临其境，看到人物的动作，听到人物的声音，嗅到人物的气息，便成就了一个个“立体”“全息”的人物塑像。

1. 人物对话个性化

人物的个性化语言，是最生动的细节。

曹雪芹十分注重人物对话个性化，量体裁衣，看人说话，

到什么山上唱什么歌。该谁的话就得谁说，一听口气，就知道是谁的话。让每一句对话，都切合人物的身份、地位和所处的环境。

第三回，王熙凤初见林黛玉。因笑道："天下真有这样标致的人物，我今儿才算见了！况且这通身的气派，竟不像老祖宗的外孙女儿，竟是个嫡亲的孙女，怨不得老祖宗天天口头心头一时不忘。只可怜我这妹妹这样命苦，怎么姑妈偏就去世了！"

这番话，乍看是在赞美黛玉，再看全都在讨好老祖宗贾母。这"口头心头"四字是绝对不可少的。只有聪明而富有心计的凤姐说话，才考虑得这么详细周到，表达得这么准确。她说这话时还配合着细致的动作，"用帕拭泪"。

"贾母笑道：'我才好了，你倒来招我。你妹妹远路才来，身子又弱，也才劝住了，快再休提前话。'这熙凤听了，忙转悲为喜道：'正是呢！我一见了妹妹，一心都在他身上了，又是喜欢，又是伤心，竟忘记了老祖宗。该打！该打！'"

凤姐见风使舵、口齿伶俐，看贾母的脸色说话，讨好老祖宗，把握得恰到好处。这些对话细节，让王熙凤的形象立刻鲜活起来。

第三十五回，薛宝钗至家中，正与母亲伤心地诉说着。"薛蟠在外边听见，连忙跑了过来，对着宝钗，左一个揖，右一个揖，只说：'好妹妹，恕我这一次罢！原是我昨儿吃了酒，回来的晚了，路上撞客着了，来家未醒，不知胡说了什么，连自己也不知道，怨不得你生气。'"

接着"薛蟠道：'妈妈也不必生气，妹妹也不用烦恼，从今以后我再不同他们一处吃酒闲逛如何？'宝钗道：'这不明白过来了！’薛姨妈道：‘你要有这个横劲，那龙也下蛋了。’”

薛家母子俩的对话，同样表达着一种个性化细节。薛蟠的话也许是真心的，但仍然流露出公子哥的油滑德行，信口开河，言而无信。薛姨妈慈爱心善，竟然用“龙也下蛋了”来形容薛蟠本性难移，完全是一种“恨铁不成钢”的无奈。

第十六回，林黛玉从苏州奔丧回来，宝玉赶紧过来看望她。“宝玉又将北静王所赠鹡鸰香串珍重取出来，转赠黛玉。黛玉说：‘什么臭男人拿过的！我不要他。’遂掷而不取。宝玉只得收回。”

依常人之见，皇帝亲赐之物，理应珍贵无比，众人求之不得。而林黛玉则不以为然，以“臭男人拿过的”，加以拒之。就这么一句话，活灵活现地展示了林黛玉清高、自负、任性的性格特征。同时，也表达了她对宝黛爱情的专一与执着。

2. 心理活动细腻化

细腻的人物心理活动，能让人物形象的细节精致、传神和出彩。

第十九回，东府珍大爷请看戏。宝玉只略坐了一会，便走开各处闲耍。“因想‘这里素日有个小书房，内曾挂着一轴美人，极画的得神。今日这般热闹，想那里自然无人，那美人也自然是寂寞的，须得我去望慰他一回。’想着，便往书房里来。刚到窗前，闻得房内有呻吟之韵。宝玉倒唬了一跳：敢是美人活了不成？乃乍着胆子，舔破窗纸，向内一看——那轴美人却不曾活，却是茗烟按着一个女孩子，也干那警幻所训之事。宝玉禁不住大叫：‘了不得！’一脚踹进门去，将那两个唬开了，抖衣而颤。”

这段心理活动描写十分细腻、有趣。宝玉心地善良，他关心别人，惦记他人，希望大家都好，充满了对生命的同情和悲悯。宁府热闹之时，他竟然惦记着一个挂在墙上的美人，要去看望慰问一回。于是，有了他的两次心理活动波折，一是想象那美人自然寂寞，二是敢是美人活了不成？然而，现实与他的想象完全相反，反差形成视角冲突，他眼前上演的是一场“干那警幻所训之事”的闹剧。

第二十一回，史湘云来贾府了，宝玉缠着湘云帮他梳头。“湘云道：‘这可不能了。’宝玉笑道：‘好妹妹，你先时怎么替我梳了呢？’湘云道：‘如今我忘了，怎么梳呢？’宝玉道：‘横竖我不出门，又不带冠子勒子，不过打几根散辫子就完了。’说着，又千妹妹万妹妹地央告。湘云只得扶过他的头来，一一梳篦。”

凤姐之女大姐出疹子，与贾琏隔房。“平儿收拾贾琏在外的衣服铺盖，不承望枕套中抖出一绺青丝来。平儿会意，忙拽在袖内，便走至这边房内来，拿出头发，向贾琏笑道：‘这是什么？’贾琏看见着了忙，抢上来要夺。平儿便跑，被贾琏一把揪住，按在炕上，掰手要夺，口内笑道：‘小蹄子，你不趁早拿出来，我把你膀子撅折了。’平儿笑道：‘你就是没良心的。我好意瞒着他来问，你倒赌狠！你只赌狠，等他回来我告诉他，看你怎么着。’贾琏听说，忙陪笑央求道：‘好人，赏我罢，我再不赌狠了。’”

这一回中的两个细节都是在讲头发。同样是头发，却承载着人物的不同心理活动，意在借物说人。宝玉缠着湘云梳头，是对童年生活的依恋，一种情感的表达，一种不愿长大的心理情结。而贾琏枕套里的青丝，显然是偷情的证物，一种欲望的膨胀，一种情欲心理的表达。

第二十九回，贾母领着女眷们去清虚观打醮。张道士作为贺礼送的一盘法器中，有一只金麒麟。“贾母因看见有个赤金点翠的麒麟，便伸手拿了起来笑道：‘这件东西好象我看见谁家的孩子也戴着这么一个的。’宝钗笑道：‘史大妹妹有一个，比这个小些。’贾母道：‘是云儿有这个。’宝玉道：‘他这么往我们家去住着，我也没看见。’探春笑道：‘宝姐姐有心，不管什么他都记得。’林黛玉冷笑道：‘他在别的上还有限，惟有这些人带的东西上越发留心。’宝钗听说，便回头装没听见。宝玉听见史湘云有这件东西，自己便将那麒麟忙拿起来揣在怀里。一面心里又想到怕人看见他听见史湘云有了，他就留这件。因此手里揣着，却拿眼睛瞟人。只见众人都倒不大理论，惟有林黛玉瞅着他点头儿，似有赞叹之意。宝玉不觉心里没好意思起来，又掏了出来，向黛玉笑道：‘这个东西倒好顽，我替你留着，到了家穿上你带。’林黛玉将头一扭，说道：‘我不稀罕。’宝玉笑道：‘你果然不稀罕，我少不得就拿着。’说着又揣了起来。”

面对这只金麒麟，在场几位人物的想法各异。一连串的对话、神态、动作描写，准确地表达出各个人物的心理活动。宝钗的敏锐，黛玉的尖酸，宝玉的小动作，暗示着宝玉、宝钗、黛玉、湘云之间，那种微妙的感情关系，真实自然，妙趣横生。敏感的感情问题，牵动着“金玉良缘”和“木石前盟”的尖锐对立。这不仅是人物性格决定的，也是各自的身份、角色决定的。这一组心理活动，细节灵动、形神兼备，很富有表现力。

3. 人物神态多样化

人物神态展示人物形象，包括人物的动作、表情、姿态等。

第二十五回，叔嫂逢五鬼，惊动了上自贾母下至奴婢的荣宁二府，园内乱麻一般。“别人慌张自不必讲，独有薛蟠更比诸人忙到十分去：又恐薛姨妈被人挤倒，又恐薛宝钗被人瞧见，又恐香菱被人臊皮，——知道贾珍等是在女人身上做工夫的，因此忙得不堪。忽一眼瞥见林黛玉风流婉转，已酥倒在那里。”

忙乱中的贾府，薛蟠的神态表现，令人忍俊不禁。如同电影中的特写镜头一样，一层一层地推开来：其一，用三个“又恐”写出了薛蟠的“忙”，由薛蟠的“忙”，衬托出大观园内的“乱”。堂堂贾府，本来是女儿们生活的幽静场所，竟然让薛蟠如此担心？其二，凤姐、宝玉之病，闹得合府人仰马翻，竟然有像贾珍那样“在女人身上做工夫的”的偷鸡摸狗之人。其三，别具讽刺意味的是，薛蟠既恐这恐那，自己却“已酥倒在那里”。薛蟠的如此神态，既有龌龊、丑陋的一面，也有对家人的关心和爱护。这种神态细节很自然，也很值得回味。

其实，神态的细节表达有时就是一个字。

第六回，刘姥姥到贾府求助。“周瑞家的道：‘没甚说的便罢，若有话，只管回二奶奶，是和太太一样的。’一面说，一面递眼色与刘姥姥。刘姥姥会意，未语先飞红的脸，欲待不说，今日又所为何来？只得忍耻说道：‘论理今儿初次见姑奶奶，却不该说，只是大远的奔了你老这里来，也少不的说了。'"

一个"红"字，把刘姥姥的万般为难的样子，那种尊严与贫困的杂糅与纠结，表现得入木三分。朴实的乡下人神态，立体化了刘姥姥的人物形象。

第十八回，大观园试才题对额，贾宝玉表现甚佳。至院外，"几个小厮上来拦腰抱住，都说：'今儿得了这样的彩头，该赏我们了。'……说着，一个上来解荷包，那一个就解扇囊，不容分说，将宝玉所佩之物尽行解去。""林黛玉听说，走来瞧瞧，果然一件无存，因向宝玉道：'我给的那个荷包也给他们了？你明日再想我的东西，可不能够了！'说毕，赌气回房，将前日宝玉所烦他作的那个香袋儿——才做了一半——赌气拿过来就铰。宝玉见他生气……因忙把衣领解了，从里面红袄襟上将黛玉所给的那荷包解了下来，递与黛玉瞧道：'你瞧瞧，这是什么！我那一回把你的东西给人了？'"黛玉自悔莽撞，又愧又气，低头一言不发。

所佩之物被抢，宝玉、黛玉表现出的神态迥然，宝玉高兴，黛玉气愤，可谓入骨三分。宝玉尽管大度、豪气，但对黛玉的东西却是呵护有加，藏在衣服的最里层。这就是他对黛玉的爱。黛玉也很大度，她并不在乎宝玉的东西被小厮们抢光，她在乎的是自己的感情、自己对宝玉的爱。神态各异，殊途同归，怎一个"爱"字了得？

第七十三回，赵姨娘房里的丫头小鹊密报，贾政明日要考宝玉的学业。怡红院顿时一片慌乱。宝玉彻夜读书，几个大丫头在旁剪烛斟茶；那些小的，都困眼朦胧，前仰后合起来。"晴雯因骂道：'什么蹄子们，一个个黑日白夜挺尸不够，偶然一次睡迟了些，就装出这腔调来了。再这样，我拿针戳给你们两下子。’话犹未了，只听外间咕咚一声，急忙看时，原来是一个小丫头坐着打盹，一头撞到壁上了。从梦中惊醒，恰正是晴雯说这话之时，他怔怔的只当是晴雯打了他一下，遂哭央说：‘好姐姐，我再不敢了。’众人都发起笑来。”

人物神态多样化，让生活画面充满了情趣和动感。宝玉彻夜读书，表达了他对父亲的惧怕；晴雯的叫骂，表达了她对宝玉的忠诚；小丫头打盹撞壁，正是小孩子瞌睡多的真性情描写，朴实无华，自然有趣。

二、注重事件处置细节，以化解事件过程的矛盾性为落脚点

如果说，事件是小说里的故事、情节，那么细节就是事件的支点。通过事件的处置过程，展示事件细节，刻画人物表现，是小说家的基本功。任何事件都是由多个情节、细节组成的。情节寓于细节之内，抽去了细节，不仅影响作品的形象生动，而且连情节本身也不复存在了。细节对于丰富故事情节、烘托事件的形成起着决定性作用。

曹雪芹善于通过描写事件的处置过程，展示事件的细节。包括事件的发生、发展及处置方式等多个环节。抓住人物这个事件主体，就为事件的细节描写，提供了全过程表述途径。

1. 凤姐处事——泼辣诡诈

王熙凤是一个核心人物。只要她在场，她就会成为这个场合、语境的中心、焦点。自从来到贾府当上二奶奶，倒令贾琏等贾府的男人们“倒退了一舍之地”，凤姐拥有无与伦比的处事能力。

凤姐的处事风格，既表现了她的性格，也丰富了故事细节，增强小说的感染力。

第十四回，王熙凤协理宁国府。一家仆迟到了。凤姐冷笑道：“我说是谁误了，原来是你！你原比他们有体面，所以才不听我的话。”那人道：“小的天天都来的早，只有今日，醒了觉得早些，因又睡迷了，来迟了一步，求奶奶饶过这次。”王熙凤登时放下脸来，喝命：“带出去，打二十板子！”一面又掷下宁国府对牌：“出去说与来升，革他一月银米！”凤姐道：“明日再有误的，打四十，后日的六十，有要挨打的，只管误！”

凤姐冷笑，笑出了她的威严；凤姐说话，说出了她的刻薄；凤姐喝命，喝出了她的粗暴；凤姐掷牌，掷出了她的泼辣。由此，凤姐的形象，雷霆电火般地跃出纸外。“彼时宁国府荣国府两处执事领牌交牌的，人来人往不绝，那抱愧被打之人含羞去了，这才知道凤姐利害。众人不敢偷懒，自此兢兢业业，执事保全。不在话下。”

第十五回，秦可卿送葬路上，凤姐下榻馒头庵。老尼净虚趁机“有一事相求”，原来是一桩婚姻纠纷案：长安太爷的小舅子李衙内，横行霸道，欲强娶已经定亲了的张财主之女张金哥，张财主因贪图权势，欲向定亲的男方长安守备退婚，而男方不同意，张财主就托老尼净虚希望借助贾家的势力搞定。

这件事本与贾府无关，但凤姐感到有利可图，便来了兴致。她采取了欲擒故纵的手法，假装不愿意管。奸诈的老尼明使出激将法，着实给了凤姐一个台阶。于是，凤姐开出三千两银子的价码，很快就达成交易。

紧接着，凤姐派心腹人进城，找了“代写文书”之人，假借贾琏的名义，给长安节度使云光修书，让其给长安守备施压，接受退亲。这处事过程所展示的一连串细节，将凤姐的见利忘义、净虚的油滑奸诈，表现得淋漓尽致，同时也暴露了官场的腐败黑暗。

2. 宝玉处事——里外受气

《红楼梦》里，往往不投机的一句话、一个眼色，或一个药名，就有可能引发一连串的事件。“无事忙”贾宝玉，总是身陷其中，处事不当，弄得里外不是人。

第二十二回，贾母给宝钗过生日，吃了饭点戏。贾母深爱那作小旦的，因命人带进来，细看时益发可怜见，便令人另拿些肉果与他，又另外赏钱两串。“凤姐笑道：‘这个孩子扮上活像一个人，你们再看不出来。’宝钗心里也知道，便只一笑不肯说。宝玉也猜着了，亦不敢说。史湘云接着笑道：‘倒像林妹妹的模样儿。’宝玉听了，忙把湘云瞅了一眼，使个眼色。”

正是宝玉的这个眼色，导致了一连串事件的发生。

湘云不干了。便命翠缕把衣包打开收拾，都包了起来。翠缕道："忙什么，等去的日子再包不迟。"湘云道："明儿一早就走。在这里作什么？——看人家的鼻子眼睛，什么意思！"

宝玉急了。忙赶近前拉湘云说道："好妹妹，你错怪了我。林妹妹是个多心的人……我是怕你得罪了他，所以才使眼色。"湘云摔手道："你那花言巧语别哄我。我也原不如你林妹妹，别人说他，拿他取笑都使得，只我说了就有不是。我原不配说他。他是小姐主子，我是奴才丫头，得罪了他，使不得！"

黛玉生气了。冷笑道："我原是给你们取笑的，——拿我比戏子取笑。"宝玉道："我并没有比你，我并没笑，为什么恼我呢？"黛玉道："你还要比？你还要笑？你不比不笑，比人比了笑了的还利害呢！""再你为什么又和云儿使眼色？这安的是什么心？莫不是他和我顽，他就自轻自贱了？"

"宝玉细想自己原为他二人，怕生隙恼，方在中调和，不想并未调和成功，反已落了两处的贬谤。""林黛玉见他去了，便知回思无趣，赌气去了，一言也不曾发，不禁自己越发添了气，便说道：'这一去，一辈子也别来，也别说话。'"

一个眼色，本是一个很小的细节，却惹得湘云、黛玉都生气了，闹成了很大的事。一个"明儿一早就走"，一个"一辈子也别来"，一个眼色，导致了一个大事件，弄得"无事忙"的宝玉里外不是人。这是一个美丽的误会，源于两位姑娘的小心眼，也源于宝玉的细心与善良。细节原来可以如此动人，着实令人惊叹。

第二十八回，宝玉让王夫人给三百六十两银子，给林妹妹配药。"王夫人道：'放屁！什么药就这么贵？'宝玉说：'……前儿薛大哥求了我一二年，我才给了他这方子。他拿了方子去又寻了二三年，花了有上千的银子，才配成了。太太不信，只问宝姐姐。’宝钗听说，笑着摇手儿说：‘我不知道，也没听见。你别叫姨娘问我。’”后来，幸亏凤姐给宝玉作证：“宝兄弟不是撒谎，这倒是有的。”

一个药名引发的事件：王夫人认定宝玉撒谎，其实是宝姑娘撒谎，幸亏凤姐作证，林姑娘生气，宝玉里外不是人，到处赔不是。

3. 宝钗处事——事不关己

宝钗处理人情世故有着与生俱来的天赋。她可以和所有人都保持着自然、亲切，不卑不亢、合宜得体的关系。不疏不亲，不即不离，体贴入微。贾母说，贾家的四个姑娘中没有一个比得上宝钗，竟连元春也比下去了。

第六十七回，薛宝钗听了妈妈惋惜尤三姐和柳湘莲的事情后，并不在意，便说道：“俗语说的好，‘天有不测风云，人有旦夕祸福’。这也是他们前生命定。前日妈妈为他救了哥哥，商量着替他料理，如今已经死的死了，走的走了，依我说，也只好由他罢了。妈妈也不必为他们伤感了。倒是自从哥哥打江南回来了一二十日，贩了来的货物，想来也该发完了……妈妈和哥哥商议商议，也该请一请，酬谢酬谢才是。别叫人家看着无礼似的。”

这是宝钗在劝妈妈不要管别人家的事，先把自己的事管好才行。显然，这是信奉“事不关己不开口，一问摇头三不知”的处事哲学。相比尤三姐的死和柳湘莲的出家，她更重视酬谢跟薛蟠一同贩卖货物的伙计。她讲究现实，顾及家庭，把家里眼下的事做好比什么都重要。

第二十回，贾环与宝钗、香菱、丫鬟莺儿玩赶围棋，掷骰子时耍赖，明明是个幺，却说是个六点。莺儿不服。“宝钗见贾环急了，便瞅莺儿说道：‘越大越没规矩，难道爷们还赖你？还不放下钱来呢！’”莺儿不满，抱怨贾环不如宝玉待丫鬟大方，宝钗不等说完，连忙喝断。正值宝玉走来，“宝钗恐怕宝玉教训他，倒没意思，便连忙替贾环掩饰”。

诚然，“事不关己”只是对外面的事而言，家里的事，薛宝钗可是尽心尽力的。

第四十七回，薛蟠挨揍。薛蟠被柳湘莲引到荒郊野外羞辱痛打一顿之后，令薛家体面扫地，堂堂薛家公子被暴打，这口气不能忍。薛蟠扬言报复，薛姨妈也“意欲告诉王夫人遣人寻拿柳湘莲”。面对这一事件的处理，薛宝钗表现得十分冷静。她忙劝道：“这不是什么大事，不过他们一处吃酒，醉后反脸常情。谁醉了，多挨几下打，也是有的。况且咱们家的无法无天，也是人所共知的。”她认为，没有必要“兴师动众，倚着亲戚之势欺压常人”。

事实上，在关系到薛家的大是大非问题上，薛宝钗是识大体、顾大局的，采取息事宁人的态度。这不仅仅是圆滑，更多的是理智与冷静。

三、注重场景环境细节，以还原生动活泼的现场感为出发点

小说里的典型环境营造，细节不可或缺。

曹雪芹总是在动态中展现生活场景，通过细节引导读者融入，跟着小说人物一同喜乐哀怒。细微、细致的细节描写，烘托了环境气氛，营造了环境氛围，服务于人物性格刻画和故事场景的表现。

《红楼梦》前后出场人物多达 300 余人，这些人物处于各自的生活环境里。曹雪芹通过细节描写，展示生活场景的差异，表现人物性格特征，推进故事向纵深发展。

1. 日常生活场景

贾府里纷繁的生活场景，本就是一幅充满诗情画意的图景。

在曹雪芹笔下，春花秋月，情景融融。饮食起居、儿女痴情、婚丧嫁娶、结社吟诗等，情趣盎然，妙趣横生；深宅屋脊、亭院楼台、小桥流水、山石甬道，美轮美奂，美不胜收。这些场景、环境表达，也绝不是游离故事之外的闲笔，而是小说整体的一个组成部分。许多故事就发生在具体的场景中，配合故事情节发展，沸腾着贾府有滋有味的生活。

第七回，“那周瑞家的又和智能儿唠叨了一会，便往凤姐儿处来。穿夹道从李纨后窗下过，隔着玻璃窗户，见李纨在炕上歪着睡觉呢。遂越过西花墙，出西角门进入凤姐院中。”

李纨睡午觉，是一个很日常的生活场景，似乎与周瑞家的送花风马牛不相及。但要看了后面凤姐此刻进行的“房中事”，就知道此处落笔李纨，意在与后面的场景细节对照。

“走至堂屋，只见小丫头丰儿坐在凤姐房中门槛上，见周瑞家的来了，连忙摆手儿叫他往东屋里去。”“正说着，只听那边一阵笑声，却有贾琏的声音。接着房门响处，平儿拿着大铜盆出来，叫丰儿舀水进去。”这个场景中的几个细节表明，凤姐伉俪午休时，刚刚品尝了鱼水之欢。

在这些细节中，有凤姐的笑声、贾琏的声音，有平儿拿着大铜盆的身影，还有丰儿舀水的忙碌。再看李纨独自“歪在炕上”的场景，形单影只，几多凄苦。而且在今后长长的岁月里，她都将这样孤独、凄清地度过！这种场景细节的对比表达，不仅情趣十足，也是对封建礼教的批判和抗争。

第二十八回，宝玉记挂林妹妹，吃了茶，便出来，一直往西院来。“可巧走到凤姐儿院门前，只见凤姐蹬着门槛子拿耳挖子剔牙，看着十来个小厮挪花盆呢。”这是一个很有动感的生活场景。有人物的姿态、动作、视角等诸多细节。凤姐蹬着门槛子，拿着耳挖子，一边剔牙，一边看着小厮搬东西。凤姐悠闲、懒散、霸气的神态，跃然纸上。

《红楼梦》场景的细节描写，与故事情节有着紧密的联系。贾府兴盛时，景物的笔调多为欢快、愉悦；贾府衰败时，则是悲凉、冷淡。从景色描写来看，前半部更多是春夏葱郁之色，后半部则多写秋冬萧瑟之景。

在曹雪芹的笔下，贾府里的春天，是一年比一年凄惨。同样都是描写春天，前后景观也不相同。前半部是春风拂面、温柔多情，后半部却是哀叹春风、不忍相见。第七十回，重建桃花社。林黛玉感叹道：“嫁与东风春不管，凭尔去，忍淹留。”这种情感化的景物描写，不仅满足了全书的悲剧结局，而且服从于贾府由盛至衰的发展脉络。

2. 屋子里的风景

贾府姑娘媳妇的闺房、内室，是很私密的。其场景的描绘，无非有两种选择，要么是特别的温馨，要么是充满火药味。这种特定的场景细节，重在人物与场景的融合。

第十九回，歇午，宝玉揭起绣线软帘，进入黛玉房间。“黛玉只合着眼，说道：‘我不困，只略歇歇儿，你且别处闹会子再来。’宝玉推他道：‘我往那去呢，见了别人就怪腻的。’黛玉听了，嗤的一声笑道：‘你既要在这里，那边去老老实实的坐着，咱们说话儿。’宝玉道：‘我也歪着。’黛玉道：‘你就歪着。’宝玉道：‘没有枕头，咱们在一个枕头上。’黛玉道：‘放屁！外头不是枕头？拿一个来枕着。’宝玉出至外间，看了一看，回来笑道：‘那个我不要，也不知是那个脏婆子的。’黛玉听了，睁开眼，起身笑道：‘真真你就是我命中的天魔星！请枕这一个。’说着，将自己枕的推与宝玉，又起身将自己的再拿了一个来，自己枕了，二人对着面儿倒下。”

这是一个十分温馨的室内场景。宝玉的顽皮、单纯和执着，黛玉的任性、清高、友善，全都杂糅在一间屋子、一张床上，甚至是一个枕头上。这真是命中注定的一对“天魔星”啊！尤其是黛玉竟然对着宝玉大骂“放屁”，想来一个娇滴滴的淑女，面对多情公子如此粗鲁，当真是泼辣有余，蛮不讲理了。然而，正是这些场景中的细节，却让人感到特别的美好、甜蜜。

第四十四回，凤姐泼醋，酒后醉闹。“凤姐儿自觉酒沉了，心里突突的似往上撞。”就在这时，凤姐逮到了与鲍二家的偷情的贾琏。从凤姐看见小丫头生疑，到凤姐、平儿、鲍二家的、贾琏扭成一团撕打，整个场景，如疾风暴雨，却又层次井然。

先是凤姐打了第一个小丫头，接着又打了第二个小丫头，如骏马驰坂，一往直下。令人意想不到的是，凤姐忽然回身竟把平儿先打了两下，然后“一脚踢开门进去，也不容分说，抓着鲍二家的撕打一顿”，然后又是打平儿，接着是平儿又打鲍二家的，贾琏打平儿，平儿要寻死，最后是贾琏拔剑要杀凤姐、平儿。

这个发生在内室的场景，打闹疯狂，火药味十足。整个场景中，特写一个“酒”字。凤姐是“那酒越发涌了上来”，贾琏是“把酒也气上来了”。到头来，却把没吃酒的平儿卷进去了。其实，引爆点是“醋”字。凤姐醋劲大发，借酒闹事，大打出手，通过一连串的细节，有层次地呈现场景，高潮迭起，热闹好看。

3. 居住环境的特色

《红楼梦》中有许多环境的描写，都是融人物性格、情志于一体，实现了动态的全方位契合与交流，呈现出水乳交融、浑然统一的美妙境界。尤其是大观园的居住环境，洋溢和流淌着浓郁的文化气息。

林黛玉的潇湘馆，竹子挺拔、有节，蕴含着林黛玉的叛逆性格，映衬着林黛玉对爱情的执着，以及以泪洗面的悲剧命运。第四十五回，“这里黛玉喝了两口稀粥，仍歪在床上，不想日未落时天就变了，淅淅沥沥下起雨来。秋霖脉脉，阴晴不定，那天渐渐的黄昏，且阴的沉黑，兼着那雨滴竹梢，更觉凄凉。”

秋霖脉脉，雨滴竹梢，似黛玉心在哭泣。此时，这千百竿翠竹遮映的潇湘馆，充满哀怨，气氛郁闷，回荡着凄惨的气息，暗示着黛玉生命的秋天已经到来。

宝钗是“山中高士晶莹雪”，她的住处蘅芜苑也如雪洞一般。第十七回，“贾政道：‘此处这所房子，无味的很。’因而步入门时，忽迎面突出插天的大玲珑山石来，四面群绕各式石块，竟把里面所有房屋悉皆遮住，而且一株花木也无”。

蘅芜苑如此单调、冷漠，石头遮住了一切，这正是薛宝钗性情的写照。暗示薛宝钗山中高士，品性高洁，却婚姻不幸。到头来，宝玉弃她而去，宝钗住在空洞洞的房子里，过着备受煎熬的凄凉生活。

第二十六回，贾芸第一次走进怡红院：“只见院内略略有几点山石，种着芭蕉，那边有两只仙鹤在松树下剔翎。一溜回廊上吊着各色笼子，各色仙禽异鸟。”

贾宝玉的怡红院，与宝玉的性格一样，生机勃勃，生命旺盛，充满着对生活的热爱，跳动着生命的永恒韵律。

探春的秋爽斋，放着一张花梨大理石案，案上堆着各种名人法帖，并数十方宝砚，各色笔筒。斗大的一个汝窑花囊，插着满满的一囊水晶球的白菊。

秋爽斋的室内环境，显示了贾探春的书卷气和豪爽豁达的性格。

4. 梦境里的场景

梦，是《红楼梦》里不可缺少的重要场景。

据统计，《红楼梦》中总共描写了 33 个梦境。其中，前八十回共有20个梦。正如脂砚斋所批："一部大书起是梦，宝玉情是梦，贾瑞淫又是梦，秦之家计长策又是梦，今作诗也是梦，一并风月鉴亦从梦中所有，故'红楼梦'也。"它们大小各异，内容颇杂，形式多样，活灵活现，散布于全书。梦景如同银线串珠，把细节、情节、故事串联一体，构成小说庞大的叙事结构。

第五回，宝玉梦游"太虚幻境"。浏览金陵十二钗正册、副册、又副册，饮酒听曲，乐此不疲。这个梦，只是《红楼梦》的序幕，推出重要人物，预示了主要女子不同的生活道路和独特的命运结局。这个梦，是整个小说的大背景和大环境。到了第一一六回，宝玉再游太虚幻境，与初游遥相呼应，这个巨大的梦才算完成。

第十三回，秦可卿死前托梦。她告诉凤姐，要当心"月满则亏，水满则溢""登高必跌重，乐极生悲，树倒猢狲散"的悲剧，提出补救保全的办法，即在兴盛之时置祭田、办义学。凤姐的这个梦，洞察了贾府的瞬息繁华，预示了未来的厄运，隐喻了梦幻虚景里的荣辱兴衰。

第二十四回，小红与贾芸相恋。小红的手帕丢了，便闷闷的回至房中，睡在床上暗暗盘算，翻来掉去，正没个抓寻。"忽听窗外低低的叫道：'红玉，你的手帕子我拾在这里呢。'红玉听了忙走出来看，不是别人，正是贾芸。红玉不觉的粉面含羞，问道：'二爷在那里拾着的？'贾芸笑道：'你过来，我告诉你。'一面说，一面就上来拉他。那红玉急回身一跑，却被门槛绊倒。"

原来这是一场梦，梦境里的细节如此生动、详细、逼真。

曹雪芹借助梦境，用梦帕作引子，巧妙地道出了小红心中朦胧的恋意。正是因为这个梦，让红玉这个小人物在读者心中留下了深刻印象。

“憨湘云醉眠芍药裀”也是一个极为传神的梦境。以神写形，形神兼备，通过对湘云“醉眠”姿态的描写，在展现梦幻般美丽图景的同时，把湘云活泼开朗、憨直爽朗的性格也表现得活灵活现。

红楼轰然倒下，梦醒而碎。红楼无梦，只余梦影残痕。

黛玉惜花

宝玉出走

宝钗戏蝶

贾母禁赌

第二章 语言的张力

写作是语言的艺术。

《红楼梦》的语言精细、精准，十分个性化、生活化。

语言的唯一标准是准确。语言的目的是使人一看就明白，一听就记住。曹雪芹用语准确、简洁，独具韵味，极富神韵，充满生活情趣，可谓字字皆玉。动词、形容词的活用，比喻、幽默的妙用，谐音双关的神奇，生动形象地表现了人物特征和事物特色，灵动传神，活灵活现，彰显了语言艺术的巨大张力。

有这样一种物理现象：拿一个杯子，倒满清水，杯口的水会形成一层轻微的抛物面，将要溢出，却不会溢出。这是因为水会产生表面张力。

这种张力状态，是多种相互矛盾因素的组合与相互作用力所形成的一种动态平衡。形态饱满而充满动感，这就是语言的张力之美。包含着多重语言意义，以及对单纯、有限的语言外壳形成的冲击力和表现力。

充满张力的语言，给人一种阅读的快感。如澄澈的山溪，流水潺潺，滋润心田，使人心生爽朗和愉悦。丰富的词意，美妙的语句，如诗如画，如梦如幻，给人陶醉其中的美感。直入心灵，引发共鸣，令人叹为观止。

语言张力体现在语言的感染力上。遣词造句，精准发力，不是华丽辞藻的堆砌，而是动感和诗意的融合。既能做到用词贴切、精美，又能恰到好处地运用各种表达方式、修辞手段丰富语境。言此意彼，舒展大气，有效拓展了审美价值的回旋空间。

语言张力体现在语言的弹性力上。长短结合，张弛有度，有起有落，游刃有余。正如汪曾祺先生所说："语言的奥秘，说穿了不过是长句子与短句子的搭配。一泻千里，戛然而止，画舫笙歌，骏马收缰，可长则长，能短则短，运用之妙，存乎一心。"由此，彰显了语言的弹性美学。

语法变格和词性活用，是提升语言张力的有效途径。即打破思维定势和突破语法规范，借助异于常规的词性变异，实现语言张力的最大。如颠倒词序、改变词性，以及词语的超常搭配等等，或将人与物、物与物，进行嫁接、植入或互换，或将动词、形容词活用，从而达到语言张力所体现的广泛外延。

花谢花飞花满天
——动词妙用的乐趣

“花谢花飞花满天，红消香断有谁怜？”

这是《红楼梦》中《葬花吟》开头的两句诗。在这十四个字中，竟然有六个字是动词，可见曹雪芹对动词运用的重视和喜好。语言是个很奇妙的东西，尤其是动词的运用，除了能增强动感表达外，还能出其不意地给读者丰富的联想和意象。

塞尔维亚哲学家帕洛拉德·米维奇说：“动词是肉。”

动词在汉语句子里多用于谓语，是句子中的主要成分，几乎每个句子都离不开它。在词汇的海洋里，动词是最富于表现力的。与其他语言相比，汉语的动词又是最丰富的。同一种神态、同一种动作的描述，都有许多动词可选择，变化奇妙无穷。

法国作家莫泊桑曾经说过：“不论人家所要说的事情是什么，只有一个字可以表现它，一个动词可以使它生动，一个形容词可以限定它的性质。”这句话深刻表明了，精准用词在语言中的重要性。

古今中外的优秀作家都十分重视动词运用。巧妙地运用动词，对刻画人物性格、浓郁生活气息、表现小说主题，都能够起到出神入化的作用。可以让小说人物“活”起来，让所描写的事物“动”起来，写人如见其人，写物如见其物，写景如临其境，极大地增强人物和事物的真实感、形象感。

曹雪芹作为一位杰出的语言大家，他十分讲究动词的妙用，以表达人物的神态、行为和心理活动，以及事物和环境的存在、变化和消亡。《红楼梦》的语言艺术成就，达到了我国古典小说的最高峰。特别是动词的妙用，更是炉火纯青，让这部作品增色不少。

一、用动词表达人物语言和神态，增强人物形象的生动性

《红楼梦》里的人物形象，大都是通过动词来刻画人物的动作和神态，表达人物的特征和特点。动词用得巧，能以一当十，增强生动性、形象性，准确地表达人物个性和人性本质。

曹雪芹特别善于运用动词，或精选动词，或动词活用，或选择多个动词组成动词群，准确表达人物神态、语言个性，传递人物内心情感、内心感受，使人物形象鲜明、个性，富有特色。

1. 单音节动词

单音节动词，即一个字的动词。

汉语动词尤其是许多单音动词，含义丰富，简洁明了，结合力强，用法也最为灵活多变。《红楼梦》在遣词造句中，极为注意单音动词的运用。

第四十四回，“变生不测凤姐泼醋，喜出望外平儿理妆”。这个单音动词“泼”字，就十分传神、生动，准确地勾画出王熙凤醋意大发的情形。众所周知，王熙凤形象丰满，泼辣是其性格的主要特征。一个“泼”字，把凤姐刻画得惟妙惟肖。若舍去这个“泼”字，凤姐的形象就会无从谈起，淡然失色。

第五十二回，病卧在床的晴雯，得知小丫头坠儿偷了平儿的虾须镯后，十分恼怒。骂大夫只会骗钱不给好药，骂小丫头们像钻了沙子，跑得找不见了。“说着，只见坠儿蹭了进来。晴雯道：‘你瞧瞧这小蹄子，不问他还不来呢。’”这个单音动词“蹭”字，可谓经典至极。坠儿做了亏心事，不敢见人，晴雯叫她，她又不得不来。这种害怕、理亏、胆小的猥琐心理，一个“蹭”字，让其跃然纸上。

曹雪芹在描写人物的习惯动作时，也十分善于用一个单音动词来表达。贾府里最受宠的贾宝玉，见到贾母、王夫人，永远都是“滚”进怀里。德高望重的贾母、病恹恹的林黛玉，经常是“歪”在床上、椅子上。猥琐的贾环，其姿势就是“猴”着。刘姥姥则是从炕上“跳”下来。

第二十五回，宝玉“进门见了王夫人，不过规规矩矩说了几句，便命人除去抹额，脱了袍服，拉了靴子，便一头滚在王夫人怀里”。

第五十三回，“贾母歪在榻上，与众人说笑一回，又自取眼镜向戏台上照一回，又向薛姨妈、李婶笑说：‘恕我老了，骨头疼，放肆，容我歪着相陪罢。’”

第二十二回，“这日早起，宝玉不见林黛玉，便到他房中来寻，只见林黛玉歪在炕上。”

当然，王熙凤也有“滚”的时候。第六十八回，贾琏金屋藏娇尤二姐。“凤姐儿滚到尤氏怀里，嚎天动地，大放悲声”，把尤氏揉搓成一个面团。凤姐的这个“滚”字，显然不同于宝玉撒娇的“滚”，有两个含意，一是演戏，二是撒泼。

宝玉也有“歪”的时候。第四十六回，鸳鸯、平儿、袭人议论贾赦逼婚之事，被宝玉听到了。“宝玉将方才的话俱已听见，心中自然不快，只默默的歪在床上，任他三人在外间说笑。”

诚然，宝玉的“歪”与身体无关，是心情沉重的表达。

宝玉也有“猴”的时候。第二十四回，宝玉讨吃鸳鸯胭脂。“宝玉便把脸凑在他脖子上，闻那香油气，不住用手摩挲，其白腻不在袭人之下，便猴上身去涎皮笑道：‘好姐姐，把你嘴上的胭脂赏我吃了罢。’一面说着，一面扭股糖似的粘在身上。”

宝玉的“猴”，显然不同于贾环那种猥琐的“猴”，表现的是一种天真与童趣，让宝玉顽皮娇痴、单纯幼稚的形象充溢纸上。在此，曹雪芹用了“凑、闻、猴、粘”等一连串的单音节动词，简洁、明了、鲜活地描绘出一幅十分具有动感的画面。

《红楼梦》中还经常出现组合式动词。即以原来的单音词作为语素，在前面或后面加一个同义或近义语素。如，打量、疏散、逃亡、恭敬、饥饿等，意在加重语气表达。

第二十七回，“只见凤姐儿站在山坡上招手叫，红玉连忙弃了众人，跑至凤姐跟前，堆着笑问：‘奶奶使唤作什么事？’凤姐打谅了一打谅，见他生的干净俏丽，说话知趣……”

“打谅”同“打量”，即仔细地察看。在这里，用于加重语气，显示出王熙凤一种居高临下的霸气。

2. 动词重叠

在单句或复句中，让某个动词重复或重叠出现，称之为动词重叠。

动词重叠具有很强的动作性，又称动作动词。动词重叠，分为单音节动词重叠和双音节动词重叠。有学者统计，《红楼梦》中的单音节动词重叠共计出现了 1264 次，其数量远远超过双音节动词重叠。

《红楼梦》中的动词重叠大约有 AA、A—A、ABAB 和 AABB 四种重叠形式。前两种为单音节动词重叠，后两种为双音节动词重叠。AA 式，如“坐坐”“尝尝”“想想”等。A—A 式，即在动词之间加“了”连接，如“摸了摸”“掖了掖”等。ABAB 式，如“商议商议”“排解排解”“打听打听”等。AABB 式，如“拉拉扯扯”“指指点点”“唠唠叨叨”“嘟嘟哝哝”等。这四种形式，功能各异，呈现出不同的表达特点。

第八回，贾宝玉和薛宝钗互认通灵宝玉和金锁。“话犹未了，林黛玉已摇摇的走了进来。”这“摇摇”二字，为单音节动词重叠，准确鲜明地表达了黛玉走路的神态。如果改为双音动词重叠“摇摇摆摆”，这就成了刘姥姥走路的样子了。

第六十二回，湘云醉卧花丛。“众人笑推他，说道：‘快醒醒儿吃饭去，这潮凳上还睡出病来呢。’湘云漫启秋波，见了众人，低头看了一看自己，方知是醉了。”这“醒醒”二字，既表达了一种对湘云的善意提醒，也是对湘云醉眠花丛美态的呼唤。

《红楼梦》中的动词重叠，一般多以肯定形式出现，而否定形式一般只在疑问句、反问句或双重否定句中出现。

第五十二回，“黛玉道：‘若带了来，就给我们见识见识也罢了。’宝钗笑道：‘箱子笼子一大堆还没理清，知道在那个里头呢！等过日收拾清楚了，找出来大家再看就是了。’”这个“见识见识”暗示着一种怀疑或疑问。意思是，真的假的啊？让我们见识一下不就清楚了？

第九十三回，贾芹走进书房，只见那些下人指指点点，不知说些什么。这个“指指点点”，既是疑问句，又通过后面的“不知说些什么”，构成了反问句。

3. 动词连用

动词连用，就是连续运用多个动词，一层一层推进，动态地描述和展示事物形态。

第二十五回，凤姐遭遇马道婆的魔法。“正没个主见，只见凤姐手持一把明晃晃钢刀砍进园来，见鸡杀鸡，见狗杀狗，见人就要杀人。”

一连三个“见”、三个“杀”，层层递进，恐怖不已。杀鸡杀狗，一片“鸡犬不宁”的悲惨景象。

第四十一回，刘姥姥进大观园，鸳鸯让他辨认杯子的木头。刘姥姥笑道："我们成日家和树林子作街坊，困了枕着他睡，乏了靠着他坐，荒年间饿了还吃他，眼睛里天天见他，耳朵里天天听他，口儿里天天讲他，所以好歹真假，我是认得的。"

睡、坐、吃、见、听、讲，这一连串的动词，一层一层推进，把乡下人的生活，特别是乡下人与树木的依赖关系，描绘得有声有色。

第三十三回，贾政一叠声："拿宝玉！拿大棍！拿索子捆上！"一连三个"拿"字，把贾政气急败坏的神情、迫不及待要打宝玉的愤怒，充分表达出来。由三个动词，组成一连串的动作，层层递进，而且很有操作性。把人捉住是前提，拿来大棒是手段，把人捆上打是目的。

接下来写道："贾政犹嫌打轻了，一脚踢开掌板的，自己夺了过来，咬着牙狠命盖了三四十下。"

一个"踢"字，一个"夺"字，一个"盖"字，又是三个动词，联动传神。踢，表示愤怒已极；夺，表示急不可耐；盖，表示力度很大。特别是"盖"字，很适合形容打板子，因为板子面积很宽。再说，铺天盖地之感，多有声势啊。

第六回，刘姥姥一进荣国府。"来至荣府大门口石狮子前，只见簇簇轿马，刘姥姥便不敢过去，且掸了掸衣服，又教了板儿几句话，然后蹭到角门前。只见几个挺胸叠肚指手画脚的人，坐在大板凳上，说东说西呢。刘姥姥只得蹭上前来问：'太爷们纳福。'"

掸了掸、教、蹭，一连串的动作，生动形象地表达了刘姥姥初到贾府时的恐惧、胆小、讨好、敬畏的复杂心态。这种不紧不慢的动作，也正是老太太的特征，细细品味，妙趣横生。

第十九回，宝玉突访袭人家。袭人“一面说，一面将自己的坐褥拿了铺在一个炕上，宝玉坐了；用自己的脚炉垫了脚；向荷包内取出两个梅花香饼儿来，又将自己的手炉掀开焚上，仍盖好，放在宝玉怀内；然后将自己的茶杯斟了茶，送与宝玉。彼时他母兄已是忙着齐齐整整摆上一桌子果品来。袭人见总无可吃之物，因笑道：‘既来了，没有空去之理，好歹尝一点儿，也是来我家一趟。’说着，便拈了几个松穰，吹去细皮，用手帕托着送与宝玉。”

拿、铺、垫、取、掀、焚、盖、放、斟、送，又是一连串的动作，形成了庞大的联动结构语式，立体地展现了袭人忙而不乱的贤惠。如果仅仅用这些动词，曹雪芹好像并不满足，又在动词前面一连用了四个“自己的”，来强化宝玉的尊荣和袭人对宝玉的感情。此时的贾宝玉，在情真意切的袭人眼里，确实成了“宝玉”。在家人面前，袭人也显示出她与宝玉的恩爱和情义。

4. 动词活用

这里说的动词活用，是指不改变动词的词性，只是打破某些动词的常规用法，强调动词的灵活、灵动运用。动词活用，关键是要巧用，往往一个字，就可以搅活一个细节、一个情节。

第四十七回，柳湘莲痛打薛蟠。“薛蟠先还要挣挫起来，又被湘莲用脚尖点了两点，仍旧跌倒，口内说道：‘原是两家情愿，你不依，只好说，为什么哄出来打我？’”

这里用“点了两点”，是一个充满动感的细节。柳湘莲行走江湖，有一身好武艺。而薛蟠就是一个手不能提、肩不能挑的花花公子。柳湘莲暴打薛蟠，也就使了两三分力气。依柳湘莲看来，用脚踢薛蟠，也就是点了点，而薛蟠却是鬼哭狼叫的。一个动词“点”，搅活一个细节，妙不可言。

第五十七回，紫鹃吓唬宝玉，说林姑娘要回苏州，让宝玉发起呆病来。“贾母一见了紫鹃，眼内出火，骂道：‘你这小蹄子，和他说了什么？’”

一个“出火”，动宾词组，把贾母对紫鹃的愤怒和对宝玉的心疼，刻画得入骨三分。“眼内出火”是很传神的细节，其实这个细节，就是一个“出”字搅活的。

紧接着，“一时宝玉又一眼看见了十锦格子上陈设的一只金西洋自行船，便指着乱叫说：‘那不是接他们来的船来了，湾在那里呢。’贾母忙命拿下来。袭人忙拿下来，宝玉伸手要，袭人递过，宝玉便掖在被中，笑道：‘可去不成了！’”

一个“掖”字，把宝玉的孩子气、呆病，表达得活灵活现。“掖”就是塞进去的意思。试想一下，如果换一个动词“塞”，改为“塞在被中”，这种场景的动感、灵性就差了很多。同样是动词，词的选择也是很有学问的。

第一二〇回，雪地里的宝玉飘然而去。贾政叹道：“岂知宝玉是下凡历劫的，竟哄了老太太十九年！”哄是动词，指说哄骗人。在这里既是动词，也作形容词。宝玉的一生都在哄人，他一直在欺骗贾母。

二、用动词描绘事物、事件形态，强化事物发展的动态化

每一个动词，都有着一定的动感力量、速度和方向，具体地表现在对事物规律和趋势的把握上。

《红楼梦》在叙事状物时，都会精心选用恰当的动词，把事物、事件的状态和过程精准地表现出来，强化事物发展的动态化。即使相近的事物之间的细微差别，也可凭借一字之力，区分明显。

1. 使役动词

使役动词是不完全及物动词。主要有使、令、让、帮、叫等单音节动词，表达动词的趋向性。

在《红楼梦》的人物对话中，曹雪芹对使役动词进行了恰当的选择和运用，准确地表达出人物的身份与社会地位，区分出人物感情的亲疏远近。如在体现权势关系上，主子使唤下人，长辈使唤晚辈，都是用“叫”；在体现礼节辈分上，晚辈对待长辈，主人对待客人，大都倾向于用“让”。

第十一回，宁府庆寿。“吃毕，大家才出园子来，到上房坐下，吃了茶，才叫预备车，向尤氏的母亲告了辞。”这个“叫”，就是对下人而言，指的是让下人预备车。

第四十三回，贾母告诫宝玉：“以后再私自出门，不先告诉我们，一定叫你老子打你。”这个“叫”，显示了长辈对晚辈的威严。

第四十一回，贾母游园饮酒。“贾母忙命李、凤二人接过

壶来：‘让你姨妈坐了，大家才便。’”在这里，贾母用了一个礼貌程度很高的“让”，因为对贾母来说，薛姨妈既是亲戚又是客人，需要表示尊重。

第六十二回，宝玉庆生。“宝钗道：‘这也罢了，倒是让妈在厅上歪着自如些，有爱吃的送些过去，倒自在了。且前头没人在那里，又可照看了。’”这里宝钗称其母时，尽管不是面称，也要用“让”，显然出于礼貌。

2. 趋向动词

趋向性动词，即表示事物走向或位置变动的动词。一般分为单纯趋向动词和复合趋向动词。单纯趋向动词，主要有“来、去、进、出、回、过、起、开”等单音节动词。复合趋向动词是一种“离合词”，让离合词作趋向补语的句子，其宾语还可以置于该离合词中间，即“谓语加补语”。

第十四回，秦可卿出殡。“只听一棒锣鸣，诸乐齐奏，早有人端过一张大圈椅来，放在灵前，凤姐坐了，放声大哭。”

这里描述的“凤姐哭丧”场景，有意让句式拐了几道弯，用了鸣、奏、端、放、坐等一连串的动词，用“端过一张大圈椅来”，组成了“谓语加补语”式趋向动词结构，极大地丰富了画面感和情节感。

《红楼梦》中的趋向动词组合方式，可谓多种多样。

趋向动词“进”+来/去

第二十六回，“红玉道：‘那去？’坠儿道：‘叫我带进芸二爷来。’说着一径跑了。”

趋向动词“出”+来

第十四回，“宝玉道：‘巴不得这如今就念才好，他们只是不快收拾出书房来，这也无法。’”

趋向动词“起”+来

第二十六回，“林黛玉心中益发动了气，左思右想，忽然想起了早起的事来，‘你今儿不叫我进来，难道明儿就不见面了！’”

趋向动词“来”+来

第四十四回，“贾琏也因吃多了酒，进来高兴，未曾作的机密，一见凤姐来了，已没了主意，又见平儿也闹了起来，把酒也气上来了。”

趋向动词“走”+去

第一回，“士隐便说了一声‘走罢！’将道人肩上褡裢抢了过来背着，竟不回头，同了疯道人飘飘而去。”

由此可见，《红楼梦》大都是根据事物发展、事件走向的需要，选择适当的动词搭配，形成多式多样的趋向动词组合。

3. 动感聚焦

动感聚焦，就是对某一个动词进行聚焦放大，增加读者的视角感受，彰显事件的影响力。

第二十回，贾环赌钱耍赖。在曹雪芹的笔下，骰子“那一个乱转”“贾环便瞪着眼”，紧接着，“贾环急了，伸手便抓起骰子来，然后就拿钱，说是个六点。”这一连串的动感聚焦，传神地表现出贾环的赌徒心理和耍赖丑态。莺儿“拍着手”也是放大了的特写镜头，表现出全神贯注满怀希冀的娇态，与贾环的丑态形成对比。

第三十九回，刘姥姥给贾母讲故事：“就像去年冬天，接连下了几天雪，地下压了三四尺深。”一个“压”字，就极具动感。大雪一层一层地压下来，可见雪之大。

第二十四回，贾芸去凤姐府上走门子。“正说着，只见一群人簇着凤姐出来了。贾芸深知凤姐是喜奉承尚排场的，忙把手逼着，恭恭敬敬抢上来请安。”

“簇”的原意，是聚集一团或扎堆，如花团锦簇。凤姐出行，丫鬟成群。但毕竟是在自家的荣国府里，居家过日子，故单用“簇”字，虽有些夸张，但阵势有限。

第十四回，凤姐主事宁国府，“凤姐下了车，一手扶着丰儿，两个媳妇执着手把灯罩，簇拥着凤姐进来。宁府诸媳妇迎来请安接待”。

“簇”与“簇拥”是有讲究的。“簇拥”则是很多人紧紧围绕着，卫护着一个人或一件物，就像花瓣围绕着花蕊一样。凤姐协理宁国府，是请来的神，威重令行，众星捧月，这里用“簇拥”，就十分符合情理和当时的场景了。

4. 心理动词

心理动词，是表示人物心理活动、存在、变化的动词。《红楼梦》中的心理动词，大致可以分为心理活动动词和心理状态动词两大类。

据学者考证，按《红楼梦》心理活动动词语义场的考察，涉及常用心理活动动词 75 个，被分为思维类、认知类、感觉类和判断类，以及类下属的思考义、猜想义、知道义、记忆义、忘记义、感觉义、判断义、推断义，共 8 个小类。

按《红楼梦》心理状态动词语义场考察，涉及常用心理状态动词 205 个，被分为情绪类、情感类和意愿类，以及类下属的喜悦义、悲痛义、愁闷义、愤怒义、惊慌义、惭愧义、爱惜义、恨嫌义、思慕义、挂念义、惧怕义、敬服义、希冀义、愿意义，共 14 个小类。

《红楼梦》中的心理动词大都是及物性的。所谓“及物性”，指的是动词的一种性质。及物动词，表示动词需要带“物”来完成一个动作。这个动作是有对象的，这个对象就是它后面要加的宾语。也就是通常意义上的宾语，一般后面可直接加宾语的动词，有被动形式。

第三回，林黛玉进贾府。王夫人让凤姐拿出两匹缎子给黛玉裁衣裳，熙凤说：“这倒是我先料着了……已经预备下了，等太太回去过了目好送来。”王夫人一笑，点头不语。这“点”“语”两个动词，表达了王夫人的心理活动。

王夫人难得一笑，“点头”“不语”，淡淡一笔，简约精准，大有微意。凤姐是王夫人的亲侄女，又是荣府的当家婆，王夫人明明知道王熙凤是在说谎，是在做人情卖乖，但她不说破，笑而置之，既显示出作为姑姑对侄女的宽容，也隐隐表达了对凤姐虚伪的不满。

第二十三回，宝玉在贾母房中正高兴着，“忽见丫鬟来说：‘老爷叫宝玉。’宝玉听了，好似打了个焦雷，登时扫去兴头，脸上转了颜色，便拉着贾母扭的好似扭股儿糖，杀死不敢去。”

接着又写道:“宝玉只得前去,一步挪不了三寸,蹭到这边来……宝玉只得挨进门去……慢慢的退出去……带着两个嬷嬷一溜烟去了。”

在这里,曹雪芹连用了扫、转、扭、挪、蹭、挨、退、去等好几个动词,从一步挪不了三寸,到一溜烟逃离,绘形绘色地勾画出贾宝玉怕见贾政、与贾政见面、逃离贾政等一系列复杂的心理活动和行为。特别是离开贾政后,那种如释重负的兴奋、愉悦心情。尽管没有说话,但一连串的动作,将宝玉的心理暴露无遗。

三、用动词营造小说环境和景象,凸现小说进展的动态美

环境,是小说中人物、事件的载体。小说中的环境与人物、事件发生有着紧密的联系。小说环境,服务于人物、事件,归根到底是为人物服务的,必须是“人情化”的景象。

品味《红楼梦》的景物、环境的描写,让人有着一种身临其境的感觉。既有静态的美,又有动态的美。许多场合的写景,乍一看是一幅静物素描,转眼之间又觉得流动欲舞,恰如电影镜头由定格转入动格,连组接的痕迹也难以觉察。

探究其原因,曹雪芹巧妙运用动词,对营造人物环境、事件氛围起到了十分重要的作用,呈现出小说进展的动态美。

小说环境,包括语言环境、事件环境等。《红楼梦》在环境描绘上,强化语言修辞,提升动词力度,成就了一种出神入化的小说环境描写典范。

1. 动词拟物

把动物当作物，或把此物当作彼物的修辞方式，叫作拟物。《红楼梦》通过动词拟物，很好地实现了动词扩张，形象化、艺术化地营造出优美的小说环境。

第十七回，大观园里，贾政带众人出亭过池，“忽抬头看见前面一带粉垣，里面数楹修舍，有千百竿翠竹遮映。众人都道：‘好个所在！’于是大家进入，只见入门便是曲折游廊，阶下石子漫成甬路”。

这段环境描写，除了“看见”“进入”等双音节动词外，最有动感的是“漫成甬路”。甬路，即院落中用石子砌成的小路。曹雪芹不说石成甬路，却用“漫”这个动词。我们知道“漫”与液体水有关，有个“水漫金山”的成语，说的是大水把金山寺淹没了。用液态的水形容固态的石子，这是曹雪芹的浪漫主义手法。一条石子铺成的小路，那无数的小石子从一头铺到另一头，星星点点，层层叠叠，如微波荡漾，用“漫”形容，可谓形神兼备。固体借位液体，此物比喻彼物，可谓妙趣横生。

第七十六回，这个中秋之夜，贾府有了败落迹象。“只听桂花阴里，呜呜咽咽，袅袅悠悠，又发出一缕笛音来，果真比先越发凄凉。大家都寂然而坐。夜静月明，且笛声悲怨，贾母年老带酒之人，听此声音，不免有触于心，禁不住坠下泪来。”

借助笛音比喻秋悲之色的凄凉寂寞。“呜呜咽咽”是拟人手法，“袅袅悠悠”则又是拟物的显现，两个双音节动词的交替，实际上是人与物的交替，借用客观环境，表现人物心境，可谓一语多意也。

2. 动静融合

《红楼梦》中的动静融合，是依托人物与环境的融合来实现的。人为动，景为静，人在景中行，景在人中美。这种表现手法，在曹雪芹笔下，比比皆是。

第二十七回，宝钗扑蝶，乃动静融合之美的经典。“刚要寻别的姊妹去，忽见前面一双玉色蝴蝶，大如团扇，一上一下迎风翩跹，十分有趣。宝钗意欲捕了来玩耍，遂向袖中取出扇子来，向草地下来扑；只见那一双蝴蝶忽起忽落，来来往往，穿花度柳，将欲过河去了。”

蝴蝶舞动，宝钗奔跑，穿行于柳绿花红之中。人中有景，景中有人，有动有静，动静融合，展现了人与自然和谐相处的美好图景。画面活泼，趣味十足。

首先是蝴蝶与景色的融合，飞动的蝴蝶与不动的景色。其次是人物与蝴蝶的融合，时而飞动的蝴蝶与时而奔跑的宝钗。蝴蝶飞，宝钗停，蝴蝶歇，宝钗扑。动中有静，静中有动。

第十七回，贾政一行大观园里抚石依泉，忽闻水声潺潺，“只见水上落花愈多，其水愈清，溶溶荡荡，曲折萦迂”。山石伟岸，流水“溶溶”。落花于水，曲折萦迂。如此动与静，回荡着一种柔和的声音，有着一种柔美的质感，余音缠绕，回味无穷。

动静融合的场景描写，不仅活跃、美化了小说环境，也构成了《红楼梦》延续故事、推动小说情节的基本要素。

3. 人化自然

所谓人化自然，即借助人物的独特视角、感受，从自然环境中获得审美情感和审美体验，实现人与自然美的共振。曹雪芹很善于人化自然，通过“人化”“情化”环境，衬托出人物情绪和心境，推进故事情节发展。

第二十七回，宝玉因不见了林黛玉，心情郁闷。“因低头看见许多凤仙石榴等各色落花，锦重重地落了一地，因叹道：‘这是他心里生了气，也不收拾这花儿来了。待我送了去，明儿再问着他。’……便把那花兜了起来，登山渡水，过树穿花，一直奔了那日同林黛玉葬桃花的去处来。”

眼下人化自然表达，各色落花，落了一地，表达的是一种沮丧的情绪。登山渡水，过树穿花，则是一种急切的心情。这种情绪和心情，都为黛玉葬花做好了铺垫。从另一个角落来，黛玉拿了花锄，扫花、葬花、哭花、做花冢，这一系列的动作，分明是对自己所处环境的抗争。哭花就是哭自己，是对自己无依无靠生存环境悲伤。

风流文采胜蓬莱

——形容词的华美讲究

许多读者对《红楼梦》爱不释手，有一个很重要的原因，就是着迷于《红楼梦》的优美词句。探究这些优美词句，有一个很重要的原因，就是形容词用得好。风流文采，字字珠玑，华美流畅，韵味无穷。

形容词与名词、动词，并称为汉语中的三大实词，词汇量十分丰富。《红楼梦》的形容词不仅用量大，而且变化多端，奇妙无穷。

《红楼梦》第十八回，大观园咏诗。李纨的诗《文采风流》首联写道：秀水明山抱复回，风流文采胜蓬莱。意在形容大观园山明水秀、回峰环抱之美，超过了海上名山蓬莱仙境。“风流文采”既指山水秀色，也喻文辞优美。

有诗人说，掌握的形容词越多，你描绘世界的能力就越强，你与这个世界的关系就越紧密。

《红楼梦》作为中国古典小说的巅峰之作，小说语言反映了明清时期语言发展的真实面貌，是研究汉语史重要的语言资料。《红楼梦》的形容词，在全书中占了很大的比重，准确得体，美轮美奂，为现代汉语写作提供样板和遵循。品味红楼梦语言，必须注重研究探讨形容词的运用，以提升现代汉语的华美品质和文字张力。

一、单音节、多音节和短语并用，提升语言的生动性、形象性

形容词主要用来表示人、事物的性质、状态、特征或属性。按语法特征，可分为性质形容词和状态形容词两类。按结构，可分为单音、复音形容词、重叠式形容词和形容词短语。其功能，作定语修饰名词，也可以作谓语或谓语中心语。准确、灵活地运用形容词，能够增强语言的生动性、形象性。

1. 单音、复音形容词

顾名思义，单音形容词，即一个音节的形容词；复音形容词，即含有两个或两个以上音节的形容词，包括双音节、多音节、四字格结构等。一个汉字读音，就是一个音节。单音节、双音节形容词，大都表示人或事物的性质、属性。

单音节形容词——

词是在语言中能够独立运用的最小语言单位。单音词的特

点，即一个词，一个字，一个音节，一个词素。在《红楼梦》中，单音节形容词比重很大。排名前三位的是，“好”使用2504次；“忙”使用1279次；“小”使用888次。

第八回，贾府的门下清客相公詹光、单聘仁，“一见了宝玉，便都笑着赶上来，一个抱住腰，一个携着手，都道：‘我的菩萨哥儿，我说作了好梦呢，好容易得遇见了你。’说着，请了安，又问好，唠叨半日，方才走开”。

一连三个“好”，生动地表达了下人讨好主子的心态和动作。

第三回，黛玉拜见贾赦，邢夫人命人到外面书房去请贾赦。一时人来回话说：“老爷说了：‘连日身上不好，见了姑娘彼此倒伤心，暂且不忍相见……姊妹们虽拙，大家一处伴着，亦可以解些烦闷。’”

这里的“拙”，是笨拙、迟钝。《红楼梦》中的拙，有时形容人，有时也形容物。于人为“笨拙”，于物为“粗劣”。古人自谦，总喜欢在作品、名号、家人前加上一个“拙”，以示谦虚。

值得一提的是，在《红楼梦》的章回题目中，作者大都精心选用一个单音节形容词，用以揭示、表现人物性格的某一特征，精准、出神，画龙点睛。

第十二回，“王熙凤毒设相思局，贾天祥正照风月鉴”。其中单音节形容词“毒”用得极佳，可谓入木三分。既揭示了王熙凤害死贾瑞手段和心机的毒辣和阴险，也表明了对王熙凤这种狠毒行径的谴责之意。贾瑞对凤姐起淫心，图谋不轨，固然可恨，但凤姐的整治手法确实心狠手辣，置人于死地，可谓毒到了极致。

第五十二回，“俏平儿情掩虾须镯，勇晴雯病补雀金裘”。以“俏”来形容平儿美丽大方的容貌，以“勇”来揭示晴雯敢作敢为的性格，很是生动、准确。

第五十五回，“辱亲女愚妾争闲气，欺幼主刁奴蓄险心”。单音节形容词“愚”和“刁”都用得恰当、有趣。尤其是以“愚”来形容赵姨娘，很是贴切。赵姨娘的兄弟赵国基死了，这时恰好是她的亲生女儿探春理家，于是便想借机多争几个钱。没想到探春秉公办事，并未给丝毫的面子。因此，赵姨娘恼羞成怒，前来辱骂探春。其实探春因忌恨自己庶出身份，早已是处处靠近王夫人，对生母赵姨娘并没有什么感情，在处理舅舅赵国基之死的赏钱问题上，她是决不会偏袒赵姨娘的。

第五十七回，“慧紫鹃情辞试忙玉，慈姨妈爱语慰痴颦”。用“慧”“忙”“慈”和“痴”四个单音节形容词，分别来形容紫鹃、宝玉、薛姨妈和黛玉四人的性格特征，精准适当。用“忙”来形容宝玉，很是传神。这位“富贵闲人”，就是个“无事忙”，每天穿行于大观园的女子中“忙忙碌碌”。黛玉对宝玉，一往情深，谓之“痴颦”，又何其精当。薛姨妈的慈善、紫鹃的贤惠，这都是大家有目共睹的。

双音节形容词——

双音节形容词属于“复音形容词”。《红楼梦》中的复音形容词多达 1381 个。

《红楼梦》中，位居前三位的双音节形容词是：“明白”，使用 239 次；“欢喜”，使用 189 次；“许多”，使用 146 次。

构词形式分为单纯式，如参差、辉煌、糊涂等；动宾式，如安心、安分、出色等；主谓式，如胆小、胆虚、面善等；偏正式，如美貌、清香等；动补式，如逼真、分明等。

第五回，宝黛拌嘴。“这日不知为何，他二人言语有些不合起来，黛玉又气的独在房中垂泪，宝玉也自悔言语冒撞，前去俯就，那黛玉方渐渐地回转过来。”

“冒撞”一词，“冒失”与“莽撞”两个词的结合，构成双音联合词组。

第七十三回，迎春首饰失盗。丫鬟绣桔怀疑是迎春的乳母老奶奶典了银子，因说道：“姑娘就该问老奶奶一声，只是脸软怕人恼。如今竟怕无着，明儿要都戴时，独咱们不戴，是何意思呢。”

“脸软”是主谓结构的形容词，“脸”指表情和态度，“软”就是不强硬。态度不强硬是因为有碍于情面。“脸软”即“因碍于情面而不好意思”。

第七十七回，王夫人亲到怡红院阅人，见到同宝玉一日生日的丫鬟蕙香。“王夫人细看了一看，虽比不上晴雯一半，却有几分水秀。”

“水秀”这个形容词用得很奇绝，多少娇态包含其中。给人以清秀如水，“晶晶亮、透心凉”的艺术美感。

第十三回，有两处关于睡觉的形容词。一处是：“话说凤姐儿自贾琏送黛玉往扬州去后，心中实在无趣，每到晚间，不过和平儿说笑一回，就胡乱睡了。”另一处是：“闲言少叙，却说宝玉因近日林黛玉回去，剩得自己孤独，也不和人顽耍，每到晚间便索然睡了。”

“胡乱”是偏正式结构，表凤姐对丈夫的挂念，也有自身的正派，心中无趣，只得胡乱睡了。“索然”是附加式形容词。索，意指尽，毫无。然，为词缀。“索然”指毫无兴味，常与无趣搭配。这两个形容词都与无趣有关，前者有将就的意思，后者则是无奈。程度表达上很有区别。

多音节形容词——

《红楼梦》中，有少量的三音节、六音节形容词，如“可怜见”“了不得”“不当家花花的”。这类形容词，表示人或事物的状态居多。

第四十回中，贾母带刘姥姥逛大观园。“贾母便拣了一朵大红的簪于鬓上。因回头看见了刘姥姥，忙笑道：‘过来带花儿。’一语未完，凤姐便拉过刘姥姥，笑道：‘让我打扮你。’说着，将一盘子花横三竖四的插了一头。贾母和众人笑的了不得。”

这个“了不得”，是用来形容高兴程度的。

《红楼梦》中只有一个六音节形容词“不当家花花的”，全书中共有三处。表示“不应当”“不应该”“不敢当”的意思，而“家”和“花花的”则是其附加物。

第二十八回，“王夫人道：‘阿弥陀佛，不当家花花的！就是坟里有这个，人家死了几百年，这会子翻尸盗骨的，作了药也不灵！’”

四字格结构——

《红楼梦》中的有些形容词，从结构上看不属于词，看作成语也有些牵强，而其意义又有完整性，不同于普通的短语，在句子中的功能基本相当于一个词，于是有学者将其归结为“四字格结构”。如伶口俐舌、伸手动嘴、河枯海干、呆头呆脑、大手大脚等。

四字格结构以联合式为主，即两个内容结构相同双音节词组词素并列在一起。这种结构的词在《红楼梦》中多达几百个，成为词汇的一大特色。

若前一个词组词素是动宾结构，那么后一个也必然是动宾结构。如“说长道短”“巴高望上”等。

第三十三回，忠顺府长史官来访，向贾政告状，说宝玉与府里的小旦琪官关系甚厚，那红汗巾竟然到了公子腰里。“宝玉听了这话，不觉轰去魂魄，目瞪口呆”，而“贾政此时气的目瞪口歪”。

面对同一事件，宝玉与贾政的表情，分别用了两个四字格结构的形容词，“目瞪口呆”与“目瞪口歪”，只有一字之差，一个是吓呆了，一个是气歪了，妙趣横生。

《红楼梦》中的四字格结构许多都尚无定形，一个意思往往有几个大同小异的形式。如“鸦没雀静——鸦雀无声”“铁石心肠——铁心石肠”“指桑骂槐——指鸡骂狗”“赞不绝口——夸不绝口”等。大都用于形容人物的性格、心理、神态和形貌等。

第五十回，凤姐儿笑道：“我那里是孝敬的心找了来？我因为到了老祖宗那里，鸦没雀静的，问小丫头子们，他又不肯说，叫我找到园里来。”

“鸦没雀静”即非常寂静。《红楼梦》中与“鸦没雀静”同义的词还有“鸦雀无声”“鸦雀不闻”等，都属于四字格结构。现代汉语词汇中，将“鸦雀无声”作为成语固定下来。

2. 重叠式形容词

形容词的一大特点，就是重叠的形式多样。

《红楼梦》的形容词重叠形式异常活跃，基本上具备了现代汉语的所有重叠形式。全书大约有 7 种形容词重叠形式，即 AA 式、AABB 式、ABB 式、ABAB 式、ABAC 式、AAB 式和 BAA 式。大量重叠形容词的运用，为读者展开了一幅充满诗情画意的美丽画卷，让你有身临其境之感。

AA 重叠式——

AA 重叠式有两种表现形式，一是单音节形容词重叠，二是单音节词重叠后方成为形容词。重叠后的形容词，带有明显的描写性，主要是形容某种物体的状态和程度，一般比原形容词表示程度加深。

《红楼梦》中 AA 式形容词有将近 80 例。如好好、慢慢、早早、远远、甜甜、厚厚、快快、满满、高高等。

有些重叠的单音节形容词，A 是没有意义，经过重叠成为形容词。如巴巴、细细、脉脉、谆谆等。其巴、细、脉、谆等都只表示记音的作用。有的 A 是其他词性，经过重叠后，成为形容词。如滚滚的等。两个 A 不能分开使用，连在一起才表示一定的意义。

第二十二回，贾母为宝钗过生日。贾母道：“今日原是我特带着你们取笑，咱们只管咱们的，别理他们。我巴巴的唱戏摆酒，为他们不成？”

“巴巴的”表示“特地、偏偏”，放在动词前面，表示一种行为态度和心情状态。

第二十五回，宝玉被贾环烫伤了脸。“林黛玉便赶着来瞧，只见宝玉正拿镜子照呢，左边脸上满满的敷了一脸的药。”

第四十六回，邢夫人受贾赦之命，找鸳鸯说媒。见鸳鸯“蜂腰削背，鸭蛋脸面，乌油头发，高高的鼻子，两边腮上微微的几点雀斑”。

重叠的“满满”“高高”相比单个“满”“高”来说，提升了程度，加重了语气。

第八回，宝玉来至梨香院，先入薛姨妈室中来。“宝玉忙请了安，薛姨妈忙一把拉了他，抱入怀内，笑说：‘这么冷的天，我的儿，难为你想着来，快上炕来坐着罢。’命人倒滚滚的茶来。”

“滚”是单音节动词，重叠后成为形容词。“滚滚的茶”，形容茶水的温度状态。

一般而言，单音节形容词重叠后，后面都要加“的”或“儿”。

如空空的、满满的、细细的，好好儿、慢慢儿、早早儿等。加上“儿”“的”，有着一种亲昵、可爱的意味。

AABB 重叠式——

《红楼梦》中的形容词重叠，AABB 式是最多的一种格式。分别由 A 和 B 重叠为 AA 和 BB 后，然后再合在一起成为一个并列结构的词。它们不能拆开来使用，连在一起才能表示一定的意义。如战战兢兢、蝎蝎螫螫、影影绰绰、鬼鬼唧唧、赫赫扬扬。

第八十五回，薛蟠犯了命案。“薛姨妈同着宝钗进了屋子，因为头里进门时已经走着听见家人说了，吓的战战兢兢的了，一面哭着，因问：‘到底是和谁？’”

这里的“战战兢兢”，由两重叠式合成词素构成的四音节词。“战战”和“兢兢”两个都不能单用也不代表任何意义，联合一起形容非常害怕而微微发抖的样子。

还有一类词，其中的 AA 和 BB 中至少有一个是可单用的形容词。如“慌慌张张”“飘飘艳艳”“辛辛苦苦”等，大都是性质形容词。如“赫赫扬扬”中“赫赫”是可以单用，表示显赫的意思，而“扬扬”就不能单用，连用在一起则表示显赫盛大、显著、光明炫耀，引申出“形容兴旺显赫”的意思。

第七十三回，“邢夫人见他这般，因冷笑道：‘总是你那好哥哥好嫂子，一对儿赫赫扬扬，琏二爷凤奶奶，两口子遮天盖日，百事周到，竟通共这一个妹子，全不在意。’”

第六十三回，“正顽笑不绝，忽见东府中几个人慌慌张张跑来说：‘老爷宾天了。’众人听了，唬了一大跳，忙都说：‘好好的并无疾病，怎么就没了？’”

“慌张”是形容恐惧、不沉着而急切忙乱。“慌慌张张”则是更加强化了慌张的程度。

ABB 重叠式——

即由 AB 重叠 B 后组成的形容词。

《红楼梦》中使用 ABB 重叠式频率较高的词，如冷清清、明亮亮、荡悠悠、沉甸甸、空落落、颤巍巍、白花花、好端端、甜丝丝、静悄悄、乌压压、直挺挺、油腻腻等。这类形容词大多是表示状态，带有明显的描写性，包括形容词的一切生动形式。

第四十回，刘姥姥逛大观园，小厮们忙着从库房里搬东西。“刘姥姥听说，巴不得一声儿，便拉了板儿登梯上去。进里面，只见乌压压得堆着些围屏、桌椅、大小花灯之类，虽不大认得，只见五彩炫耀，各有奇妙。”

第二十一回，“至晚饭后，宝玉因吃了两杯酒，眼饧耳热之际，若往日则有袭人等大家喜笑有兴，今日却冷清清的一人对灯，好没兴趣。”

第九十九回，贾政受令查盘各属州县粮米仓库，州县馈送一概不受。门房签押等人心里盘算道：“我们再挨半个月，衣服也要当完了……眼见得白花花的银子，只是不能到手。”

《红楼梦》中共有三处“白花花”用例，全是用来形容银子的。

还有一种双音节名词或动词附加重叠后缀构成的形容词。如朔风凛凛、病体恹恹、烈日炎炎等。

第一回，甄士隐于书房闲坐，不觉朦胧睡去。“士隐意欲也跟了过去，方举步时，忽听一声霹雳，有若山崩地陷。士隐大叫一声，定睛一看，只见烈日炎炎，芭蕉冉冉，所梦之事便忘了大半。”

第十二回，贾瑞落入凤姐的陷阱。“现是腊月天气，夜又长，朔风凛凛，侵肌裂骨，一夜几乎不曾冻死。”

3. 形容词短语

短语在语言表达中具有生动简洁、形象鲜明的作用。形容词性短语，指以形容词为主体的短句，它的语法功能与形容词相当。包括以形容词为中心的偏正短语，如“很漂亮”“十分慎重”等；以形容词为宾语的主谓式短语，如“心情十分舒畅”

等；用形容词构成的联合短语，如“紧张而热烈”等。

第九回中，孩童闹学，教室混战。“他在座上冷眼看见金荣的朋友暗助金荣，飞砚来打茗烟，偏没打着茗烟，便落在他桌上,正打在面前,将一个磁砚水壶打了个粉碎,溅了一书墨水。”

第四十七回，凤姐儿道：“我正要算算命今儿该输多少呢，我还想赢呢！你瞧瞧，场子没上，左右都埋伏下了。”说的贾母薛姨妈都笑起来。

“打了个粉碎”为动补式短语，“左右都埋伏下了”为主谓式短语，都具有形容词性质。

第二十九回，宝黛闹气。贾母抱怨：“真是俗语说的，‘不是冤家不聚头’。”宝黛二人“如今忽然得了这句话，好似参禅的一般，都低头细嚼此话的滋味，都不觉潸然泣下”。

这是一个借俗语约定俗成的形容词短语。旧戏、民歌里，冤家意指情人、夫妻。这个形容词短语，意在形容难舍难分、吵闹不断的有情人。

第三十回，宝黛角口。“宝玉自知这话说的造次了，后悔不来，登时脸上红胀起来，低着头不敢则一声。”

“脸上红胀起来”，即主谓式短语，外表是脸红，其实是一种心理活动。

二、形容词与名词、动词活用，彰显词汇的影响力、表现力

词之间的相互活用，是语言艺术技巧之一。即临时改变某

些词的常规用法和基本语法功能，去充当其他词类。汉语的灵活性，决定了句式词语的选择性、适用性。

《红楼梦》中的词之间的活用非常广泛，包括词义、词类、词的色彩等方面。在一些特定的语句中，名词、动词和形容词都可以改变自己的身份，跳槽加入到其他词性的行列里来。由此，扩大了词语的使用范围，丰富了词语的含义，提高了词语的影响力。同时，也彰显了作者深厚的语言修养和驾驭汉语词汇的卓越表现力。

1. 动词活用为形容词

从理论上讲，动词和形容词的定义、特征及其分辨，有一定的关联。动中含形，形中含动。表示人或事物的动作、行为、心理活动和发展变化的词叫动词。而表示人或事物的形状、性质，或动作、行为及发展变化状态的词叫形容词。两者在给主体的感觉方面有时很接近，很相似，都有动的感觉。

动词充满动感，能够生动地描绘现场，加深读者记忆。如果将动词作为形容词，通过动感进行形容，那么必然会呈现出一种具有立体感的华美效果。

单音节动词活用——

《红楼梦》中，经常会出现单音节动词活用为形容词的实例。

第七十四回，王夫人见到晴雯钗軃鬓松，衫垂带褪，有春睡捧心之遗风，不觉勾起火来。她痛斥了晴雯一番，大喝声：“去！站在这里，我看不上这浪模样儿！谁许你这样花红柳绿的妆扮！”

这个“浪”是单音节动词，指无事到处遛。在这里用作形容词，形容指责晴雯的轻薄和浪荡。

第八十回，“话说金桂听了，将脖项一扭，嘴唇一撇，鼻孔里哧了两声，拍着掌冷笑道：‘菱角花谁闻见香来着？若说菱角香了，正经那些香花放在那里？可是不通之极！’”

“扭”“撇”“哧”，都是单音节动词，在这里既作动词也兼形容词来用，形容夏金桂蛮横无理、狂妄至极的霸道样子。

第六十七回，贾琏偷养尤二姐败露。“凤姐儿厉声道：‘叫他！’那兴儿听见这个声音儿，早已没有了主意，只得乍着胆子进来。”

“乍”是动词，原指“战栗、颤抖”，与人的心理因素相关。在这里有“壮、大”之意，作为形容词用。“乍着胆子”即“壮着胆子”，词性改变了，仍然是反映恐惧、紧张的心理活动。

动词组合变性——

即将两个动词进行组合，构成形容词，形容动作的形状和状态。

第六回，刘姥姥找周瑞家的拉关系。刘姥姥向孩子们打听周大娘。“孩子们道：‘那个周大娘？我们这里周大娘有三个呢，还有两个周奶奶，不知是那一行当的？’刘姥姥道：‘是太太的陪房周瑞。’孩子道：‘这个容易，你跟我来。’说着，跳蹿蹿的引着刘姥姥进了后门……”

“跳”和“蹿”都是动词，在这里组合成形容词“跳蹿蹿”。形象地表达了小孩子走路的姿态和天性的孩子性格。

第十二回,“贾瑞见凤姐如此打扮,亦发酥倒,因饧了眼问道:‘二哥哥怎么还不回来?’凤姐道:‘不知什么原故。’贾瑞笑道:‘别是路上有人绊住了脚了，舍不得回来也未可知?’”

这个“酥倒”很传神。也是由两个动词组成的形容词。形容贾瑞见到美好、喜爱的东西，表现出一种沉迷、晕旋的痴情状态。

动宾词组新意——

即动词与名词组合成词组，具有形容词性质。

第四回,贾雨村就职应天府,门子深夜来访。“门子不敢坐。雨村笑道：‘贫贱之交不可忘。你我故人也；二则此系私室，既欲长谈，岂有不坐之理?’这门子听说，方告了座，斜签着坐了。”

“斜”是动词，“斜签”组成动宾结构的形容词。庙里的签，都是斜靠在签筒里，供客人来抽的。“斜签”本是形容签在签筒里所放置的形状。在这里既是一种坐姿，更是一种心态。卑贱之身不敢正坐也。用斜签形容坐姿，就别有一番韵味了。很是贴切。

第十二回，跛足道人给了贾瑞一面镜子。“想着，又将正面一照，只见凤姐站在里面招手叫他。贾瑞心中一喜，荡悠悠的觉得进了镜子，与凤姐云雨一番，凤姐仍送他出来。”

重病在身的贾瑞，早已是“下溺连精，嗽痰带血”。此时，他从镜子里看到的凤姐，只能是“荡悠悠”走进来。这是动词“荡”和形容词“悠悠”组成的动宾式结构形容词，生动、形象，十分具有动感。

第二十四回，“只听那人叫道：‘老二住手！是我冲撞了你。’倪二听见是熟人的语音，将醉眼睁开看时，见是贾芸，忙把手松了，趔趄着笑道：‘原来是贾二爷，我该死，我该死。这会子往那里去？’”

动宾结构的“醉眼”，形容眯着的眼睛，一种朦胧无神的样子。

第八十回，“一时安歇之时，金桂便故意的撵薛蟠别处去睡，‘省得你馋痨饿眼。’薛蟠只是笑。”

这里的“馋”“饿”，都是动词，与名词搭配，组合成形容词组“馋痨饿眼”。痨，是指疾病。意思是馋出了病，饿坏了眼。如此形容馋猫一样的薛蟠，真可谓妙不可言。

第五十四回，“贾母因说：‘袭人怎么不见？她如今也有一些拿大了，单支使小女孩子出来。’”

“拿”是动词，“大”是形容词，构成动宾结构的复合词“拿大”，表示抽象的人物心理活动。

2. 名词活用为形容词

《红楼梦》中，名词活用为形容词很常见。

第六十四回，“晴雯道：‘袭人么？越发道学了，独自个在屋里面壁呢。这好一会我没进去，不知她作什么呢，一些声气也听不见。你快瞧瞧去罢，或者此时参悟了，也未可定。’”

在这里，名词“道学”活用为形容词，形容袭人有点装模作样，表达了一种讽刺、幽默。

第一一七回，王夫人与贾琏提起惜春要出家的事。贾琏道：

“侄儿听见要寻死觅活了好几次。他既是心里这么着的了，若是牛着他，将来倘或认真寻了死，比出家更不好了。”

牛是名词，是指一种家畜。由于牛的性格倔强，于是“牛”就引申出表示人的性格执拗的意思，活用为形容词。在这里，“牛”是“放任”的意思，用于形容人的性格。

3. 形容词活用为动词

形容词本身是不能带宾语的，当形容词带上宾语时，就活用为动词。《红楼梦》中，常常让形容词活用为动词，既保持着形容词的性质和状态，又增加了动词的动态感，用法灵活，语义丰富。

第三十回，“袭人只觉肋下疼的心里发闹，晚饭也不曾好生吃。至晚间洗澡时脱了衣服，只见肋上青了碗大的一块，自己倒唬了一跳，又不好声张。”

这里的“青”是形容词，但又可作动词，可谓一词两义。“青”既是一种颜色，形容受伤的程度，但又是一种动作，显示是被踢伤的。

第六十回，“正没开交，谁知晴雯早遣春燕回了探春，当下尤氏、李纨、探春三人带着平儿与众媳妇走来，将四个喝住。问起原故来，赵姨娘气的瞪着眼粗了筋，一五一十说个不清。”

将形容词“粗”，活用为动词，构成了“粗了筋”这一特殊的动宾结构，从而与“瞪着眼”形成整齐的对偶关系，活画出赵姨娘那气急败坏、有口难辩的狼狈神态。

第六十九回，“正值贾母和园中姊妹们说笑解闷，忽见凤姐带了一个标致小媳妇进来，忙觑着眼看，说：‘这是谁家的孩子！好可怜见的。’”

“可怜”是形容词，组合成“可怜见”，就多用于动词了，表示“值得怜悯”。其中“见”是词尾，无意义。“可怜见”在这里表示“惹人怜悯，可爱”的意思，是由“值得怜爱”引申出来的。

三、形容词多方面的灵活表达，增强语言的形象化、视觉化

《红楼梦》的美感，往往体现在形容词的灵活表达上。形容词多方面的灵活运用，美化了小说语言，扩充了语言空间。通过表现人物心理状态、展示外貌神态、典型化人物语言、活跃场景与事件，从而升华小说的审美情感，增强小说语言的形象化、视觉化。

1. 人物语言的形容词

《红楼梦》的人物对话中，时常会扔出几个形容词，如画龙点睛一般，在活泼语言的同时，丰富了语言的含义，生动有趣，味道十足。

第二十二回，贾母要给宝钗过生日，蠲资二十两，“唤了凤姐来，交与她置酒戏。凤姐凑趣笑道：‘一个老祖宗给孩子们作生日，不拘怎样，谁还敢争，又办什么酒戏。既高兴要热闹，就说不得自己花上几两。巴巴的找出这霉烂的二十两银子

来作东道，这意思还叫我赔上。果然拿不出来也罢了，金的，银的，圆的，扁的，压塌了箱子底，只是勒措我们……这个够酒的？够戏的？’说的满屋里都笑起来。”

银子能够“霉烂”吗？凤姐如此形容，意在嘲讽打趣。还有一层意思是，形容贾府财产惊人，连银子都放霉烂了。因为后面马上跟上了“金的，银的，圆的，扁的，压塌了箱子底”，这么多钱，能不霉烂吗？

第九回，宝玉上学，向贾政辞行。贾政对陪读的李贵说道：“你们成日家跟他上学，他到底念了些什么书！倒念了些流言混语在肚子里，学了些精致的淘气。等我闲一闲，先揭了你的皮，再和那不长进的算帐！”

一个“精致的淘气”，不仅把“淘气”活化了，而且赋予了“精致”新的含义。精致形容物品的精巧细致，是褒义词；“淘气”是贬义词。“精致的淘气”由于褒贬的矛盾，搭配关系不伦不类，形成了一种对比反差。潜在意思是，宝玉不上学就淘气，上了学还是淘气，因为有了文化，自然是“精致的淘气”了。

2. 景物、事件的形容词

用形容词描绘景物、活跃事件，聚集美好，极大地增强了小说的文化韵味和美的质感。

第十八回，贾妃在轿内看此园内外如此豪华，因默默叹息奢华过费。曹雪芹对大观园的夜景描绘用了一串的形容词，“银花雪浪”“势如游龙”“珠宝乾坤”“桂楫兰桡”“琳宫绰约”“桂殿巍峨”“火树琪花”“金窗玉槛”“帘卷虾须”“毯铺鱼獭”等，立体、形象地展示了大观园的美丽与奢华。

第二十三回，大观园的沁芳闸桥边，宝玉、黛玉偷看禁书《会真记》。“林黛玉把花具且都放下，接书来瞧，从头看去，越看越爱看，不到一顿饭工夫，将十六出俱已看完，自觉词藻警人，余香满口。”

“词藻警人，余香满口”两个形容词，简洁、贴切地表达了黛玉的读书感受。

第四十回，刘姥姥二进荣国府。刘姥姥念佛道：“人人都说大家子住大房。昨儿见了老太太正房，配上大箱大柜大桌子大床，果然威武。”

“威武”一词极为普通，人人都熟悉，人人都会用的，可极少有人用来形容房子和家具，但刘姥姥用在这里却是用得再好不过，直率传神，包含着非常丰富的社会内容，最直接地表达了刘姥姥的独特感受,也流露出刘姥姥意在讨好贾母的欢心。

第十七回，贾政一行“一面走，一面说，倏尔青山斜阻。转过山怀中，隐隐露出一带黄泥筑就矮墙，墙头皆用稻茎掩护。有几百株杏花，如喷火蒸霞一般”。

用“喷火蒸霞”形容几百株盛开的杏花，如喷火一样鲜红，如彩霞一般耀眼，给读者丰富的想象空间。

第二十七回，大观园的芒种节。“每一棵树上，每一枝花上，都系了这些物事。满园里绣带飘飘，花枝招展，更兼这些人打扮得桃羞杏让，燕妒莺惭，一时也道不尽。”

采取拟人的手法，描写大观园芒种节的风俗场景。用“桃羞杏让，燕妒莺惭”来形容场景的妖娆美丽，充满动感。

第五十四回，击鼓传花说笑话。“那女先儿们皆是惯的，或紧或慢，或如残漏之滴，或如迸豆之疾，或如惊马之乱驰，或如疾电之光而忽暗。其鼓声慢，传梅亦慢；鼓声疾，传梅亦疾。恰恰于贾母手中，鼓声忽住。”

这击鼓传花的动态，乃妙趣横生。用“残漏之滴”“迸豆之疾”“惊马之乱”“疾电之光”等形容词，生动描绘鼓点的轻重、快慢和节奏，活灵活现，身临其境。

3. 人物神态的形容词

贾妃省亲，曹雪芹用得最多的形容词是“垂泪”“无言”。

第十八回，“至贾母正室，欲行家礼，贾母等俱跪止不迭。贾妃满眼垂泪，方彼此上前厮见，一手搀贾母，一手搀王夫人，三个人满心里皆有许多话，只是俱说不出，只管呜咽对泣。邢夫人、李纨、王熙凤、迎、探、惜三姊妹等，俱在旁围绕，垂泪无言。”

贾妃对父亲贾政是“隔帘含泪”；贾妃对宝玉是“泪如雨下”；贾妃请驾回銮时是“滚下泪来”。

第二十三回，宝玉与姑娘们进住大观园后，不亦乐乎。“谁想静中生烦恼，忽一日不自在起来，这也不好，那也不好，出来进去只是闷闷的。”

第二十五回，“林黛玉见宝玉出了一天门，就觉闷闷的，没个可说话的人。至晚正打发人来问了两三遍回来不曾，这遍方才回来，又偏生烫了。”

描写宝黛之恋，曹雪芹用得最多的形容词是“闷闷的”。

两人一时不见，便郁闷不乐、无精打采，或牵挂对方，或见面斗气，都是闷闷的。

第十九回，宝玉躺在床头与黛玉说话。“宝玉总未听见这些话，只闻得一股幽香，却是从黛玉袖中发出，闻之令人醉魂酥骨。宝玉一把便将黛玉的袖子拉住，要瞧笼着何物。”

“醉魂酥骨”把宝玉对黛玉神魂颠倒的爱，形容得惟妙惟肖。

第九回，学堂趣事。“每日一入学中，四处各坐，却八目勾留，或设言托意，或咏桑寓柳，遥以心照，却外面自为避人眼目。”

“八目勾留”特别生动形象，把学童心神不定、眉目传情的神态，刻画得栩栩如生。

4. 人物外貌的形容词

《红楼梦》对人物的刻画，形容词的运用起着举足轻重的作用，它使被描写的人物外貌显得更加俊秀、可爱。

宝玉的形容词——

第三回，宝玉初见黛玉，两次亮相。第一次宝玉从外面回来：“面若中秋之月，色如春晓之花。鬓若刀裁，眉如墨画，面如桃瓣，目若秋波。虽怒时而若笑，即瞋视而有情。”第二次换完衣服：“越显得面如敷粉，唇若施脂，转盼多情，语言常笑。天然一段风骚，全在眉梢；平生万种情思，悉堆眼角。”

宝玉的外貌俊美出众，这里一连用了四组形容词，对其鬓、眉、面、目进行了形容和描绘，充满了青春活力。他的心灵，也正如中秋之月一样纯洁无瑕，他的感情，也正如春晓之花一样朝气蓬勃。

黛玉的形容词——

第三回，宝玉眼中的林黛玉。“两弯似蹙非蹙罥烟眉，一双似喜非喜含情目。态生两靥之愁，娇袭一身之病。泪光点点，娇喘微微。闲静时如姣花照水，行动处似弱柳扶风。心较比干多一窍，病如西子胜三分。”

林黛玉具有一种柔弱美、病态美。用“姣花照水”形容她姣美，用“弱柳扶风”形容她体弱。纤纤瘦影，波光荡漾，花影相映，多么清朗典雅。纤弱的柳条，依依而舞，一道弯弯的波痕，一条优美的弧线，真乃楚楚动人。

这类比喻与特定的修辞格天衣无缝地融合为一体。用“泪光点点，娇喘微微”形容她的愁与病。闪烁的泪光，细微的娇喘，是她生命中永远的一部分。

凤姐的形容词——

第三回，林黛玉初见王熙凤。“一双丹凤三角眼，两弯柳叶吊梢眉，身量苗条，体格风骚。粉面含春威不露，丹唇未启笑先闻。”这段外貌描写，算标点符号 42 个字，就简洁地描述了凤姐的相貌、神态和个性。

眼睛是心灵的窗户。凤姐的眉目很有特点。丹凤眼，柳叶眉，本是俊俏可爱的。却用“三角”“吊梢”等形容词来表现，便有了趣味。她不可爱，而是有些可怕，俊俏中透出狡猾之态、刁钻之貌、凶狠之气。这与凤姐的个性是一致的。用“苗条”形容身材，用“风骚”形容体格，俊美中带着成熟与干练，却多了几分圆熟和世故。

宝钗的形容词——

第二十八回，宝玉眼中的宝钗，“宝玉在旁看着雪白一段酥臂，不觉动了羡慕之心，暗暗想道：‘这个膀子要长在林妹妹身上，或者还得摸一摸，偏生长在他身上。’正是恨没福得摸，忽然想起‘金玉’一事来，再看看宝钗形容，只见脸若银盆，眼似水杏，唇不点而红，眉不画而翠，比林黛玉另具一种妩媚风流，不觉就呆了，宝钗褪了串子来递与他也忘了接。”

这里，用“雪白”“酥臂”“妩媚风流”等形容词，以及宝玉心里的感慨，映衬和展示了宝钗外貌的姣美。

半卷湘帘半掩门

——含蓄语言的巧妙表白

孙犁认为，所谓含蓄，就是不要一泻无遗，不要节外生枝，不要累赘琐碎，要有剪裁，要给读者留有思考的余地。

文学创作是一种特殊的意识形态。人物难以启齿、不宜直说的话，恋人需要委婉流露的情感，还有人物、事件背后的思考，往往都需要作者采用一种含蓄的表达方式。读者在阅读中，一种潜移默化的享受，其审美过程，也需要有一定的想象、思考空间。由此，含蓄语言就成为优秀文学作品的美感特征和美学境界，成就了写作艺术的含蓄之美。

含蓄美表现在，含而不放，不直露、不直说，含蓄不是不表达，而是一种巧妙的艺术表白。含蓄美重在让读者自己体会，让读者发挥自身的想象力进行二次创作，领会作品蕴含的深层含义。由于阅读的差异，不同层次的读者，对含蓄表达的领悟也不尽相同。俗话说，一万个读者，就有一万个哈姆雷特。于是，让文学作品的意义变得更加丰富多彩起来。说到底，含蓄美是一种写作情趣，一种写作韵味，一种写作品质和技巧。

《红楼梦》第三十七回，结海棠社吟诗。林黛玉《咏白海棠》诗首句："半卷湘帘半掩门，碾冰为土玉为盆。"意思是，看花人半卷湘帘半掩门地望去，看到的是白海棠的高洁白净。隐喻之意是，看花人与花保持了一定的距离，就享有了想象的空间。这既是一种审美现象，也是文学创作所追求的含蓄艺术。

细品小说的含蓄之美，那种巧妙、婉转的表达艺术，只有沉醉其里，才会有所发现、有所收获。只有勤于思考，才能领略这其中的美妙与奥妙。那些大大咧咧的粗心读者，很容易与"含蓄"失之交臂，也就无法领会和把握小说的精髓与特质。

曹雪芹深悟含蓄艺术之道，实写而不浅露、虚写而不晦暗，虚实相互照应、相互补充，从而创造出一个写实与含蓄并重的艺术世界。《红楼梦》含蓄的表达方式，主要表现在三个方面，即思想深隐，情节暗示，手法含蓄。

一、思想内容上，言此意彼，曲折幽隐地表达作者思想和理想

长期以来，对《红楼梦》所表达的主题思想，人们争论不休，意见不一，见解各异。探究原因，正是由于曹雪芹采取了含蓄的表达方式，让人觉得深讳莫测。显然，这种风格的形成，是与当时所处的时代背景分不开的。曹雪芹不能把自己的好恶很

直白地说出来，否则就会遭祸丢命。

《红楼梦》的主题思想的深隐表达，言在此却意在彼，有内涵，有隐喻，句中有余味，篇中有余意。运用“春秋”笔法，曲折幽隐地表达了作者的思想和理想。

1. “文字狱”的背景

《红楼梦》创作于清乾隆年间，正是大兴文字狱之时。一字相牵，百口莫辩，一人获罪，九族株连。这让很多有志之士望而生畏，即便心生怨愤，也不敢直接抒发。于是，只能靠在文学作品中隐喻表达自己的不满,抒发自己的人生和社会理想。曹雪芹要批判君权，要表达对封建社会制度的憎恨，也就只能用委婉含蓄的手法。他梦幻般地讲述石头、“绛珠草还泪”和太虚幻境的神话故事，为《红楼梦》抹上一层神秘的神话色彩，借此含蓄地表达了自己的爱与恨，从而使这部作品不致夭折，并流传千古。

《红楼梦》到底是一部什么样的书？历来学者看法分歧最大。鲁迅先生说过：“读《红楼梦》，单是命意，就因读者的眼光而有种种：经学家看见《易》，道学家看见淫，才子看见缠绵，革命家看见排满，流言家看见宫闱秘事……”

《红楼梦》是一部政治小说。它描写了极为广阔的社会生活和社会矛盾，记述了一个有典型意义的封建贵族家族由兴盛到衰亡的发展过程。其中着力写了三种矛盾：即统治者与被统治者之间的矛盾，统治者之间的矛盾，叛逆者与封建卫道者之间的矛盾。

《红楼梦》具有强烈的反封建思想。在当时，曾一度被列为禁书，曹雪芹之所以运用大量谐音和隐语，除了文学修辞艺术的需要外，重要的还是为了有效地避开清王朝残酷的文字狱。曹雪芹借助男女爱情悲剧，巧妙地揭露了政治斗争的黑暗和自己的政治理想抱负。

曹雪芹出身显贵名门，家族的衰落，儿子的夭折，对他的打击很大。他对所处的“康乾盛世”时代，有着深刻的危机意识。有学者认为，曹雪芹借助贾、王、史、薛四大家族的衰败，表达了自己对家族衰败的悲哀和愤怒。

《红楼梦》有着一条婚姻爱情主线。特别是在宝、黛、钗三人的婚姻爱情纠葛上，写得特别细腻、生动、形象。因此，很多人认为这是一部主要描述爱情的青春小说。其实，《红楼梦》作为封建社会百科全书，包含着极其丰富的容量，有着诸多意义重大的深刻内涵。

《红楼梦》汇聚了那个时代的种种特征，特别是对政治上的黑暗表达，寄寓深刻，用意深远，具有重大的史料参考价值。绝不是像有人评价的，只是用人物感情来反映社会现实。这是一部与政治密切相关的作品，其内容也非常敏感。

《红楼梦》第一回，在曹雪芹写到“亦非伤时骂世之旨”“又非假拟妄称”和“因毫不干涉时世”三语时，脂砚斋都有批语：“要紧句！”正是如此，《红楼梦》是一部非常尖锐的“伤时骂世”“干涉时世”，具有强烈政治内容的作品。

2. 意在批判皇权

对皇权的深刻批判，是《红楼梦》的重要的思想表达。当然，这种表达只能是隐藏、含蓄的。

第一回开篇，“列位看官：你道此书从何而来？说起根由虽近荒唐，细按则深有趣味。”后又“并题一绝云”：“满纸荒唐言，一把辛酸泪！都云作者痴，谁解其中味？”

曹雪芹一再强调，读值此书，要“认真玩味”，不能一览而过。这是因为《红楼梦》的艺术风格本就是含蓄的，即“言在此而意在核”，因为含蓄，所以才有“味”。因为其“味”含蓄于中，所以才需要“细按”“熟思”，才能获得。曹雪芹隐含着的创作苦衷，奠定了小说的悲剧基调和反抗色彩。

第十八回，元妃省亲。开始是“当今助体万人之心”“大开方便之恩”“庶可赂尽骨肉私情、天伦中之至性”等多方歌颂皇权，通过小说人物之口，处处宣扬皇帝的“隆恩”。到具体情节时，却是另一番景象：“半日，贾妃方忍悲强笑，安慰贾母、王夫人道：‘当日既送我到那不得见人的去处，好容易今日回家娘儿们一会，不说说笑笑，反倒哭起来，一会儿我去了，又不知多早晚才来！’说到这句，不禁又哽咽起来。”

皇妃省亲，应该是畅叙骨肉私情、共享天伦之乐，是十分令人高兴的事情，可呈现出来的却都是哭哭啼啼、凄凄惨惨的场面，毫无喜庆可言。显然，这是对“隆恩”的讥讽与控诉。

轿子里的元妃看到大观园繁华的夜景，默默叹息奢华过费。这话里分明有着深刻内涵，其实就是所指康熙南巡太奢侈靡费了。元妃不能批评皇上南巡的奢靡，只能借着省亲的场面，叹息一番。

第五十三回，乌进孝送租。贾珍道："我说呢，怎么今儿才来。我才看那单子上，今年你这老货又来打擂台来了。"乌进孝忙进了两步，回道："回爷说，今年年成实在不好。从三月下雨起，接接连连直到八月，竟没有一连晴过五日。九月里一场碗大的雹子，方近一千三百里地，连人带房并物牲口粮食，打伤了上千上万的，所以才这样。小的并不敢说谎。"

第七十五回，王夫人、尤氏服侍贾母用餐。因见伺候添饭的人手内捧着一碗下人的米饭，尤氏吃的仍是白粳米饭，贾母问道："你怎么昏了，盛这个饭来给你奶奶。"那人道："老太太的饭吃完了。今日添了一位姑娘，所以短了些。"鸳鸯道："如今都是可着头做帽子了，要一点儿富余也不能的。"王夫人忙回道："这一二年旱涝不定，田上的米都不能按数交的。这几样细米更艰难了，所以都可着吃的多少关去，生恐一进短了，买的不顺口。"贾母笑道："这正是'巧媳妇做不出没米的粥'来。"众人都笑起来。

这些对话，看似家常，却都是在暗示国家灾荒不断，民不聊生。既然贾府都是按人头做帽子，何况普通民众家，只能是受苦挨饿吧了。

第十六回中，曹雪芹借赵嬷嬷之口，把江南甄家几次大规模的接驾讥之为"虚热闹"，也是含蓄地表达了对皇权的批判。

3. 伏笔家族悲剧

一个上百年的封建贵族走向衰落，有外界社会因素的影响，也有贾府内部的种种隐患。《红楼梦》多方面、多角度，无时不在地暗示家族的悲剧命运。贾府是封建社会的缩影，暗示着封建时代由盛至衰的自然规律。

第五回，幻境茶名“千红一窟”，酒名“万艳同杯”，预示着千红一哭、万艳同悲，这不仅是女子个体的命运，亦是贾府这个封建大家族的“一哭、同悲”的命运。

第二十二回，元宵节猜灯谜。贾母出的灯谜：猴子身轻站树梢，——打一果名。元妃出的灯谜：能使妖魔胆尽摧，身如束帛气如雷。一声震得人方恐，回首相看已成灰。——打一顽物。谜底分别是荔枝和爆竹，暗示了贾府最终“树倒猢狲散”，大势已去的结局。

第二十九回，清虚观打醮看戏。“贾珍一时来回：‘神前拈了戏，头一本《白蛇记》。’贾母问：‘《白蛇记》是什么故事？’贾珍道：‘是汉高祖斩蛇方起首的故事。第二本是《满床笏》。’贾母笑道‘这倒是第二本上？也罢了。神佛要这样，也只得罢了。’又问第三本，贾珍道：‘第三本是《南柯梦》。’贾母听了便不言语。”

打醮演戏是给神看的，要用抽签、拈阄的方式由神点戏目。从刘邦杀蛇起义，到唐朝大将郭子仪七子八婿都当官，到最后的南柯一梦，神点的这三个戏，无疑暗示了贾府由兴起至极盛而终于败落的过程。

第三十九回，大观园里“螃蟹咏”。刘姥姥道：“这样螃蟹，今年就值五分一斤。十斤五钱，五五二两五，三五一十五，再搭上酒菜，一共倒有二十多两银子。阿弥陀佛！这一顿的钱够我们庄家人过一年了。”这还只是贾府日常起居，遇到婚丧嫁娶更是奢华无度。俗话说祖宗打天下，儿孙享天下。对贾府日常宴席的细腻描写，意在含蓄地指责贾府后代如此贪图享受，贾府先人创下的这份基业岂有不败之理？

第七十二回，王熙凤恃强羞说病。鸳鸯听了，忙答道：“嗳哟！依你这话，这可不成了血山崩了。”平儿忙啐了一口，又悄笑道：“你女孩儿家，这是怎么说的，倒会咒人呢。”联想到第五回中王熙凤的判词：后面便是一片冰山，上面有一只雌凤。喻示凤姐站在冰山上。冰山就是雪山，太阳出来就会融化，自然就是“雪山崩了”。眼下王熙凤“血山崩了”，暗示着贾府就要“雪山崩了”。

第七十五回，贾珍居丧期间，公然斗叶掷骰，放头开局，夜赌起来。“那天将有三更时分，贾珍酒已八分。大家正添衣饮茶，换盏更酌之际，忽听那边墙下有人长叹之声。大家明明听见，都悚然疑畏起来。贾珍忙厉声叱咤，问：‘谁在那里？’连问几声，没有人答应。”有红学家认为，这是秦可卿的叹息声，也有的说是宁国公的叹息声，哀叹不肖子孙的不耻，感叹贾府的沦落。

二、情节发展上，暗示走向，意味深长地推进故事向纵深发展

《红楼梦》人物对话中，经常出现“领略了些滋味”“蕴藉含蓄”“有滋味耐人细嚼”“含蓄浑厚”等词语。实际上，这是曹雪芹在追求语言上的“含蓄有味”境界。隐藏细节、烘

托表象、暗示走向，多侧面地刻画人物形象，积极推进小说故事向纵深发展。同时，让读者在阅读小说时充分发挥想象力和思考力，体会小说的故事内涵和表达的艺术境界。

曹雪芹十分善于运用细节的含蓄表达，包括人物活动的细节、事件始末的细节，或半遮半掩，或曲线拐弯，旨在追求悬念和出其不意的效果，让读者细心品味领悟，从中读出奥妙来。

1. 情节暗示人物命运

通过神话故事、人物对话和事件发展的多类情节，暗示人物命运，这是曹雪芹的常用手法。

《红楼梦》开篇就运用木石前盟的神话故事，暗示宝黛的爱情及其结局。警幻仙姑指点贾宝玉查看金陵十二钗判词，借助判词暗示小说主要人物的命运。

第五回中，宝玉打开了副册厨门，“拿起一本册来，揭开看时，只见画着一株桂花，下面有一池沼，其中水涸泥干，莲枯藕败，后面书云：根并荷花一茎香，平生遭际实堪伤。自从两地生孤木，致使香魂返故乡。”

这首诗是在寓意香菱的人生命运。“两地”即两个“土”，是“圭”。“孤木”是“木”。“两地生孤木”是“桂”字。这种含蓄委婉的手法，暗示薛蟠娶夏金桂为妻后，香菱将被虐待而死，孤魂返故乡。

曹雪芹还借助一些次要人物命运，来暗示主要人物的命运。如“晴有林风，袭乃钗副”之说，意思是晴雯具有林黛玉的风格，袭人是薛宝钗第二。晴雯与林黛玉一样，说话直来直去，“夹枪带棒”，最后的结局，被逐出贾府，病死家中；袭人的性情温柔和顺，宝钗的性情稳重和平，其中都有一个“和”字。宝钗在贾府与各方面的人际关系融洽，尤其对湘云、黛玉、岫烟等人更是关怀体贴。宝钗和袭人都是颇具心计的人，只不过宝钗的心计表现在人际关系的处理上，而袭人的心计表现在人生道路的设计上。这种含蓄的暗示手法，对于揭示林黛玉、薛宝钗的命运，起到了很强烈的暗示作用。

第二十二回，宝钗过生日，贾府看戏。宝钗笑道：“要说这一出热闹，你还算不知戏呢。你过来，我告诉你，这出戏热闹不热闹。”于是，她给宝玉讲起了《点绛唇》中的《寄生草》，称填的极妙。其中有这样一段：“没缘法转眼分离乍。赤条条来去无牵挂。”由此，巧妙地暗示了宝玉最后的结局，而《寄生草》的篇名，也暗示着宝玉“寄生植物”般的生活状况。

第七十回，放风筝。许多读者都认为那是可有可无的闲笔，其实，各人所放的风筝样式和先后顺序，都暗伏了许多重要人物将来的命运结局。

大观园的姑娘都在填柳絮词，忽然听到窗外风筝掉落的声音，原来掉下来的蝴蝶风筝正是“大老爷那院娇红姑娘放的”，这绝非泛笔，暗示贾赦等四大家族即将落败，像蝴蝶风筝一样坠落，一样飘落四散。

黛玉的风筝是个美人，她笑道：“这一放虽有趣，只是不忍。”这正与她所作的桃花诗中“泪干春尽花憔悴”、柳絮词中“飘泊亦如人命薄”的意思相通，暗示她将要泪尽而去。有意思的是宝玉的风筝也是个美人，黛玉的风筝放后，宝玉说：“若落在荒郊野外无人烟处，我替他寂寞。想起来把我这个放去，教他两个作个伴儿罢。”于是也用剪子剪断了线，照先放去。这隐含的意思再明显不过了，将来黛玉死后，宝玉“终不忘世外仙姝寂寞林”，会弃宝钗而去。宝钗的风筝是“一连七个大雁”，她的菊花诗里就有“念念心随归雁远”等句，也正暗伏将来金玉成婚后，宝玉会弃家为僧，她只能是年年望雁，伤心无限。宝琴的风筝是“大红蝙蝠”，是吉祥的象征，有“偏福”之意，暗示她后来嫁梅翰林之子，白雪红梅，命运独好。

《红楼梦》中，在许多行酒令的辞令中，也都暗示着人物性格、人物命运。

2. 用细节含蓄表达

一些难于启口或羞于启口之话，曹雪芹一般都不会直说。或是通过其他字句替代，或是通过细节含蓄表达。最后仍然不便说的，让读者猜想和联想。

第十一回，王熙凤探望病重的秦可卿。“尤氏道：‘你冷眼瞧媳妇是怎么样？’凤姐儿低了半日头，说道：‘这实在没有法儿了。你也该将一应的后事用的东西给他料理料理，冲一冲也好。’尤氏道：‘我也叫人暗暗的预备了。就是那件东西不得好木头，暂且慢慢的办罢。’”

这里采用的是避讳法，既含蓄，又合常理。此时尤氏不便明说棺材，就用“那件东西不得好木头”代替，让读者心知肚明。

第十三回，秦可卿之死，很让人联想到公公和儿媳间的丑事。曹雪芹并没有用语言直接来描述，而是用了一连串的细节，进行含蓄表达。“谁知尤氏正犯了胃疼旧疾，睡在床上”“贾珍哭的泪人一般”，贾珍拍手道：“如何料理，不过尽我所有罢了！”“贾珍见父亲不管，亦发恣意奢华。看板时，几副杉木板皆不中用”，后来有“义忠亲王老千岁”的棺木后“喜之不尽，即命人抬来”。“此时贾珍恨不能代秦氏之死”等等。而贾蓉也没有什么伤心之处，竟然因祸得福，为了秦可卿的葬礼风光，父亲用钱买了个防护内廷御前侍卫龙禁尉的五品官。再联想到焦大醉骂，其中奥妙不言而喻。曹雪芹通过细节含蓄，将“秦可卿淫丧天香楼”之真相，一步一步展现出来，让读者遐思无限。

第七十三回，“话说那赵姨娘和贾政说话，忽听外面一声响，不知何物。忙问时，原来是外间窗屉不曾扣好，塌了屈戌了吊下来。赵姨娘骂了丫头几句，自己带领丫鬟上好，方进来打发贾政安歇。不在话下。”

这段描写贾政与赵姨娘夜生活的细节，没有一个字与“夜生活”有关，只是用“窗屉”塌落的响声、赵姨娘责怪丫头的骂声等，以及“方进来打发贾政安歇”几个字，含蓄表达了贾政夜宿赵姨娘房里的情景。特别是“打发”二字，极其平常，又意味深长。相比于《金瓶梅》不失时机、比比皆是大量赤裸裸的细节描写，《红楼梦》的旨趣，实在不知高出多少倍。

3. 表象隐藏人性

所谓表象，即通过感知而形成的感性形象。这种感性形象，往往是通过人物对话、人物对事件的态度来获得的。表象体现人物性格，而人物性格的深处是人性表现。曹雪芹笔下的人物栩栩如生，得益于人性光芒的闪烁。

第五十回，宝玉与姑娘们芦雪庵联句，表现不佳。“李纨笑道：‘今日必罚你，我才看见栊翠庵的红梅有趣，我要折一枝来插瓶。可厌妙玉为人，我不理他。如今罚你去取一枝来。’众人都道这罚的又雅又有趣。”

李纨清静寡欲、不问是非，却罚宝玉折妙玉的红梅。曹雪芹竟然用“可厌”“我不理他”这几个字来含蓄表达李纨的性格。意在表明，李纨不是一个没有血性、好恶的人。既然她也有讨厌别人的时候，为何很少见她表露心迹呢？皆因为贾府是个是非之地，她不愿显露自己罢了。而妙玉是外人，适当地表达一些对她的不满，不会犯事。有意思的是，李纨讨厌妙玉为人，却喜欢她庵里的梅花。一个寡妇，却情不自禁地喜欢上“如胭脂一般”的红梅。这正是人性之美的含蓄表达。

第三十二回，麒麟事件后，为了说清原故，宝黛两人打起了嘴仗。“宝玉瞅了半天，方说道‘你放心’三个字。林黛玉听了，怔了半天，方说道：‘我有什么不放心的？我不明白这话。你倒说说怎么放心不放心？’宝玉叹了一口气，问道：‘你果不明白这话？难道我素日在你身上的心都用错了？连你的意思若体贴不着，就难怪你天天为我生气了。’林黛玉道：‘果然我不明白放心不放心的话。’宝玉点头叹道：‘好妹妹，你别哄我。果然不明白这话，不但我素日之意白用了，且连你素日待我之意也都辜负了。你皆因总是不放心的原故，才弄了一身病。但凡宽慰些，这病也不得一日重似一日。’林黛玉听了这话，如轰雷掣电……宝玉忙上前拉住，说道：‘好妹妹，且略站住，我说一句话再走。’林黛玉一面拭泪，一面将手推开，说道：‘有什么可说的。你的话我早知道了！’”

这一串对话，简直就是在“兜圈子”“猜哑谜”。宝黛之间究竟有什么不放心的事情，曹雪芹却始终没让他俩说出来，可是读者非常明白。真正牵连着两颗相爱之心的是“人性”的力量，是真诚与善良，是渗透于骨子里的爱。他们都不直说，因为想说的话，都在对方心里。如此含蓄表达，既得体，又符合两人的性格、个性，韵味无穷也。这也是与他们的身世、教养、气质、处境相符的。

三、表现手法上，婉转含混，指东说西地实现含蓄多样化表达

运用含蓄婉转、弦外之音的手法，不直接描述，出其不意，将感情、意图蕴藏其中，以寄托和实现作者深沉、含蓄的创作追求。与此同时，曹雪芹还善于运用诗、词、曲、赋、诔文、骈文等多种文学形式，指东道西，由此及彼，实现含蓄手法的多样化表达。

1. 弦外之音

弦外之音，原指音乐的余音，比喻言外之意。即不直接说，而是通过言外之意，间接透露和迂回表达。

第三十四回宝玉说道：“我虽然捱了打，并不觉疼痛。我这个样儿，只装出来哄他们，好在外头布散与老爷听，其实是假的。你不可认真。”黛玉听了宝玉的这番话，心中虽然有万

句言词，只是不能说得，半日，方抽抽噎噎的说道：“你从此可都改了罢！”宝玉听说，便长叹一声，道：“你放心，别说这样的话。”

宝玉的本意是，我根本就不想改，只是想抗争。虽然没有明说，但这种弦外之音，已经含蓄地表达了他的坚定意志。

第三十二回，金钏儿投井自尽后，宝钗来安慰王夫人。宝钗叹道：“姨娘是慈善人，固然这么想。据我看来，他并不是赌气投井。多半他下去住着，或是在井跟前憨玩，失了脚掉下去的。他在上头拘束惯了，这一出去，自然要到各处去顽顽逛逛，岂有这样大气的理！纵然有这样大气，也不过是个糊涂人，也不为可惜。”

宝钗的言外之意是，金钏之死，与王夫人毫无关系。这番话，也让读者见识了宝钗的乖巧，为讨好王夫人不惜信口开河，好一个混淆是非、颠倒黑白的冷美人形象。

第七十七回，周瑞家的把有私情的丫头司棋凶狠地硬拉出园子，刚巧被宝玉看到了。宝玉方指着恨道：“奇怪，奇怪！怎么这些人只一嫁了汉子，染了男人的气味，就这样混账起来，比男人更可杀了。”

宝玉的一连两个“奇怪”，令人回味，显然是话中有话。言外之意是，女人结婚就变坏。宝玉在表达强烈正义感时，也正好印证了他不愿长大、不愿姑娘们长大的青春情结。

2. 借物寓意

借物寓意，即借客观事物、景物来抒发主观情感，把隐含的主题、深刻的道理，通过对某一物的记叙、描写、议论表达出来。古人作文时，常以诗、词、曲、赋、谜、签为载体，托物言志，蕴藏着丰富的潜台词，示人以象外之旨、意外之趣。如借用日、月、花、草、石、鸟、兽，或风、雪、露、甘露、霜等自然事物，隐喻暗示人物的外貌、性格、品质等。

《红楼梦》寄寓的人生之谜具有无穷的魅力。几乎每一个人物，每一段故事，都能引发弦外之音、言外之意和象外之旨。如借花寓人，牡丹花寓宝钗、芙蓉花寓黛玉、海棠花寓湘云等，一花对一人，暗喻姑娘们性格、品性。当然，有时寓意形象不一定是一人对一物。譬如说，当初黛玉抽花签时，就是抽的芙蓉签，题着“风露清愁”；晴雯也称芙蓉，死后做了“芙蓉花神”。

还有以植物隐喻人物，绛珠草、竹子都用来隐喻林黛玉。林黛玉自称“草木之人”，她的前身是棵绛珠草。第一回写道：“只因西方灵河岸上三生石畔，有绛珠草一株，时有赤瑕宫神瑛侍者，日以甘露灌溉，这绛珠草始得久延岁月。后来既受天地精华，复得雨露滋养，遂得脱却草胎木质，得换人形，仅修成个女体……”可见绛珠草，不仅蕴含着林黛玉与贾宝玉的前世“木石之缘”，而且饱含“血泪”之痛，同时暗写她不同流俗的仙风道骨。

借物寓意，还表现在人物的天性上。薛宝钗患有先天热毒症，病发时就要服用海上奇方“冷香丸”。“热毒症”暗喻宝钗天性热衷于尘世功名，“冷香丸”则与宝钗的“冷美人”称呼有相通之处。薛宝钗有美的青春、美的人性，却从天性中带来的一股“热毒”，但她更是“露砌魂”“水作影”的“雪”姑娘。“冷美人”，藏愚守拙，安分随时，不惜浇灭少女心中的爱情火焰，忠实地维护封建伦理道德。曹雪芹借物喻人，形象表达，把薛宝钗复杂的人物性格灵动地展现出来。

第七十回，宝钗作诗《临江仙·柳絮》，表面上写的是柳絮飘浮的姿容，隐喻的是宝钗“人情练达即民事明”的封建淑女形象。“万缕千丝终不改，任他随聚随分。”在东风之中，尽管柳絮被吹得零落，但始终都是千丝万缕的形状。无论何时何地，无论环境如何变化，始终都要保持自己的个性与品质，而不随波逐流。“好风凭借力，送我上青云”，借助柳絮凭借东风扶摇直上，含蓄地表达了宝钗挣脱命运束缚的决心，寄托了她洁身自好、坚持自我的理想情怀。

3. 指东说西

指着东边说西边，表面上是在说这个人，实际上是在说另外一个人。表面上说这件事，实际上是说另一件事。意在巧妙地、不经意地表达作者的意图。

曹雪芹从来没有直接写贾家对黛玉的冷遇，也从来没有直接写王夫人对黛玉的憎恶，但是读者似乎都能够感觉出来。

第七十四回，王夫人听王善保家的谗言，“猛然触动往事，便问凤姐道：‘上次我们跟了老太太进园逛去，有一个水蛇腰、削肩膀、眉眼又有些象你林妹妹的，正在那里骂小丫头……后来要问谁，又偏忘了。’”她让人叫来晴雯，便冷笑道：“好个美人！真像个病西施了。你天天作这轻狂样儿给谁看？”王夫人如此憎恨晴雯，分明是在指桑骂槐。只要读者仔细品味，便可意会王夫人言语和行为所潜藏的意思，因为“有些象你林妹妹的”这句，就可以自然联想到《葬花吟》中，林黛玉自言的“一年三百六十日，风刀霜剑严相逼”。它真实地暗示了林黛玉寄人篱下的险恶环境，以及她在这种环境中的生存感受。

第十一回，秦可卿患病。凤姐儿听了，眼圈儿红了半天，半日方说道：“真是‘天有不测风云，人有旦夕祸福’。这个年纪，倘或就因这个病上怎么样了，人还活着有甚么趣儿！”这是凤姐听完尤氏介绍秦可卿的病情后说的话。表面上看，凤姐在可怜秦可卿，细心品味，分明是在责怪秦可卿干了见不得人的事，遭到老天的报应。这是曹雪芹惯用的“指东说西”的含蓄表达。

第五十七回，薛姨妈与黛玉、宝钗闲聊。薛姨妈道：“自古道：‘千里姻缘一线牵’。管姻缘的有一位月下老人，预先注定，暗里只用一根红丝把这两个人的脚绊住，凭你两家隔着海，隔着国，有世仇的，也终久有机会作了夫妇。”她还特意透露出：“前儿老太太因要把你妹妹说给宝玉，偏生又有了人家，不然倒是一门好亲。”

薛姨妈似乎在讲“月下老人”的故事，讲宝钗的表妹宝琴的婚事。其实，是在暗示林黛玉，贾母并没有考虑她和宝玉的婚事。连唯一可帮她的贾母都不愿成全她的心愿，还有谁能帮她呢？含蓄手法的艺术魅力在于，读者只有像品茗茶香一样，细细品读，才能读出其中的味道来。

偷的锣儿敲不得

——比喻语言的生动形象

《红楼梦》第六十五回，尤三姐斥责贾琏："如今把我姐姐拐了来做二房，偷的锣儿敲不得。"尤三姐借用谚言，比喻贾琏干了坏事不敢见人，可谓生动形象，泼辣直言，一针见血。

比喻是根据心理联想，抓住和利用不同事物的相似点，用另一个事物来描绘所要表现的事物的一种写作手法。借助比喻语言的生动性，把抽象的事物变得具体，把深奥的道理变得浅显。

钱钟书说："比喻正是文学语言的根本。"文学创作离不开比喻，贴切、鲜活、雅致的比喻，往往能起到折射事物本质、反映人物神情、表现作者好恶、揭示深刻道理等多种写作作用。

比喻，又称"譬喻"，俗称"打比方"。比方的对象，叫作"本体"；比方的事物，叫作"喻体"。比喻的前提条件是，本体和喻体不同性质，但两者之间必须有相似点。

《红楼梦》本身就是一个最大、最深的比喻。它犹如一座心灵的深井，将诸多的隐喻和比喻掩盖之中，为阅读与欣赏提供了多种联想和猜测,也为研究与探讨提供了巨大的思考空间。其精彩绝伦的比喻句式，成为语言魅力的最好明证，极大地丰富了语言学宝库。

《红楼梦》的比喻形式千姿百态，尤其是在人物形象刻画上，采用动物喻人、以花喻人、借物喻人、以典为喻等一系列比喻修辞手法，清新自然、精练深刻、双关妙用、有趣传神，增强了语言的表现力，提升了写作的艺术张力，成为修辞学史上的一座丰碑。

一、动物喻人，借助动物自然属性形象化小说语言

动物是有感情的，而且是最通人性的。

千百年来，人类与动物的关系十分密切，动物是人类最亲近、最紧密的朋友。长期以来，人们习惯了在语言上借助动物的自然属性表达人的社会属性,创造了大量与动物有关的成语、比喻等，为动物赋予了神秘的寓意，成为汉语语言艺术的重要源泉。

《红楼梦》中的动物喻人，运用了大量新鲜、生动的动物比喻，增强了小说语言的形象性和可读性。《红楼梦》的人物生活中，感知与认识最多、最鲜明的除植物之外，恐怕非动物莫属了。

1. 猴喻

《红楼梦》中的“猴喻”特别多。

以猴喻人，以凤姐为最多。第二十二回，贾母亦笑道：“你们听听这嘴，我也算会说话的，怎么说不过这猴儿。”第二十九回，贾母回头道：“猴儿，猴儿，你不怕割舌头下地狱。”第三十五回，贾母听了，笑道：“猴儿，把你乖的！”

贾母习惯比喻王熙凤为猴，显然是出于对她的喜爱和赞美。这种赞美都是取自猴子聪明伶俐、精灵搞怪、活泼好动等特点，比喻王熙凤口齿伶俐、能言善辩、乖巧机灵。在贾母的眼里，一百个会说的男人都不及她。

宝玉也是“猴儿”，他的许多动作都是猴化的。第十四回，凤姐协理秦可卿丧事，宝玉和秦钟去看望凤姐，宝玉求凤姐赶快派人去做书房。“凤姐笑道：‘便是他们作，也得要东西，搁不住我不给对牌是难的。’宝玉听说，便猴向凤姐身上立刻要牌，说：‘好姐姐，给出牌子来，叫他们要东西去。’”

庚辰本有一侧批说：“诗中知有炼字一法，不期于《石头记》中多得其妙。”意指这个“猴”字用得妙。把宝玉灵巧的动作和天真的情态刻画得活灵活现，又把他与凤姐的亲密关系表达得恰如其分。

当然，还有其他的猴儿。第六十三回，尤二姐骂贾蓉：“很会嚼舌头的猴儿崽子。”第二十四回，邢夫人（对贾琮）道：“那里找活猴儿去！你那奶妈子死绝了，也不收拾收拾你，弄的黑眉乌嘴的，那里象大家子念书的孩子！”显然，这些猴喻，都是反面的形容。

仔细观之，《红楼梦》中大大小小的主子，几乎都是猴儿。第十三回，秦可卿托梦给凤姐说了一番话，其中有一句“树倒猢狲散”，实质上隐喻着封建社会必然崩溃的主题思想。由此，不难看出曹雪芹的匠心独运。这些猴儿，都是为“树倒猢狲散”这一主题服务的。

2. 鸡喻

鸡，是红楼人物最熟悉的动物。

第三十回，只见凤姐儿跳了进来，笑道：“……也没见你们两个人有些什么可拌的，三日好了，两日恼了，越大越成了孩子了！有这会子拉着手哭的,昨儿为什么又成了乌眼鸡呢！”

这句话的本体是“宝玉和黛玉”，喻体是“乌眼鸡”。这个暗喻把宝黛二人吵嘴生气的模样，用乌眼鸡争斗时直瞪眼珠的神态，十分形象生动地刻画了出来，充满着动感。

第六十一回，柳氏啐道：“一个个的不象抓破了脸的，人打树底下一过，两眼就象那黧鸡似的，还动他的果子！”

黧鸡就是通常所说的乌眼鸡，两眼大而圆，身短尾长，凶猛善斗，连人都不敢随意靠近。这里借喻“乌鸡争斗”的情形，形容提防他人偷摘果子的表情。通过禽与人的相似点，写出了人的猜疑惊恐和眼色不宁。喻语简洁、生动、形象。

第六十五回，兴儿对尤二姐说：“如今连他正经婆婆大太太都嫌了他，说他‘雀儿拣着旺处飞，黑母鸡一窝儿，自家的事不管，倒替人家去瞎张罗’。若不是老太太在头里，早叫过他去了。”

这里用“黑母鸡”来比喻王熙凤爱管事、瞎管事，招人嫌。

3. 狗喻及其他

第六十一回，“莲儿听了，便脸红了，喊道：前儿小燕来，说‘晴雯姐姐要吃芦蒿’，你怎么忙的还问肉炒鸡炒？……赶着洗手炒了，狗颠儿似的亲捧了去。今儿反倒拿我作筏子，说我给众人听。”

这是莲儿责怪柳家的的话。“狗颠儿”这个比喻，已不再局限于把动物的外貌和习性特征作为相似点，而是扩大到动物的行为、动作为相似点。而且其行为意义，已不是局限于人和狗都“屁股颠动”这个外在的形似，而是抓住狗紧跟人后摇尾乞怜、拍马逢迎的动态行为，来形容讨好人、巴结人的丑态。

第七十七回，晴雯被逐后，宝玉对袭人说：“他这一下去，就同一盆才抽出嫩箭来的兰花送到猪窝里去一般。”宝玉将晴雯比喻为“才抽出嫩箭来的兰花”，非常鲜嫩、美丽可爱，却被送进了“猪窝”里，美丑相形，对比鲜明，比喻美被毁之的悲剧、晴雯遭受摧残并糟蹋至死的悲惨命运。

动物喻人，意在抓取人和动物的某一个共同点，而不以所比之物的全体作喻。第四十二回，刘姥姥比喻为“母蝗虫”。就是抓住两者遇到美食就大吃大嚼的形似。第二十八回，将宝玉比喻为“呆雁”，则是取两者凝神而思、呆立不动的神态。第六十三回，以“西洋花点哈巴儿”打趣袭人，给芳官改名为“耶律雄奴”，而叫错了韵成为“野驴子”，也是因为两者有相似之点。袭人有着哈巴狗的奴性，而且姓花，以花点子喻其心机点子多；芳官有几分野性，以驴喻之，十分契合，引人发笑。

动物喻人，可以借动物姿势，比喻人的体态美好。第四十九回，用“蜂腰猿背、鹤势螂形”形容史湘云的装束姿态。喻人腰细臂长，俏便利落。脂批云：“近之拳谱中有坐马势，便以螂之蹲立。昔人爱轻捷便俏，闲取一螂，观其仰颈叠胸之势。”

动物喻人，还可以鞭挞丑恶，表达一种情绪。第六十四回，贾琏对尤氏姐妹动邪念，“况知与贾珍贾蓉等素有聚麀之诮，因而乘机百般撩拨，眉目传情”。麀，原意是母鹿，泛指母兽。聚麀是指父子共占一个女子的禽兽行为，这里喻示贾珍和儿子贾蓉的妻子秦可卿有染。

另外，《红楼梦》中以动物命名的人物也不少。如雪雁、紫鹃、鸳鸯、鹦哥、莺儿、春燕、小蝉、狗儿、小鹊、银蝶儿、宝蟾、喜鸾等。自古以来，我国农村就有以动物为名的习俗，乡人孩子叫狗子、狗娃、狗剩的居多，就是借用了狗命贱的特点，以求孩子好生养。

曹雪芹利用了这一民间习俗，一方面取动物之精明灵巧喻人，另一方面又以动物的品性特征来暗示人物的性格命运，可谓一箭双雕。

二、以花喻人，借助草木花卉典型化表达女子品质

古人常以花草树木比喻人们所向往的美好品质。花即美人，美人如花，鲜花与美女一直在文人墨客的笔下互为比附，人花相映。

以花喻人，佩花言志，源远流长。以花喻人的修辞手法，在我国传统文学中起源极早。《国风·周南·桃夭》中："桃之夭夭，灼灼其华。"用盛开的桃花，比喻新娘的娇艳，赞美新婚女子如花般容颜甜美。室有兰自香，人似花自馨，无论是说人还是自称，比花都是最好的赞美。

《红楼梦》中，以花喻人的手法，更是达到了登峰造极的程度。曹雪芹广泛运用隐喻、影射和象征等手法，借助草木花卉比喻美貌女子，笑靥如花，人生如花，典型化表达女子品性。同时，描绘出大观园花团锦簇、色彩斑斓、群芳争妍的灿烂景象，设下了一连串春去花尽、落得个空干净的人生悬念。

1. 名花有主

《红楼梦》里的大观园，既是女儿国、青春国，又是百花园。

据统计，在大观园里，有名有姓的年轻女子达120余人，而花草、树木、藤蔓更是多达130余种。面对这林林总总的青春佳丽和名目繁多的花卉树木，曹雪芹不断亲密两者之间的关系。也就是说，既没有孤立地写花卉，也没有孤立地写美人，而是花如其人，以人写花。这种状态好比是庄周与蝴蝶的关系，两者浑然一体、相得益彰。

第六十三回，占花名儿。深夜请来了钗群，众人行酒令占花名。一番骰数，很快几位关键人物都拿到了自己的花签。诸如牡丹之于宝钗，杏花之于探春，梅花之于李纨，海棠之于湘云，芙蓉之于黛玉。大观园的花与人，都有着千丝万缕的联系。或形容人的容貌性格，或暗示她的命运归宿，或预示着情节发展，或联系某一生活细节。由此及彼，映照和推进了小说故事的发展。

当代仕女图名家戴敦邦先生绘制过一套《红楼梦群芳图谱》，对《红楼梦》中的女孩儿做了一个系统的人花对照，将红楼女儿都比作一种花卉，深得神韵。

譬如说，妙玉为梨花，熙凤为罂粟，紫鹃为杜鹃花，元春是桃花，尤三姐是虞美人，尤二姐是樱花，巧姐是牵牛花，迎春是迎春花，惜春是曼陀罗，晴雯是莲花，龄官是蔷薇，金钏是水仙，鸳鸯是女贞。

又譬如说，芍药喻薛宝琴，凤仙花喻平儿，兰花喻邢岫烟，含笑花喻小红，朱顶红喻司棋，野玫瑰喻芳官，凌霄花喻娇杏，仙客来喻秦可卿，夫妻蕙喻蕙香等等。

第五回，金陵十二钗的判词，多次出现花木描写，由此暗喻各金钗最后的命运结局。“枉自温柔和顺，空云似桂如兰”，喻兰桂与袭人；“根并荷花一茎香，平生遭际实堪伤”，喻荷花与香菱；“二十年来辨是非，榴花开处照宫闱”，喻榴花与元春；“桃李春风结子完，到头谁似一盆兰”，喻茂兰与李纨等。

诚然，《红楼梦》本就是一部群芳谱。曹雪芹讲述的是一个大家族的破落，更是一群如花女子的青春消亡。不论是“三春去后诸芳尽，各自需寻各自门”之语，还是“花落水流红”之句，或“沁芳”“饯花”之名，都把“以花喻人”的手法贯穿始终。

在《红楼梦》的女子中，与之相关联的花木，不是单一的，也不是绝对的，都是在两者之间寻求内在联系和交叉点。曹雪芹将女子的姿态、性情和命运三者汇集在一枝花签上，天意与人意同归，不可谓心功不巧妙。诚然，以花喻人，毕竟只是一种比喻。红楼里的人物都是立体的、鲜活的，绝不是单纯的花木标本。

花有人德，人有花姿。大观园里的女孩儿，似乎都有自己的象征花。“千红一窟，万艳同杯”，比喻“千红一哭，万艳同悲”。这里似乎在说花儿,实则比喻这个如花似玉的青春王国。

2. 黛玉葬花

“黛玉葬花”是宝黛爱情发展中的重要环节，也是曹雪芹以花喻人的传神之笔。《葬花吟》让人物与花卉融为一体，紧密相连关联。《红楼梦》里的两次黛玉葬花情节，都在借助花谢花飞的姿态，寓意宝黛爱情和林黛玉的悲剧走向，以象征手法预示着大观园女儿最终的悲剧命运。

黛玉葬花，意在怜花惜花。黛玉担心落花流进污水被糟蹋，或者被人无情践踏。黛玉怜花，实际上是悲怜自己。体弱多病的黛玉，从花的凋零似乎看到了自己的将来。她担心自己的生命，哪一天就会像眼前的花一样落花流水。

第二十七回，黛玉误会了宝玉，借葬花发泄心中的无名火，边葬花边哭诉。由此，成就了脍炙人口的《葬花吟》。这首词以花喻人，回荡着黛玉感叹人生的全部哀音。词中所表露的，不仅仅是黛玉葬花的伤感，更意味着大观园美丽青春的埋葬。与《葬花吟》相比，第七十八回贾宝玉祭奠晴雯的《芙蓉女儿诔》，风格慷慨激昂，悲凉沉郁。同样祭奠的不只是“芙蓉花神”晴雯，借助“晴为黛影”之说，可以理解为晴雯的结局即暗示林黛玉的结局。分明就是从芙蓉花下走出的黛玉，一缕如晴雯一般红颜薄命的芳魂。

花开之美和花谢之伤，切合《红楼梦》繁盛与零散的巨大落差。以花喻人，我们不仅看到了红楼女子的性格命运，也总领了红楼大观的春梦云散。

3. 海棠“睡美人”

史湘云有海棠“睡美人”之誉。

尽管红学界存在“海棠花”与“芍药花”之争，细读《红楼梦》，以海棠花比喻史湘云，似乎更为贴切。

唐郑处诲撰《明皇杂录》：“上尝登沉香亭召妃子，妃子时卯酒未醒，高力士从侍儿扶掖而至，上皇笑曰，岂是妃子醉耶？海棠睡未足耳。”明朝时，唐伯虎按此意画一幅画，名为《海棠春睡图》。

《红楼梦》中，多次将“海棠春睡图”这一典故加以套用、渲染。第十八回，贾宝玉的《怡红快绿》诗中，就有“红妆夜未眠”，把海棠比喻为睡美人。

第六十二回，憨湘云醉卧芍药裀。“正说着，只见一个小丫头笑嘻嘻的走来：‘姑娘们快瞧云姑娘，吃醉了图凉快，在山子后头一块青板石凳上睡着了。’众人听说，都笑道：‘快别吵嚷。’说着，都走来看时，果见湘云卧于山石僻处一个石凳子上，业经香梦沉酣，四面芍药花飞了一身，满头脸衣襟上皆是红香散乱，手中的扇子在地下，也半被落花埋了，一群蜂蝶闹穰穰的围着他，又用鲛帕包了一包芍药花瓣枕着。众人看了，又是爱，又是笑，忙上来推唤挽扶。”

史湘云被大团大团的芍药花包围着，香腮红润、睡眼朦胧，好一尊娇滴滴的睡美人，怎能不惹人怜爱？这里表面写的是“芍药相卧”的美态，实际上是“海棠春睡”的韵味。

第六十三回，宝玉庆生，掷骰抓花。“黛玉一掷，是个十八点，便该湘云掣。湘云笑着，揎拳掳袖的伸手掣了一根出来。大家看时，一面画着一枝海棠，题着‘香梦沉酣’四字，那面诗道是：只恐夜深花睡去。黛玉笑道：‘夜深’两个字，改为‘石凉’两个字。”意指湘云酒后卧石的事，这也表明曹雪芹把湘云喻为海棠花。

海棠花，自古以来是雅俗共赏的名花，素有“花贵妃”的尊称。海棠花象征温和、美丽、快乐，也寓意思乡、离愁、苦恋。显然，史湘云生来豪爽，她的身世和性格，都与海棠花的象征和寓意很相似。由此，成就了她海棠花般的独特品性。

4.“玫瑰花”探春

第六十五回，小厮兴儿向尤氏姊妹介绍道：“三姑娘的浑名是‘玫瑰花’。”尤氏姊妹忙笑问何意？兴儿笑道：“玫瑰花又红又香，无人不爱的，只是有刺戳手。”自古以来，大都以“玫瑰花”比喻政治家，改革者的壮志、才情及坚持原则的斗争精神。探春说：“我但凡是个男人……必早走了，立一番事业。”她不仅敢于揭露封建统治阶级内部的尖锐矛盾，而且为了捍卫封建家世的利益，甚至连自己的亲生母亲都可以不认。

曹雪芹用玫瑰花“又红又香，无人不爱”和“有刺戳手”的特性，比喻探春既让人敬又让人畏的复杂性格，清雅率真，叫人过目难忘。

《红楼梦》中，以花草命名的人名甚多。贾府第四代是“草”字辈，因此，多以花草为名，如贾芹、贾兰、贾菱、贾蔷等；十二女伶也多以花草为名，如藕官、葵官、蕊官等。除此之外，还有许多丫鬟下人名也与花草有关，如娇杏、方椿、佳蕙、莲花、文杏等。

三、借物喻人，借助多种事物喻体个性化人物特征

借物喻人，就是借某一事物的某种特点，来比喻人的人格和品质，丰满人物形象，表达个性化人物特征。

《红楼梦》注重人物的性情、心理、行为、品格和身份，恰如其分地进行形象比喻。每个拟譬设喻都是为人物量身定做，绝不是信手拈来，随便混比。运用不同的事物喻体比喻不同的人，成为曹雪芹表达人物个性化特征的一个重要方面。

1. 以物化人

即用某一事物、物件作喻体，比喻人的表情和神态。

第十四回，“凤姐缓缓走入会芳园中登仙阁灵前，一见了棺材，那眼泪恰似断线之珠，滚将下来”。

这里的本体是“眼泪”，喻体是“断线之珠”，比喻词语是“似”。滚落的眼泪和断线的珠子外在都呈圆形，用以比喻纷纷下落的动态过程，十分准确、传神。由此，可以从“断线”推断出泪珠之多，下落之快。不仅让读者感受到眼泪快速下落

的具象，还能体会到凤姐的悲伤之情。

第四十九回，晴雯等早去瞧了一遍回来，歒歒笑向袭人道：“你快瞧瞧去！大太太的一个侄女儿，宝姑娘一个妹妹，大奶奶两个妹妹，倒像一把子四根水葱儿。”

这句话的本体是“来到贾府的四位姑娘”，喻体是“一把子四根水葱儿”，比喻词语是“倒像”。水葱儿，给人的感觉是白嫩、瘦细、水淋淋。如此比喻四位姑娘，把姑娘细腻、润滑的肤质，苗条的体态，刻画得十分生动好看。

第五十二回，平儿为掩饰坠儿偷虾须镯的丑事，对麝月说道：“晴雯那蹄子是块爆炭，要告诉了他，他是忍不住的。”曹雪芹用“爆炭”，比喻晴雯嫉恶如仇的刚烈性格，生动传神。

第六十五回，兴儿拍手笑道：“我们大姑娘不用说了，但凡不好也没这段大福了。二姑娘的浑名是‘二木头’，戳一针也不知嗳哟一声。”

“木头”给人的印象是毫无生气，呆若木鸡，感情漠然。用木头比喻二姑娘，则把她遭遇不公平后的沉默寡言、忍辱退让、懦弱可欺的性格，很生动地凸现出来。二姑娘的形象，以物化人，跃然纸上。

第五回，《枉凝眉》词：“一个是水中月，一个是镜中花。”用“水中月”和“镜中花”，分别比喻宝玉、黛玉，喻体含有美丽、朦胧、虚幻、飘渺的意象，把宝黛之间难于言表的爱情特征，用物的具象表达出来。

同样，袭人“是没嘴的葫芦”，李纨“竟如槁木死灰一般”，王熙凤“辣子”“霸王似的一个人”“明是一盆火，暗是一把刀”，平儿“就是你奶奶的一把总钥匙”，这些以物化人的比喻非常贴切，对人物性格的塑造起着非常重要的作用。

以物化人，还有一种“喻中有比”。这种较物式比喻形式，大都用“比”字连接本体和喻体，表示一种相似关系。

第五回，写给晴雯的判词：“霁月难逢，彩云易散。心比天高，身为下贱。”第八回中，李嬷嬷说：“真真这林姐儿，说出一句话来，比刀子还尖。”

这些“比”字句，都是在比喻的基础上，把人事人力和物情物力相较量，借物比喻人物形象特征。

2. 借事说人

即用事件、物件比喻所说的人物。

第八十回，香菱受屈。薛姨妈“说着，命香菱‘收拾了东西跟我来’，一面叫人去，‘快叫个人牙子来，多少卖几两银子，拔去肉中刺，眼中钉，大家过太平日子。’薛蟠见母亲动了气，早也低下头了”。

薛蟠之妻夏金桂，因容不下香菱而终日在薛府兴风作浪，薛母终无宁日，忍无可忍所说出的话。这句话的本体是“香菱”，喻体是“肉中刺，眼中钉”，比喻香菱就像“刺”和“钉”一样，让金桂难受、碍眼。同时也借喻“刺”和“钉”，写出了香菱久受折磨和虐待的悲惨处境。

第八十二回，黛玉与袭人说话，提及香菱的苦、尤二姐的死，黛玉便说道：“这也难说。但凡家庭之事，不是东风压了西风，就是西风压了东风。”

黛玉的这句话，说者无心，袭人听者有意，如果黛玉真的嫁给宝玉，自己这个做妾的就是步入尤二姐的后尘。如此借事说人，让袭人平添了几分兔死狐悲之感。从此，她更加防范林黛玉，甚至不惜做手脚、施小计给黛玉下绊子。黛玉乃性情中人，岂知此人心中城府？何况她孤傲自许，目无下尘。她觉得心里有宝玉就足够了，袭人的小动作不过是个“小玩意儿”，不足挂齿。

这个借事说人的比喻，至今还有着强大的生命力。原指封建大家庭里对立的两方，一方压倒另一方。现比喻正义力量对于邪恶势力占压倒的优势，这个世界并不安宁。

1957 年 11 月，毛泽东在莫斯科接见中国留学生，在谈到国际形势时，他风趣地说：“现在世界正在大变，不是西风压倒东风，就是东风压倒西风。你们读过《红楼梦》没有？这句话是林黛玉说的。”毛泽东的风趣幽默，引来阵阵笑声和掌声。

3. 以景托人

以景托人，意在营造典型环境，烘托人物形象。

第十四回，秦可卿出殡的场景，“一时只见宁府大殡浩浩荡荡、压地银山一般从北而至”。

这是典型的以景托人。将身穿素服的送葬队伍比喻成银山，颜色上很相似、规模上有渲染，生动简洁地刻画出宁府为秦可卿出殡人数之多、场面之宏大、排场之惊人的场景。意在表达宁府人多势众的威严，及这种威严下的宁府气派。

第四十四回，贾母给贾琏夫妇劝架。贾母啐道：“下流东西，灌了黄汤，不说安分守己的挺尸去，倒打起老婆来了！凤丫头成日家说嘴，霸王似的一个人，昨儿唬得可怜。要不是我，你要伤了他的命，这会子怎么样？”

这个场景十分有趣。贾琏干了坏事还要打人，王熙凤受到了伤害，贾母要为她撑腰。贾母一边骂贾琏“下流东西”，一边又说凤姐“霸王似的一个人”。贾母作为贾府的最高统治者，只能采取“双向责怪”的手法，各打一巴掌，以平息事态。这是中国家庭很传统的做法，也是一种很典型的小说场景。曹雪芹以景托人，立体化了贾母的权威形象和处事方式，实现了人物与环境的协调统一。

四、以典为喻，借助历史典故厚重化人物和事物

以典为喻，引经据典，意在借助历史典故厚重化小说中的人物和事物，增强小说的历史文化厚度，引发更多的阅读联想和阅读快感。

其优势在于，超越时空的限制，在古今文化的对比中彰显历史的厚重感；在变熟悉为陌生和变陌生为熟悉的双重运作中，展现历史典故文化的传承性、生动性。

1. 人名用典

中国人取名爱用典。或取自文献典籍，或取自诗文韵语，或取自风俗传说，这样取出的名字既典雅别致，又厚重凝练，渗透着浓郁的书香气。曹雪芹也不例外。《红楼梦》中的许多人物的命名都与典故有关，无疑提升了小说的历史文化品位。

第三回，“原来这袭人亦是贾母之婢，本名珍珠……宝玉因知他本姓花，又曾见旧人诗句上有‘花气袭人’之句，遂回明贾母，更名袭人。”

第二十三回，贾政问道：“袭人是何人？”王夫人道：“是个丫头。”贾政道：“丫头不管叫个什么罢了，是谁这样刁钻，起这样的名字？”……宝玉见瞒不过，只得起身回道：“因素日读诗，曾记古人有一句诗云：‘花气袭人知昼暖’。因这个丫头姓花，便随口起了这个名字。”

“花气袭人”这个典故，出自宋代陆游七言诗《村居书喜》。全诗为：“红桥梅市晓山横，白塔樊江春水生。花气袭人知昼暖，鹊声穿树喜新晴。坊场酒贱贫犹醉，原野泥深老亦耕。最喜先期官赋足，经年无吏叩柴荆。”诗意为，花香扑鼻，天气变暖了。

第六十二回，香菱道：“前日我读岑嘉州五言律，现有一句说‘此乡多宝玉’，你怎么倒忘了？后来又读李义山七言绝句，又有一句‘宝钗无日不生尘’，我还笑说他两个名字都原来在唐诗上呢。”

从香菱这段话可见，宝玉、宝钗两个人的名字都源自于历史典故。“宝玉”二字，出自唐代岑参的《送杨瑗尉南海》：“不择南州尉，高堂有远亲。楼台重蜃气，邑里杂鲛人。海暗三山雨，花明五岭春。此乡多宝玉，慎莫厌清贫。”纵观全诗，与宝玉似无明显的联系，但最后一句“慎莫厌清贫”倒像是谶语，预示了宝玉最终从繁华富贵走向败落清贫的结局。

“宝钗”二字出自唐代李义山的《残花》，李义山即李商隐，其诗曰：“残花啼露莫留春，尖发谁非怨别人。若但掩关劳独梦，宝钗何日不生尘。”此诗中，“残花啼露”“掩关”“独梦”“宝钗”“生尘”，倒像“金玉”完婚、宝玉出走后之景象。“金簪雪里埋”与“宝钗无日不生尘”是一样的结局。

香菱乃薛家之婢女，与宝钗友善，香菱之名乃宝钗所取，宝钗之名的出处又借香菱之口说出，真是妙也。

2. 以典喻人

借用典故，表达对人物的赞许和批评。

引经据典，或直截了当，或含沙射影，把想说的话借助历史文化故事表达出来。《红楼梦》中，这种方式常用于人物对话、人物心理活动和对人物的评价。

第二十三回，宝玉笑道：“我就是个‘多愁多病身’，你就是那‘倾国倾城貌’。”林黛玉听了，不觉带腮连耳通红。

这个典故出自《汉书·孝武李夫人传》：“北方有佳人，绝世而独立，一倾倾人城，再倾倾人国。”形容女子的娇艳和美丽。

第三十回，宝玉见一女孩子蹲在花下抠土，心中想到：“难道这也是个痴丫头，又象颦儿来葬花不成？”因又自叹道：“若真也葬花，可谓‘东施效颦’，不但不为新特，且更可厌了。”

相传春秋时越国美女西施因病捧心皱眉，显得更美。邻女东施如法效仿，却显得更丑，引起人们的讥笑。后以东施效颦比喻弄巧成拙。宝玉在此的比喻，批评的是东施效颦。

第五十五回，凤姐小产，宝钗协助探春、李纨执掌荣国府。每于夜间针线暇时，临寝之先，坐了小轿带领园中上夜人等各处巡察一次。他三人如此一理，更觉比凤姐儿当权时倒更谨慎了些。因而里外下人都暗中抱怨说：“刚刚的倒了一个‘巡海夜叉’，又添了三个‘镇山太岁’，越性连夜里偷着吃酒顽的工夫都没了。”

典故中的“巡海夜叉”与“镇山太岁”，二者都是担当巡逻和守卫职责的恶鬼凶神。夜叉是吃人的恶鬼，太岁是传说中的值岁神，被视为凶煞，不可触犯。曹雪芹采用神话中的凶神恶鬼作喻体，直接用喻体代替王熙凤和李纨、探春、宝钗三人，形象、活泼、生动，一则说明当权者的精明能干和威慑力，二来说明贾府的“里外下人”对她们的惧怕、讽刺和不满。

3. 以典说事

借典故，比喻眼前的事物，借古讽今，形象生动。

这种用典比喻，化平淡为生动，化抽象为具体，使读者对书中人物有了鲜明而深刻的印象。尤其是人物对话中的比喻，极富创造性。

第三十九回，李纨问平儿腰间的硬东西是什么。平儿道：“钥匙。”李氏道：“什么钥匙？要紧梯己东西怕人偷了去，却带在身上。我成日家和人说笑，有个唐僧取经，就有个白马来驮他；刘智远打天下，就有个瓜精来送盔甲；有个凤丫头，就有个你。你就是你奶奶的一把总钥匙，还要这钥匙作什么？”李纨一个比喻，引出两个典故，“唐僧取经”与“刘智远打天下”，道出了平儿对王熙凤的重要性及相互关系。

第三十七回，探春、宝玉、黛玉搞了一个诗社，取名“海棠社”，要求每个人都要取一个别号。探春给自己取了一个别号：“我最喜芭蕉，就称‘蕉下客’罢。”众人都道别致有趣。黛玉笑道：“你们快牵了他去，炖了脯子吃酒。”众人不解。黛玉笑道：“古人曾云‘蕉叶覆鹿’。她自称‘蕉下客’，可不是一只鹿了？快做了鹿脯来。”众人听了都笑起来。

“蕉叶覆鹿”典故出自《列子·周穆王》，写郑国人打死一只鹿，恐人看见，就把鹿藏在蕉叶下。后来忘记藏在什么地方了，便以为是一场梦。林黛玉的用典，意在玩笑，也增加了诗社的文学氛围。

第三十九回，李纨指着宝玉道：“这一个小爷屋里要不是袭人，你们度量到个什么田地！凤丫头就是楚霸王，也得这两只膀子好举千斤鼎，他不是这丫头，就得这么周到了！”平儿笑道：“先时陪了四个丫头，死的死，去的去，只剩下我一个孤鬼了。”

这里先是借用典故，暗喻王熙凤比成“力拔山兮气盖世”的英雄，紧接着用借喻把平儿比喻成楚霸王举千斤鼎的两只坚强膀子，然后将这两个比喻联合起来，借楚霸王和两只膀子不可分割的关系，表明王熙凤离不开平儿这位得力的助手。

纵观《红楼梦》中以典为喻，喻体凝练，极少铺陈。尤其是借助人物对话，自然流出，繁简自如，滋润得体，余味无穷也。

贾政祭祖

元春省亲

熙凤弄权

湘云醉卧

第三章　修辞的艺术

在《红楼梦》这座语言宝库里，各种修辞手法的运用相映成趣，极大地提升了小说语言的品质。

修辞，即修饰文字词句。是利用多种表现方式，使语言表达准确、鲜明而生动有力的一种语言活动。修辞手法是一种提升技巧，是写作表达方法的集合。美妙的语言，离不开修辞的作用。好的修辞表达，能让文章更生动、更美感、更好读。

一个优美的语句，应是内在的神似美与外在的形似美的统一。

神似美，指语句深刻本质地揭示内在精神。形似美，指语句形象生动地反映外部形貌。一个人物形象、一个事件始末，塑造和表述的成功与否，只有一个标准，就是“外美内实”。

《红楼梦》的修辞手法精巧、精致。充分运用夸张、双关、对比、烘托等修辞手段，暗示主题，刻画人物，描绘环境，叙述故事。语言质感好、容量大、传播力强。

《红楼梦》中，贾宝玉写咏蟹诗，林黛玉先贬低，后夸奖。那么，哪个是真心话呢？不同层次的读者，答案都会不同。曹雪芹运用修辞手法，让小说语言生动传神、趣味横生，而且含义复杂多变，极大地增强了语言、意境的容量。

通俗地说，修辞手法的功效，就是让读者更加明白你要说的意思，把一个很平常的东西说得不一样。如果用来讲道理，就是让道理通俗易懂，让人易于理解。同时，修辞手法还可以使文章的格式整齐有序，通过修饰、调整语句，使语句回环起伏，充满语言美感，提升文章格调和厚度。

巧妙运用修辞方法，可以让抽象事物具体化，让无生命的事物活跃起来，让人物语言新颖、生动、别致。《红楼梦》运用拟人修辞手法，以花喻人，以物喻人，让物开口说话，赋予物“人性化”表达，有助于读者对所表达事物产生鲜明印象，感受作者的意图和情感，从而引起共鸣。

应该说明的是，修辞是对语言的修饰，属于语法问题，而写作手法则是另外一个概念。

白玉为堂金作马

——夸张的艺术感染力

夸张，是为了强调或突出事物、事件和人物的某些特征，有意的、自然的、言过其实而合乎情理的表达。夸张可以直指事物的本质，或把人的外貌、内心世界鲜明生动地表现出来，让人类社会活动、自然景物大放异彩。

文学创作中，通过对人物、事物和环境的艺术性放大或缩小，赋予一种新奇与变化的审美情趣，以激发读者丰富的想象力和阅读兴趣，称之为夸张艺术。

夸张艺术的运用，重在表达人的主观情感，包含作者的情感、情绪，以及或褒或贬的爱憎意义。

《红楼梦》第四回，门子送给贾雨村一张“护官符”。上面写道：“贾不假，白玉为堂金作马。阿房宫，三百里，住不下金陵一个史。东海缺少白玉床，龙王来请金陵王。丰年好大雪，珍珠如土金如铁。”

这种极度夸张的表达，揭露了贾、史、王、薛四大家族的富有和腐朽，表达了民众讥讽富贵与权势的反抗情绪。白玉砌厅堂、黄金做马，可见贾府是多么的富贵、奢靡。这种批判情绪，正是曹雪芹情感的源头，也是读者理解《红楼梦》的一把总钥匙。

有红学家认为，《红楼梦》的夸张表现在，夸大了美，夸大了丑，夸大了纯净，夸大了污秽，夸大了排场，夸大了鸡毛蒜皮的小事。总之，夸大了人物，夸大了事件，夸大了事物。

《红楼梦》中夸张修辞俯拾皆是，具有自然贴切、新颖别致、变化多样的特征。曹雪芹借助夸张这一修辞手法，揭示和深化主旨，刻画各色人物，表达爱憎情感，赋予作品一抹亮色，极大地增强了作品的艺术感染力。

据统计，《红楼梦》一百二十回全本中，所用夸张手法达200例以上。小说中的重大主题和重要人物的性格特征，通过夸张艺术表现得到升华，呈现出激荡与舒缓并进的生活画面。或悲愤，或喜悦，或沉默，或激昂，像一股股汹涌的激流，酣畅淋漓地奔腾在诗情画意的大河里。

一、场景描写的夸张，追求意味深长的动感美

场景即小说中的场面，是小说创作的重要载体。营造美好的、有特色的小说场景，有利于表达小说主题，烘托小说气氛，拓展小说空间。运用夸张的手法，把情感、身份和愿望注入被

描写的环境对象之中，突出地、不雷同地表现各个场景的特点，故意言过其实，却又情理之中，给予读者特别深刻的印象，实现作品意味深长的动感美。

1. 场景的夸张

就皇城根下而言，贾府的权势是不足挂齿的。贾赦世袭爵位，受封大将军。皇上因恤先臣，遂额外赐了贾政一个主事之衔，升了工部员外郎，相当如今的一个副厅级官位。然而，曹雪芹对贾府场景的描写，可谓气派非凡。

第五十三回，“宁国府从大门、仪门、大厅、暖阁、内厅、内三门、内仪门并内塞门，直到正堂，一路正门大开，两边阶下一色朱红大高照，点的两条金龙一般。”

一个国公之家的府邸竟有九座门庭，这无疑是一种夸张。“君门九重”，只有最高权力的清皇宫才拥有独享九重门的权利。国家官员家的大门是绝对不允许有九重门的，这是明显的“逾制”，是要被杀头的。显然，从小说的背景来看，宁国府的九座门庭隐写的是清皇宫的九重门。这是一种极大的“貌似夸张的写实”。

同在这一章中，描写宁国府祭祖活动更是气势恢宏。以汉族形式祭祖，是清朝皇帝进行的国祭。以满族形式祭祖，则是清皇族的家祭。曹雪芹把清皇族特有的祭祖形式，原封不动地拿来套用在宁国府的祭祖活动上，实在是超出了常情，更是一种夸张的展示。

第六十回，赵姨娘打了芳官，惹怒了芳官唱戏时的同伴，葵官、豆官、藕官、蕊官一齐跑入怡红院。“豆官先便一头，几乎不曾将赵姨娘撞了一跌。那三个也便拥上来，放声大哭，手撕头撞，把个赵姨娘裹住……蕊官藕官两个一边一个，抱住左右手；葵官豆官前后头顶住。四人只说：‘你只打死我们四个就罢！’芳官直挺挺躺在地下，哭得死过去。”

这种混乱场景很是夸张。赵姨娘尽管是姨娘，可也是贾政的妾，贾府里的半个主子，几个丫头敢如此无礼？夸张的画面表达，充满着动感和美感，十分传神有趣。

2. 室内摆设的夸张

《红楼梦》表现的是大家族，室内摆设的描写是重头戏。通过夸张的室内摆设，衬托家族富有，表达人物身份，同时也为故事的发展做好铺垫和转承。

第五回，贾宝玉陪贾母宁国府赏花，欲小睡，秦可卿主动向贾母提出由她来安排。贾宝玉来至秦氏房中：“刚至房门，便有一股细细的甜香袭人而来。宝玉觉得眼饧骨软，连说：‘好香！’入房向壁上看时，有唐伯虎画的《海棠春睡图》，两边有宋学士秦太虚写的一副对联，其联云：嫩寒锁梦因春冷，芳气笼人是酒香。案上设着武则天当日镜室中设的宝镜，一边摆着飞燕立着舞过的金盘，盘内盛着安禄山掷过伤了太真乳的木瓜。上面设着寿昌公主于含章殿下卧的榻，悬的是同昌公主制的联珠帐。宝玉含笑连说：‘这里好！’秦氏笑道：‘我这屋子大约神仙也可以住得了。’说着亲自展开了西子浣过的纱衾，移了红娘抱过的鸳枕，于是众奶母伏侍宝玉卧好，款款散了。”

这段室内摆设的描写，无疑是《红楼梦》中最得意的场景夸张。一个国公之家重孙媳妇的卧室，竟然豪华奢侈到如此地步，可以说到了无以复加的程度。这里有“武则天宝镜”“赵飞燕金盘”“杨贵妃木瓜”“寿昌公主榻”“同昌公主帐”“西施衾”……集诸多珍贵文物于一室，上下几百年，分明就是一个古代珍品博物馆。这些东西不仅真实存在，而且都流入无所不能的曹氏家族府邸，显然是夸张至极。

有红学专家认为，曹雪芹对秦可卿卧房摆设的夸张描写，意在衬托秦可卿的淫荡。曹雪芹借助这些带有性诱惑的室内摆设，自然引出了贾宝玉着迷情色场景呈现出的幻觉和性状，写出了小说人物的灵魂，可谓是入木三分。

3. 出行场景的夸张

《红楼梦》中描写过许多出行场景，如丧葬礼仪、和尚祈福、道士打醮等，很奢侈、很宏大。这些场景都有着很明显的夸张。

第十三回，秦可卿丧葬出行场景。“一直到了宁国府前，只见府门洞开，两边灯笼照如白昼，乱哄哄人来人往，里面哭声摇山振岳。”“这四十九日，单请一百单八众禅僧在大厅上拜大悲忏，超度前亡后化诸魂，以免亡者之罪；另设一坛于天香楼上，是九十九位全真道士，打四十九日解冤洗孽醮。然后停灵于会芳园中，灵前另外五十众高僧、五十众高道，对坛按七作好事。”“只这四十九日，宁国府街上一条白漫漫人来人往，花簇簇官去官来。”

第十四回，“走不多时，路旁彩棚高搭，设席张筵，和音奏乐，俱是各家路祭：第一座是东平王府祭棚，第二座是南安郡王祭棚，第三座是西宁郡王，第四座是北静郡王的。”

这哪里是国公之家重孙媳妇的葬礼呀，分明是皇后、皇太后的国葬。显然，曹雪芹试图借助这种夸张的场景描写，道出贾府败落前的气势与威严，与败落后的贾府形成反差。

第二十九回，初一这一日，清虚观打醮，求福禳灾。贾母亲去拈香，荣国府门前车辆纷纷，人马簇簇。“少时，贾母等出来。贾母坐一乘八人大轿，李氏、凤姐儿、薛姨妈每人一乘四人轿，宝钗、黛玉二人共坐一辆翠盖珠缨八宝车，迎春、探春、惜春三人共坐一辆朱轮华盖车。然后贾母的丫头鸳鸯、鹦鹉、琥珀、珍珠，林黛玉的丫头紫鹃、雪雁、春纤，宝钗的丫头莺儿、文杏，迎春的丫头司棋、绣桔，探春的丫头待书、翠墨，惜春的丫头入画、彩屏，薛姨妈的丫头同喜、同贵，外带着香菱，香菱的丫头臻儿，李氏的丫头素云、碧月，凤姐儿的丫头平儿、丰儿、小红，并王夫人两个丫头也要跟了凤姐儿去的金钏、彩云，奶子抱着大姐儿带着巧姐儿另在一车，还有两个丫头，一共又连上各房的老嬷嬷奶娘并跟出门的家人媳妇子，乌压压的占了一街的车。贾母等已经坐轿去了多远，这门前尚未坐完。”

主子与仆人，轿的规格、坐车人的等级，一一列出，详细无比。意在用“乌压压的占了一街的车”的夸张，表达贾府的人多势众，出行的阵势、显摆与奢华。

4. 人物处境的夸张

人物处境，也是一种小说场景。通过对人物处境的夸张，暗指所忌，烘托主题，推进情节。

第十八回，贾妃将皇宫形容为“不得见人的去处”，显然是一种处境的夸张表达。暗示了贾元春进宫后生存环境的恶劣，在显赫声势、华贵仪态的背后，是空虚精神、尔虞我诈、脏污至极。皇宫给了元春的金碧辉煌，却隔绝了她人世间的天伦之乐。皇宫里的险恶处境，只有元春亲历了才能知道，留给读者的是猜想和思考。

第九十五回，元春之死，终于揭晓了这个“不得见人的去处”的谜底。身处宫闱之争、权势之斗的险恶环境，导致了元春的必然悲剧。写乐景中的哀音、盛世中的衰亡，正是《红楼梦》的主旨所在。

第六十六回，柳湘莲悔婚。湘莲听了，跌足道:“这事不好，断乎做不得了。你们东府里除了那两个石狮子干净，只怕连猫儿狗儿都不干净。我不做这剩忘八。”

柳湘莲这番话，自然是对尤三姐处境的夸张，直接将人的德行与生存处境联系起来。东府的贾珍、贾蓉父子，都是好色滥赌之徒，好好的宁府名声，都被他们败坏了。只怕连猫儿狗儿都不干净，更何况人？这既是一种暗示，也是正直人的直觉，更是对封建社会贵族生存环境的批判。

5. 乐悲场景的夸张

小说中欢乐、悲愤的场景，是生活图景与所表现的思想情感融为一体而形成的艺术境界。其夸张表达的意义在于，渲染气氛，激化情绪，活跃场景。

第二十六回，在怡红院吃了“闭门羹”，林黛玉十分伤心。“原来这黛玉秉绝代姿容，具希世俊美，不期这一哭，那些附近柳枝花朵上的宿鸟栖鸦一闻此声，俱忒楞楞飞起远避，不忍再听。”

黛玉悲伤的哭泣，引得落花满地小鸟惊飞，不忍再听，无疑是一个很悲愤、夸张的场景。花鸟动情，与黛玉同悲同泣，这种拟人化夸张，气氛深沉，触景生情。对人物心理的剧烈震荡，动人心弦。同时，也似乎是对林黛玉为恋情所迷的委屈不平。

第二十七回，宝钗扑蝶。“忽见前面一双玉色蝴蝶，大如团扇，一上一下迎风翩跹，十分有趣。”用团扇形容蝴蝶之大，显然是夸张表达。

团扇又称宫扇、纨扇，是一种圆形有柄的扇子。北京故宫博物院收藏的团扇扇面，直径都在17厘米左右。用如此大的“团扇”比喻蝴蝶，显然十分夸张，意在突出“蝴蝶”，强化欢快的场景。让人物活动与翩翩飞舞的蝴蝶融合，构成生动活泼、妙趣横生的生活场景。

二、人物表达的夸张，追求秉性各异的个性美

小说人物的夸张，主要通过夸张人物行为、语言、习性和性格，深刻地表现人性和社会的真实本质，突出和展示小说人物的多样性，追求秉性各异的个性之美，从而塑造栩栩如生的人物形象。

1. 人物动作的夸张

人物动作的夸张，服务于人物形象塑造，以强化人物个性，提升人物看点。

第八回中，宝玉忽然想到要去看宝钗，害怕遇见父亲，宁可绕远路。“偏顶头遇见了门下清客相公詹光、单聘仁二人走来，一见了宝玉，便都笑着赶上来，一个抱住腰，一个携着手，都道：‘我的菩萨哥儿，我说作了好梦呢，好容易得遇见了你。’”

一个抱着腰，一个携着手，两清客的夸张动作，俗不可耐，令人作呕。但真实地反映了清客们寄人篱下的现状，为了生活不惜低三下四，讨好贾府，讨好一个十几岁的小孩叫“菩萨哥儿”，令人十分心酸。这些清客、男仆不是小说里的主角，可是从他们身上折射出封建社会文化人一种有趣的生存方式。吃别人的嘴短，竭尽阿谀奉承之能。

第三回，黛玉初进贾府。“黛玉方进入房时，只见两个人搀着一位鬓发如银的老母迎上来，黛玉便知是他外祖母。方欲拜见时，早被他外祖母一把搂入怀中，心肝儿肉叫着大哭起来。当下地下侍立之人，无不掩面涕泣，黛玉也哭个不住。”

用“一把搂入怀中”“心肝儿肉叫着大哭起来”，形容从来没相见的外孙女与外祖母，看似夸张，但很真实。从人物的情感、此时的处境来看，贾母的表现应该是真情流露。嫁到异乡的女儿早早因病去世了，白发人送黑发人的那一种伤痛，是没有经历过的人无法切实体会得到的。贾母夸张的动作表达，既是对失去女儿的悲痛，又是对这个清灵脱俗小女孩的怜惜和疼爱。

第七十五回，探春冷笑道：“正是呢，有叫人撵的，不如我先撵。亲戚们好，也不必要死住着才好。咱们倒是一家子亲骨肉呢，一个个不象乌眼鸡，恨不得你吃了我，我吃了你！”

这是一个比喻兼回环式的夸张，用乌眼鸡争斗，你死我活，形象地展现贾府内部的家族矛盾。主子、奴才们，为了争权夺势，欺上瞒下、尔虞我诈、剑拔弩张。这正是贾家走向衰败的催化剂。探春聪明能干，又争强好胜，她试图以自己的努力改变家族的现状，但残酷的现实却让她失望。她意识到家族的衰亡已经近在咫尺。

2. 人物语言的夸张

人物语言彰显个性。人物语言的夸张表达，可以丰满人物形象，活跃气氛，深化主题。

第三十四回，宝钗受了薛蟠的气，满心委屈气愤，到房里整哭了一夜。次日早晨起来，也无心梳洗，出来瞧母亲，巧遇林黛玉。黛玉见他无精打彩的去了，又见眼上有哭泣之状，大非往日可比，便在后面笑道：“姐姐也自保重些儿。就是哭出两缸眼泪来，也医不好棒疮！”

“两缸眼泪来”是很夸张的比喻，显示了黛玉机智的个性语言，当然包含着一种醋劲。她误以为，宝钗是为宝玉挨打哭肿了双眼呢。

第四十回，刘姥姥大观园吃鸽子蛋，更是夸张。刘姥姥拿起箸来，只觉不听使，又说道：“这里的鸡儿也俊，下的这蛋也小巧，怪俊的。我且肏攮一个。”乡下的刘姥姥竟然不认识鸽子蛋？显然是夸张之说，意在讨好贾母。

“凤姐儿笑道：‘一两银子一个呢，你快尝尝吧，那冷了就不好吃了。’刘姥姥便伸箸子要夹，哪里夹得起来，满碗里闹了一阵好的，好容易撮起一个来，才伸着脖子要吃，偏又滑下来滚在地下，忙放下箸子要亲自去捡，早有地下的人捡了出去了。刘姥姥叹道：‘一两银子，也没听见响声儿就没了。’”

鸽子蛋真的有这么贵？显然是一种夸张之说。一对鸽子每个月只产一次蛋，每次最多产两枚。加之贾府烹饪精细、用料讲究，成本可能会很高。但是，一个鸽子蛋决不会贵到一两银子。如此夸大鸽子蛋的价格，一是显示了贾府达官显贵的地位，二是用贵重的食物捉弄人，拿刘姥姥搞笑取乐。

第五十七回，丫头紫鹃对黛玉说，姑娘是个明白人，岂不闻俗语说：“万两黄金容易得，知心一个也难求。”意思是，黄金虽贵，万两也容易得到。而人世间的友谊比黄金更可贵，真正的知心好友一个也难以寻求。这里以夸张手法，用黄金作比喻，说明了知音的难得和真挚友谊的珍贵。

第十六回，赵嬷嬷与凤姐回忆王家当年辉煌。“只预备接驾一次，把银子都花的淌海水似的！”花银子似海水流淌，那该是何等的场面啊？第四十五回，赖嬷嬷以奴才炫耀之话，形容她的孙子“花的银子也照样打出你这么个银人儿来了”。打造银人,那该要花多少银子啊？这些人物语言切合题旨的夸张，突出了事物的本质特征，强化了读者印象。

3. 人物习性的夸张

习性是人们在长期的某种自然条件或者社会环境下所养

成的特性。特征最能反映人物特点，立体化人物形象。

贾宝玉爱吃姑娘们的胭脂，甚至爱吃“人嘴上擦的胭脂”。这是一种很夸张的怪异习性。早在宝玉“抓周”时，抓的全是钗环胭脂，让贾政很生气。也正是这个吃胭脂的怪毛病，让宝玉没少挨打。贾宝玉这个夸张的习性，凸显了他与大观园姑娘们不弃不离的缠绵形象，十分鲜活生动。

第九回中，宝玉要去家塾上学，忙至黛玉房中来作辞。彼时黛玉才在窗下对镜理妆，听宝玉说上学去，因笑道：“好，这一去，可定是要‘蟾宫折桂’去了，我不能送你了。”宝玉道：“好妹妹，等我下了学再吃饭，和胭脂膏子也等我来再制。”

第十九回，元春省亲后的第二天中午，宝玉跑到黛玉房里。“黛玉因看到宝玉左边腮上有钮扣大小的一块血渍，便欠身凑近前来，以手抚之细看，又道：‘这又是谁的指甲划破了？’宝玉侧身，一面躲，一面笑道：‘不是刮的，只怕是才刚替他们淘漉胭脂膏子，搵上了一点儿。’说着，便找手帕要揩拭。黛玉便用自己的帕子替他揩拭，口内说道：‘你又干这些事了。干也罢了，必定还要带出幌子来。便是舅舅看不见，别人看见了，又当奇事新鲜话儿去学舌讨好儿，吹到舅舅耳朵里，又该大家不干净惹气。’”

同样在第十九回，袭人与宝玉约法三章。袭人道：“再不可毁僧谤道，调脂弄粉。还有更要紧的一件，再不许吃人嘴上擦的胭脂了，与那爱红的毛病儿。”宝玉道：“都改，都改。再有什么，快说。”

第二十三回，贾政传宝玉去见面。贾政在王夫人房中商议事情，“金钏儿、彩云、彩霞、绣鸾、绣凤等众丫鬟都在廊檐底下站着呢，一见宝玉来，都抿着嘴笑。金钏一把拉住宝玉，悄悄地笑道：‘我这嘴上是才擦的香浸胭脂，你这会子可吃不吃了？’彩云一把推开金钏，笑道：‘人家正心里不自在，你还奚落他。趁这会子喜欢，快进去罢。’”

曹雪芹不惜笔墨，反复演绎宝玉的这种怪异习性，意在夸张表达。或许只有林黛玉才会懂得，贾宝玉这样的习性，是一种青春活力的特殊表达，是对生命的大爱和积极向上的人生态度，因此不会过于在意，更不会像别人那样当成很严重的事情对待。

4. 人物性格的夸张

单一、雷同的人物性格，会让读者失去阅读的兴趣。

要塑造鲜明的人物形象，就必须赋予独特的人物性格，张扬个性，增强艺术感染力。夸张的手法，可以突出人物性格，鲜明人物特点。

第三回，黛玉弃舟登岸进贾府，“步步留心，时时在意，不敢轻易多说一句话，多行一步路，惟恐被人耻笑了他去”。

黛玉一登场，其性格、谨慎和处境，通过对偶的夸张句，形象生动地刻画出来，给人以很深刻的印象。其夸张手法的字行里，流淌着对美者、弱者的同情和热爱。

第二十一回，宝玉求湘云帮他梳头。“湘云道：‘这可不能了。’宝玉笑道：‘好妹妹，你先时怎么替我梳了呢？’湘云道：‘如今我忘了，怎么梳呢？’宝玉道：‘横竖我不出门，又不带冠子勒子，不过打几根散辫子就完了。’说着，又千妹妹万妹妹的央告。”

“千妹妹万妹妹”这一量词上的夸张，立刻让贾宝玉在姐妹中撒娇厮缠的憨态性格跃然纸上。

第五十五回，凤姐儿笑道：“再者林丫头和宝姑娘他两个倒好，偏又都是亲戚，又不好管咱家务事。况且一个是美人灯儿，风吹吹就坏了；一个是拿定了主意，‘不干己事不张口，一问摇头三不知’，也难十分去问他。”

“美人灯一吹就坏”“一问摇头三不知”这种夸张比喻，活灵活现地表达出林黛玉的多病体弱和薛宝钗的不爱管闲事，也写出了王熙凤的快人快语、目下无人的性格特点。这也是曹雪芹借王熙凤之口，对自己笔下人物林黛玉、薛宝钗性格的夸张和调侃，体现了作者的语言艺术特色。

5. 人物容貌、才智的夸张

人物的容貌气质，是人物的外形感觉，给人以初步、具体的印象。以夸张的手法描绘人物容貌和气质，意在化一般为典型，凸现人物形象。

第三回，宝玉初见林黛玉。“闲静时如姣花照水，行动处似弱柳扶风。心较比干多一窍，病于西子胜三分。宝玉看罢，因笑道：‘这个妹妹我曾见过的。’”

“玲珑七窍”是对聪明人的夸张与赞誉，而宝玉眼中的黛玉却比七窍之比干还多一窍，岂不是有了“八孔玲珑”之心了，真乃聪明绝顶了。“西子”是众所周知的美女，黛玉竟然比美貌的西子还“胜三分”，其美貌是如此的突出。

同样在第三回，王熙凤出场。“粉面含春威不露，丹唇未启笑先闻。”意思是，面容姣美动人，看不出泼辣之色，红唇美艳还没有开启，就先听到了她的笑声。这是一种超前夸张手法，即用可能出现的结果来形容事物现在的状态，或把一件事物将来的状态提到现在的状态之前。

第六回，周瑞家的听了道：“我的姥姥，告诉不得你呢。这凤姑娘年纪虽小，行事却比世人都大呢。如今出挑的美人一样的模样儿，少说些有一万个心眼子。再要赌口齿，十个会说话的男人也说他不过。”

“一万个心眼”“十个会说话的男人”，都在用夸张的手法，形容和比喻凤姐的口齿伶俐与聪明才干。早在第二回中，冷子兴演说荣国府时，就曾评点王熙凤“男人万不及一”，也是在用夸张的手法赞赏王熙凤。

三、诗赋运用的夸张，追求激昂舒缓的韵律美

《红楼梦》里有着大量的诗歌辞赋，可谓佳句迭出，美不胜收。这些诗赋大胆运用夸张手法，想象力与拟人化并用，增强了诗歌感染力和表现力，呈现出激昂舒缓的韵律之美。因其数量之大、形式之多、艺术性之高，成为《红楼梦》有机整体的一部分，是浓缩了的精华。

第五回，贾宝玉梦游太虚幻境。在这个章回里，诗词曲赋占了大量的篇幅。曹雪芹通过仙境、梦境、神话故事的相互交织，人间的过去、现在和未来的时光交错，以诗词曲赋来暗示

主要人物的命运结局。虚虚实实，亦幻亦真，充满了梦幻般的夸张艺术色彩，呈现出神秘的朦胧美和韵律美。

1. 扩大或缩小的夸张

小说创作中，对事物的形象、特征、作用、程度等，进行扩大或缩小的夸张描述，能够更突出、更鲜明地表达人和事。

扩大夸张与缩小夸张，是两种夸张手法。扩大夸张，即故意把客观事物说得“大、多、高、强、深”，对事物形状、性质等进行夸大表达。缩小夸张，则与其相反，即故意把客观事物说得“小、少、低、弱、浅”，以小见大，以弱示强，从而实现夸张表达，引申出深刻的意义。

第二十七回，《葬花吟》中的诗句“未若锦囊收艳骨，一抔净土掩风流”。意思是，贾府并不是理想中的净土，倒不如用这锦绣的香袋，收敛你那娇艳的尸骨；捧起一堆洁净的泥土，埋葬你这绝代风流。《葬花吟》表面写花，实则写人。“一抔净土”，即一捧之土。这里表达的何止是一捧之土？分明是广袤大地。曹雪芹用数字“一”，表达缩小夸张，蕴藏着巨大的张力。然而，“一”字也可以表达扩大夸张，如《葬花吟》中的“一年三百六十日，风刀霜剑严相逼”等词句，“一”字覆盖了全年。生活在贾府里的林黛玉，天天“风刀霜剑”？这种夸张表达，显然是一种寄人篱下的阴影心态。

《红楼梦》中，有些诗本身是没有多少艺术价值可言的，但由于运用了夸张手法，读诗见人，突出了人物形象。第二十八回，薛蟠生日时与贾宝玉等人行酒令，薛蟠的“一个蚊子哼哼哼，两个苍蝇嗡嗡嗡”的妙句，令人绝倒。用“一个”“两个”类似的缩小夸张，在形容薛蟠无知的同时，也活跃了场景和气氛。

2. 幻想中的夸张表达

诗赋贵在酿造幻想的境界。

借助幻想和想象，与奇特的夸张结合起来，加深对某些特征的认识，写出强烈的心理感受和心情激荡，组合成意境高远的美丽画卷，增加作品的艺术感染力。这是一种诗人品质的表达，读者要善于理解、品味。

第五回，《警幻仙姑赋》：“其文若何，龙游曲沼。其神若何，月射寒江。应惭西子，实愧王嫱。”这是在夸张地歌颂警幻仙姑：她写的字好像在水中流动的龙，她的神态好像月光照射下清冷的江面。纵使是西施和王嫱见了她也会感到惭愧。

这就是贾宝玉眼中的警幻仙姑的形象。曹雪芹采取夸张手法，幻想化地描绘了警幻仙姑的美貌。反反复复地铺陈，不厌其烦地比喻，没完没了地赞叹，一大篇文字也只说了一个字，那就是“美”。

第七十回，大观园里建“桃花社”，众姐妹填柳絮词。同样是柳絮，黛玉看它是“飘泊亦如人命薄”，宝钗眼里的它却是“白玉堂前春解舞”。尽管都是幻想中的夸张，但也正是两个人的性格差异造成想象差异，都在借物咏怀，表露心声，展示了个性特征，留下了诗的韵味，给人以非常清晰的印象。

3. 比喻中的夸张表达

新奇的比喻，大胆的夸张，是《红楼梦》诗赋中常用的艺术手法。

第十八回，元妃省亲，考宝玉和姑娘们作诗。黛玉题毕，见宝玉构思堪苦，便代题《杏帘在望》一首，其中就有“一畦春韭绿，十里稻花香”。一畦春韭，竟然夸张地比喻出“十里稻花”。以“绿”和“香”点化，神采顿生，寓意深远。

在《红楼梦》的诗赋里，这种夸张与比喻连用的手法比比皆是。《葬花吟》全诗血泪怨怒凝聚，盛开而衰败的花草，暗淡而凄清的画面，浓烈而忧伤的情调……曹雪芹借助多方面的夸张比喻，展现了黛玉多愁善感的性格、内心矛盾的痛苦，以及细微而复杂的心理活动。其中“撒向空枝见血痕”等诗句，在夸张表达的同时，展示了黛玉复杂的内心世界和悲惨处境，是自身焦虑不安的生活体验和生命迷茫情感的表达。

类似的比喻夸张手法，还表现在宝玉哀悼晴雯的《芙蓉女儿诔》中。第七十八回，晴雯死后，宝玉写下的诔文，毫不隐讳地抒发和倾注了对一个丫鬟的深沉的情感，并竭尽赞誉和溢美之词：“忆女曩生之昔，其为质则金玉不足喻其贵，其为性则冰雪不足喻其洁，其为神则星日不足喻其精，其为貌则花月不足喻其色。”

这段诔文的大意是，黄金、美玉难以比喻其高贵；晶冰、白雪难以比喻其纯洁；明星、朗日难以比喻其光华；春花、秋月难以比喻其姣美。诔文感情强烈，表达夸张。如“闺帏恨比长沙”“巾帼惨于羽野”等，用“恨比长沙”“惨于羽野”，夸大晴雯遭遇的不幸，意在激起读者强烈的悲愤之情。其强烈的悲剧感和幻灭感，既是宝玉对晴雯命运的悲悼，也是曹雪芹借宝玉之口对黑暗社会的控诉。

诔文通过一系列的夸张比喻，用形象具体的黄金白玉、晶莹冰雪、日月星辰和春花秋月，来比喻晴雯品质的高贵、品性的纯洁和容貌的美丽，同时，对晴雯的反抗精神也进行了正义的讴歌。

毫无疑问，《红楼梦》夸张艺术的运用，总是与主旨及特定的语境和谐一致。适应语境，揭示主旨，这是它的一个最重要的特点。陈望道先生曾说："修辞以适应题旨情景为第一义。"诚然，夸张艺术的运用，应该控制在可接受的范围内，不至于过度和离奇。其情节要合情合理，其细节要真实可信，这样的夸张，就能达到一定的艺术效果。反之，就不是夸张，是吹牛，其后果是没人相信，谈不上什么艺术，更无所谓效果。

宝钗借扇机带双敲

——双关的多向表现力

法国大文豪雨果说：“双关语是飞舞着的灵魂的产物。”

双关语是在一定的语言环境中，利用词或短句的同音、象形、多义特点，有意使语句具有两种或两种以上的意义，言在此而意在彼的一种修辞方式。

具体地说，双关语句就是一语双关，话中有话，暗藏机锋。表面上说的是甲义，实际上说的是乙义，通过语境来表达弦外之音，或褒奖有加，或冷嘲热讽。乃“一箭双雕、指桑骂槐”之意。把一个思想或一个对象，在心理上同时跟通常不认为有联系的两个领域联系起来，从而使得“言、此、意、彼”有了确定的含义，产生一种“多阅一回，便多一种情味”的艺术效果。

双关在文学创作中常常用来提示、铺垫情节。恰当地运用双关修辞手法，可以使语言深沉多意、饶有风趣、耐人寻味。

同时，也可以让一些特殊语境活跃起来，直接表达作者爱憎、悲悯的情怀。信手拈来、看似随意的双关艺术，可以增强作品的质感和内涵。

第三十回，宝玉调侃宝钗体丰怯热，宝钗十分不满，又不好怎样。可巧小丫头靛儿因不见了扇子，认定是宝钗藏了。宝钗大怒，借扇机带双敲，机智地一石三鸟，表面上是指责靛儿，其实是甩了宝玉的脸子，也给了黛玉难看。于是，有了“宝钗借扇机带双敲”之说。

双关语言有着多向表现力。品味《红楼梦》，无论是主题思想表达，还是故事情节、人物姓名、人物对话等，都暗含了大量的双关修辞手法，让小说从头至尾笼罩着一层朦胧的面纱，形成一种永远的吸引力，一种无法言表的凝重之美。

一、谐音双关，隐语表达人物命运推进故事发展

利用字词的同音、音近的条件，有意让语句具有双重意义，称之为“谐音双关”。谐音法是“草蛇灰线”技法的一种表现形式。草蛇灰线，伏脉千里，比喻事物留下隐约可寻的线索和迹象。谐音能起到隐语作用，一个谐音字除本身所含的意义外，还兼含另外的意义。注此写彼，手挥目送，可以形成一条若有若无的故事线索，贯穿于情节之中。谐音双关的运用，增强了语言的含蓄性和幽默感，隐语表达人物命运，推进故事延伸发展。

1. 音形皆同的谐音双关

音形皆同，即字词的音形一致，而表达的意思不同。具体地说，就是所用的字词与引申字词读音相同，形体也相同。其实就是同一个字、词或短句。

《红楼梦》中，诗词、人物对话中谐音双关很多。音形、意义双关的使用，体现了曹雪芹匠心独具和高超的语言驾驭能力。

第三十七回，宝钗的《咏白海棠》诗句："淡极始知花更艳，愁多焉得玉无痕。"玉无痕，指玉没有瘢痕。而黛玉、宝玉的名字中，都有一个玉字。此处双关意义，是以人拟"痕"，指二人的泪痕。再如第四十五回，黛玉的《秋窗风雨夕》诗句："秋花惨淡秋草黄，耿耿秋灯秋夜长。"耿耿，指灯光朦胧微明的样子。此处双关意义，是指黛玉的心神不宁。

第三十回，凤姐见宝玉、黛玉、宝钗之间语含讥讽，火药味很浓，便问道："你们大暑天，谁还吃生姜呢？"众未解其意，便说道："没有吃生姜。"凤姐故意用手摸着腮，诧异道："既没人吃生姜，怎么这么辣辣的？"

"辣"的双关语，即生姜的"辣"和语言的"辣"。

第七十五回，贾府夜宴击鼓传花。这次在贾赦手内住了，只得吃了酒，说笑话。因说道："一家子一个儿子最孝顺。偏生母亲病了，各处求医不得，便请了一个针灸的婆子来。婆子原不知道脉理，只说是心火，如今用针灸之法，针灸针灸就好了。这儿子慌了，便问：'心见铁即死，如何针得？'婆子答道：'不用针心，只针肋条就是了。'儿子道：'肋条离心甚远，怎么就好？’婆子道：‘不妨事。你不知天下父母心偏的多呢。’”

贾赦这个贾府长子，借笑话双关表达出自己对家中大权旁落现状的不满和不甘。在这个笑话里，“肋条离心远着呢”就是“偏心”，这个“偏心”与作父母的“偏心”双关。而且它的言外之意，又与贾母的“偏心”双关。

第六十九回，贾琏要银子给尤二姐治办丧礼，凤姐只得来了，便问他：“什么银子？家里近来艰难，你还不知道？咱们的月例，一月赶不上一月，鸡儿吃了过年粮。昨儿我把两个金项圈当了三百两银子，你还做梦呢。这里还有二三十两银子，你要就拿去。”

“鸡儿吃了过年粮”中的“鸡”，既可以指吃的鸡，表面的意思是说鸡儿把家里的粮食吃光了，也可以指男子外面的女人，这里指贾琏的妾尤二姐和秋桐等人。

2. 音同形不同的谐音双关

即谐音双关的表层词，与要表示的深层词音同而形不同，这种情形在古汉语中出现得最多。利用同音字词，派生出其他意思来，使字词兼有双重意思。由此，巧妙借助日常事物表达人物情感。

如以“藕”双关“偶”，以“莲”双关“怜”，以“丝”双关“思”，以“碑”双关“悲”，以“篱”双关“离”等。

《红楼梦》中许多音同形不同的谐音双关，大都体现在小说人物的名字上。由此体现曹雪芹的创作意图，实现了人物形象、故事情节的巧妙联系与艺术表达。

第一回，开篇就有两个人物出场，甄士隐与贾雨村，乃“真事隐”“假语村”的谐音。甄士隐，故将真事隐去。贾雨村，姓贾名化，何妨用假语村言。“贾化”，谐音即“假话”。这两个人的名字，不仅揭示了其性格特点，实际暗含了小说的主题思想和创作方式，那就是将真正发生的事情“隐”去，而重新虚构一些“假”事来进行创作。假作真时真亦假，无为有处有还无。

贾赦名为赦，谐音“色”，意为好色之徒。贾政名为政，谐音“正”，讽刺他过于迂腐，假正经。贾珍是“假尊”谐音，他世袭了父亲贾敬的官职，却不自尊，不知人伦，不干正事。叫他“假尊”，情理自然。贾蔷是看守大观园的，可是他不务正业，嫖赌偷盗，正如邢大舅取笑的“是个假墙”。贾蓉的“龙禁卫”五品官，是其父花钱买来的。显然，贾蓉的官职是虚假的，是不光彩的。故称之“假荣”。

至于说，贾宝玉更是一块“假宝玉”。用封建正统观念的视角来看，他是个只知道在女儿堆里混日子的“废物”。贾政叫他“孽障”，王夫人称他“混世魔王”，凤姐称他“无事忙”。

孙绍祖，即“孙臊祖”，给祖先丢人。本是靠贾府的势力得宠，却恩将仇报，害死迎春。贾雨村娶“娇杏”为妻，“娇杏”是“侥幸”的谐音。秦钟的谐音，就是“情种”。秦可卿，谐音是“情可轻”。甄士隐的岳父封肃，谐音是“风俗”。贾政的食客詹光、单聘仁、卜世仁，谐音是“沾光”“善骗人”“不是人”，都是非常值得回味的。

除此之外，在人物对话中，曹雪芹也时常用音同形不同的谐音双关，来表达语言的机智与活泼，追求诙谐、讽刺、幽默的语言效果，并以此来塑造人物形象，表达主题思想。

第四十五回，探春笑道："我们起了个诗社，头一社就不齐全，众人脸软，所以就乱了。我想必得你去作个监社御史，铁面无私才好。"凤姐笑道："我又不会作什么湿的干的，要我吃东西去不成？"探春道："你虽不会作，也不要你作。你只监察着我们里头有偷安怠惰的，该怎么样罚他就是了。"

凤姐说的"湿"，双关"诗"，用谐音方式打趣，显示了她语言幽默、风趣的特点。

第三十七回，黛玉的《咏白海棠》诗句："偷来梨蕊三分白，借得梅花一缕魂。"梨，双关"离"；蕊，双关"心"。暗示自己是自幼离别父母的孤女。古诗中用"一枝梨花春带雨"描写悲泣的女子，"梨"给人以悲凉凄苦之感，"蕊"表明苦在心中。这孤女的"魂"，却如寒冬独秀的梅花，具有不与世俗苟合的高风亮节。

3. 隐语谐音双关

隐语谐音双关的功能在于，通过谐音暗示不能明言的事件或人物命运。《红楼梦》像一座迷宫，深妙难测。隐语双关，机带双敲，引导读者去探寻、去猜谜。

第五回，太虚幻境金陵十二钗的正册判词，大都是以隐语形式出现的，一语多意地预示着人物的命运。判词词曲："可叹停机德，堪怜咏絮才。玉带林中挂，金簪雪里埋。"《终身误》："都道是金玉良姻，俺只念木石前盟。空对着，山中高士晶莹雪；终不忘，世外仙姝寂寞林。叹人间，美中不足今方信。纵然是齐眉举案，到底意难平。”

这两首词曲都是在讲宝玉、宝钗和黛玉三者间的爱情悲剧。“停机德”指的是宝钗，“咏絮才”指的是黛玉。雪，即“薛”的谐音，指薛宝钗，兼喻其冷。而“林”中挂的“玉带”，“雪”里埋的金簪，暗示宝玉和宝钗终成婚。然而，宝玉的心却永远留在了黛玉那里，这是宝钗无法摆脱的悲剧命运。

“金玉良姻”，指宝玉与宝钗的婚姻。宝钗有金锁，宝玉有玉。“木石前盟”，指宝玉与黛玉的爱情。黛玉前身是绛珠草，宝玉是玉石的化身。“晶莹雪”双关宝钗，“寂寞林”双关黛玉。曹雪芹以“山中高士”，双关宝钗品性的高洁。高士，即文雅有涵养的人。

曹雪芹十分善于运用人名的谐音，隐语暗示人物命运。甄英莲，确实“真应怜”，暗示她悲惨的身世。她本生于官宦人家，却从小被拐卖，又被薛蟠抢走，一生命运坎坷，让人可怜。冯渊，谐音是“逢冤”，注定要被薛蟠打死，隐语其可悲的下场。

细读大观园各处的名字，也都是隐语谐音双关。潇湘馆，隐语“消香馆”，梨香院，隐语“离乡怨”；蘅芜院，隐语“恨无缘”；怡红院，隐语“遗红怨”；群芳髓，隐语“群芳碎”。

就连四大郡王：东平王、南安王、西宁王、北静王，双关的是“东南西北，平安宁静”。显然，这是曹雪芹粉饰太平、为朝廷歌功颂德的一个假语。

二、语义双关，一石多鸟构筑情节渲染气氛

语义双关，即利用语句的多义性，取既此亦彼的双重含义，在特定语境中构成双关。比起谐音双关来，语义双关更为常用。或一个词，或一句诗，或一句话，都可以双关到另一种意义和多种意义。自然得体的含蓄表达，对于刻画人物形象、构筑故事情节、渲染小说气氛，都能起到十分重要的作用。

1.“三春”语义引申

《红楼梦》中，“三春”出现过多次。三春本就有多义性，在特定的语境中，又引申出多种语义，构成双关。

第五回，《虚花语》：“将那三春看破，桃红柳绿待如何？把这韶华打灭，觅那清淡天和。”三春，表面指春季三个月，即农历正月称孟春，二月称仲春，三月称季春。汉班固《终南山赋》：“三春之季，孟夏之初，天气肃清，周览八隅。”在这首诗中，三春双关元春、迎春、探春三人的境遇。

同样在第五回中，元春判词：“三春争及初春景，虎兕相逢大梦归。”这里的“三春”，隐指迎春、探春、惜春。初春，指元春。惜春判词：“勘破三春景不长，缁衣顿改昔年妆。可怜绣户侯门女，独卧青灯古佛旁。”这里的“三春”，隐指元春、迎春、探春。勘破，为看破。在这里，一语带双关，字面上说看到春光短促，实际是说惜春的三个姐姐好景不长，让惜春感受到了人生幻灭的悲凉，最终削发为尼。

第十三回，秦可卿死后托梦于王熙凤，赠予两句话：“三

春去后诸芳尽，各自须寻各自门。”

这里的“三春”又隐指谁呢？应该是指南明三帝。明朝在南京共有五帝：第一个即开国皇帝朱元璋（即元春），第二个是建文帝朱允炆。崇祯帝在北京自缢后，明朝宗室在江南建立了南明。南明有三帝：弘光帝朱由崧，隆武帝朱聿键，永历帝朱由榔。芳，指明政权各派剩余势力。春天，生发生长的季节。木，旺于春，故春与木在五行属性中是同类的。朱姓明朝，十分迷信道佛两教，尤其是道教学说。自朱元璋起，凡命名须依次选用五行中的“木、火、土、金、水”为偏旁的字，五行相生，循环不息。南明三帝一监国的一头一尾都是春木属性的，又有“三春”之说。

秦可卿托梦赠语，表面上是讲历史典故，指南明三帝以后，明政权各势力就完结了，各自寻求各自的出路去了。实际上是暗指贾府败落，三春姑娘将各奔东西。

2. 既此亦彼的双关

借此说彼，一石双鸟。也叫作“一击空谷、八方皆应”，或叫作“一笔两用”“一支笔作千百支用”。说眼前的事，双关背后的事。借一件事，道出两件、多件事。或寥寥数语，便引起一连串念头或情感。这也是佛家辩证说法，既不是这样也不是那样，又是这样又是那样。

第七回，“正说着，只见香菱笑嘻嘻的走来。周瑞家的便拉了他的手，细细的看了一会，因向金钏儿笑道：‘倒好个模样儿，竟有些象咱们东府里蓉大奶奶的品格儿。’金钏儿笑道：‘我也是这们说呢。’”真可谓，一击两鸣，二人之美，并可知矣。

第六十五回，贾敬丧事期间，贾珍、贾琏都惦记着尤二姐、尤三姐。这天晚间，贾珍、贾琏先后前去探望。“贾琏的心腹小童隆儿拴马时，见已有了一匹马，细瞧一瞧，知是贾珍的，心下会意，也来厨下。”“隆儿才坐下，端起杯来，忽听马棚内闹将起来。原来二马同槽，不能相容，互相蹶踢起来。隆儿等慌的忙放下酒杯，出来喝马，好容易喝住，另拴好了，方进来。”

这里的“二马同槽”，一箭双雕，双关精准。原意指两匹马不能拴在同一个槽里，实则双关暗指贾府二公子，讥讽和调侃他们臭味相投，牲畜不如。

第七十七回，灯姑娘调戏宝玉。笑道：“我早进来了，已叫婆子去园门等着呢。我等什么似的，今儿等着了你。虽然闻名，不如见面，空长了一个好模样儿，竟是个没药性的炮仗，只好装幌子罢了，倒比我还发讪怕羞。”

灯姑娘所说的“没药性的炮仗”，显然是语义双关。如果直接笑话宝玉是个不中用的男人，未免有些锋芒毕露，有可能也会使自己陷入尴尬的境地。这里灯姑娘的说法采用了委婉、暗示性的表达技巧，达到了一语多意的效果。

第九十六回，黛玉听得宝玉要娶亲，顿迷本性，半痴半疯地去见宝玉，宝玉也正痴迷。紫鹃劝黛玉道：“姑娘回家去歇歇罢。”黛玉道：“可不是，我这就是回去的时候了。”

这里的“回去”一词，既指回家，又指人生的最后归宿——死亡。

3. 歇后语双关

歇后语是一种短小、风趣、形象的语句。在一定的语言环境中，通常只说出前半截，“歇”去后半截，就可以领会和猜想出它的本意。歇后语是典型的语义双关的表现形式，给人以联想和启迪。

第六十回，芳官将茉莉粉当蔷薇硝给了贾环，遭到赵姨娘的辱骂。芳官那里禁得住这话，一行哭，一行说：“没了硝我才把这个给他的。若说没了，又恐他不信，难道这不是好的？……姨奶奶犯不着来骂我，我又不是姨奶奶家买的。‘梅香拜把子——都是奴儿’呢！”

芳官是在借助歇后语双关，讽刺打击赵姨娘。意思是你我都是奴才，只不过是位置不同而已，你凭什么在我的面前装腔作势？

第三十回，林黛玉听见宝玉奚落宝钗，心中着实得意。“他便改口笑道：‘宝姐姐，你听了两出什么戏？’宝钗因见林黛玉面上有得意之态，一定是听了宝玉方才奚落之言，遂了他的心愿，忽又见问他这话，便笑道：‘我看的是李逵骂了宋江，后来赔不是。’”

李逵骂宋江，是因假宋江“抢”了刘太公的女儿。在李逵的眼中，好汉应该不贪美色，否则就不是好汉。后来发现骂错了，赶紧赔不是。这是《水浒传》里的故事。于是有了歇后语：李逵骂宋江——后来赔不是。宝钗引用歇后语，双关黛玉，意思是你别高兴得太早，宝玉迟早会来赔不是的。

第十六回，贾琏送林黛玉葬父回来，“遂问别后家中的诸事，又谢凤姐的操持劳碌。凤姐道：‘我那里照管得这些事来！见识又浅，口角又笨，心肠又直率，人家给个棒槌，我就拿着认作针。’”凤姐故意引用民间歇后语，棒粗、针细——自比见识浅薄。“针”双关“真”，原意是把棒槌当成针来用，指人憨厚实诚，办事认真。在这里，凤姐还有向丈夫卖乖、诉苦的意思，比喻自己是一个没有心眼的人，很容易吃亏。一句歇后语，说尽无数意思来。

三、形义双关，用新的词义活泼小说语言和环境

形义双关就是依托语言环境，利用汉字的形体变化、字与字组合方式变化、字的含义变化等，用典、借事说话，语境与双关互为依托，一击两鸣，形成新的词义，活泼小说语言和环境。

1. 典故双关

文化语境是双关语产生的基础。《红楼梦》中的故事情节、诗赋中运用了大量的历史典故，营造了最佳的文化语境，让双关语的运用收到出奇的效果。

第三十回，宝钗受了宝玉的奚落，借小丫头找扇，机带双敲。宝玉便笑道：“姐姐通今博古，色色都知道，怎么连这一出戏的名字也不知道，就说了这么一串子。这叫《负荆请罪》。”宝钗笑道：“原来这叫《负荆请罪》！你们通今博古，才知道‘负荆请罪’，我不知道什么是‘负荆请罪’！”

“负荆请罪”一词，出自《史记·廉颇蔺相如列传》，具

有浓厚的汉语文化背景。这里借用此典故，旨在嘲讽宝玉得罪了黛玉之后，又要低声下气去请求黛玉的原谅，宝钗的“负荆请罪”实际上是对他们二人关系的一种讥讽。

第四十五回，黛玉与宝钗和解，交心谈心。宝钗劝黛玉不必感怀身世飘零、孤苦凄楚。宝钗笑道：“咱们也算同病相怜。你也是个明白人，何必作‘司马牛之叹’？你才说的也是，多一事不如省一事。”

“司马牛之叹”出自《论语·颜渊》，司马牛是孔子的学生，他曾感叹说：“人皆有兄弟，我独亡。”后来常以此代指没有兄弟。在这里，宝钗一语双关，在可怜黛玉没有兄弟的同时，也暗指“我虽有个哥哥，你也是知道的”，等于没有。

第七回，焦大撒野醉骂贾府：“每日家偷狗戏鸡，爬灰的爬灰，养小叔子的养小叔子，我什么不知道？咱们胳膊折了往袖子里藏！”

“爬灰”原为“扒灰”，暗指公公与儿媳妇私通。据清代《吴下谚联》载，神庙遍地，香火特盛。敬鬼神时，人们往往大量焚烧涂有锡箔的纸钱。日久天长，锡灰渐多，庙主将锡灰出售，倒能获得好价钱。消息传出，贪利之徒就往往到寺庙中偷扒锡灰。“扒灰”，偷锡也，锡、媳同音，以为隐语。

第五十四回，贾府看戏是很热闹的场面。贾府两媳妇替贾母给鸳鸯、袭人送吃的。秋纹笑道：“外面唱的是《八义》，没唱《混元盒》，那里又跑出‘金花娘娘’来了？”

《混元盒》是明末清初的一部神魔剧，内容荒诞不经。金花娘娘是《混元盒》中的角色，暗谐打趣金鸳鸯的“金”，花袭人的“花”。一石二鸟，意在活跃场面气氛。

2. 喻事双关

即借甲事说乙事，或借甲乙事，说其他的事。在说事上做文章，指东说西，借古讽今，敲打讥讽。

第八回，薛姨妈留宝玉吃酒。这里宝玉又说："不必温暖了，我只爱吃冷的。"薛姨妈忙道："这可使不得，吃了冷酒，写字手打飐儿。"宝钗笑道："宝兄弟，亏你每日家杂学旁收的，难道就不知道酒性最热，要热吃下去，发散的就快；若冷吃下去，便凝结在内，以五脏去暖他，岂不受害？从此还不快不要吃那冷的了。"宝玉听了这话有情理，便放下冷酒，令人暖来方饮。黛玉嗑着瓜子儿，只管抿着嘴笑。可巧黛玉的小丫鬟雪雁走来给黛玉送小手炉，黛玉因含笑问他："谁叫你送来的？难为他费心，那里就冷死了我！"雪雁道："紫鹃姐姐怕姑娘冷，使我送来的。"黛玉一面接了，抱在怀中，笑道："也亏你倒听他的话。我平日和你说的，全当耳旁风；怎么他说了你就依，比圣旨还快些！"

林黛玉的这一段妙语，几乎全妙在双关语上，是一种爱之过切而失于偏狭的少女心情痛苦表达。把宝、黛、钗三者的关系，以及黛玉妒忌的内心世界、含蓄而又锋芒的性格、机智的头脑和"比刀子还快"的利嘴，表现得酣畅淋漓。

黛玉将"吃酒"和"送手炉"两件事"双关"起来。"你"表面上指雪雁，实际指宝玉；"他"表面上指紫鹃，实际上指宝钗。明说雪雁把紫鹃的话当"圣旨"，暗讽宝玉对宝钗的话言听计从。利用特殊的语言环境中人物之间各自不同的关系，指着秃子骂瞎子。

同样在这第八回，宝玉、黛玉两个人在宝钗家里喝酒，到了回去的时辰，“黛玉因问宝玉道：‘你走不走？’宝玉乜斜倦眼道：‘你要走，我和你一同走。’黛玉听说，遂起身道：‘咱们来了这一日，也该回去了。还不知那边怎么找咱们呢。’”

细读这两人的对话，说是回家，却语带双关，语境广阔。试想，在这人世间里，又有什么情感比这一句更真诚呢？你要走，不管去哪里，我都会和你一同走的！

第五十七回，岫烟把衣服当了。宝钗笑道：“这闹在一家去了。伙计们倘或知道了，好说‘人没过来，衣裳先过来’了。”岫烟听说，便知是他家的本钱，也不觉红了脸一笑，二人走开。

邢岫烟家境困窘，天气乍暖还寒，就换了夹衣，把冬衣当了。而“恒舒典”正是薛家的。岫烟生得端雅稳重，知书达礼，被薛姨妈看中，央求贾母作媒说与薛蝌，后嫁给薛蝌。于是，就有了宝钗的“人没过来，衣裳先过来”的双关语表达。

3. 形象双关

所谓形象双关，是建立在字义基础上的形象表达，也叫对应表达。从汉字的本义引申开来，形成一种隐语的意象表达，形象化地双关出另外一种意思。

第六十五回，贾琏的小厮兴儿评说荣国府。说到林黛玉、薛宝钗，兴儿说道：“每常出门或上车，或一时院子里瞥见一眼，我们鬼使神差，见了他两个，不敢出气儿。”尤二姐笑道：“你们大家规矩，虽然你们小孩子进的去，然遇见小姐们，原该远远藏开。”兴儿摇手道：“不是，不是。那正经大礼，自然远远的藏开，自不必说。就藏开了，自己不敢出气，是生怕这气大了，吹倒了姓林的；气暖了，吹化了姓薛的。”

这里的形象表达落脚于一个“吹”字。用“吹倒了”，双关出“多病西施”黛玉，用“吹化了”，双关出“雪堆出来的”宝钗。由此，一下子抓住人物的形象特征，简明干净，生动有趣。

贾府的四春分别是元春、迎春、探春、惜春，连起来读，就是“原应叹息”，感叹短暂的青春年华，叹息她们的悲剧命运。

按照贾府一主三仆的规矩，元春应该有三个丫头，可是只有丫头抱琴随元春进宫。第十八回，元妃省亲时，提到“又有贾妃原带进宫去的丫鬟抱琴等上来叩见，贾母等连忙扶起，命人别室款待”。有学者分析，跟随元妃进宫的另外两个侍女，可能叫“琴终”“曲终”什么的。

二姑娘迎春的三个丫头分别是棋局、司棋、绣桔。唯有绣桔出场不多，每次都是替迎春收拾残局。三姑娘探春的三个丫头分别是书墨、侍书、翠墨。四姑娘惜春的三个丫头分别是画屏、入画、彩屏。

如果将贾府四春的丫头各选一个常出镜的，分别就是“抱琴、司棋、侍书、入画”，双关意义就是古代四艺“琴棋书画”。如此暗喻她们主人的爱好特点，很形象化、艺术化。

4. 析字双关

析字是一种特殊的语言表达。汉字是拼形文字，它是由不同的偏旁、部首和部件组合而成。许多汉字都是字中有字，在会意字和形声字中表现得尤为突出。借形析字，正是利用汉字的音、形、义特点，将汉字进行分解离合，由一义为多义，从而提升汉语语言的艺术性和表达效果。

具体地说，就是利用汉字意义上的多义性，或代换，或牵附，或演化，以达到析字的目的。或利用汉字可以分析的特点，对字的结构（部位或笔画）进行增损离合，使原来的字形发生变化而产生另外的意思，达到修辞的效果。

在《红楼梦》诗句中常运用这种析字的修辞格，把所用的字析为形、音、义三方面，看别的字有一面同它相合相连，随即借来代替或随即推衍上去。析字能变换字义，产生趣味，增加语言表达能力。“衍义析字”以意义言，由于字义的相似或相反，可由联想而牵附。

运用析字的修辞手法，能变换字义，产生趣味，增强语言的表达能力，显示着作者高度的语言艺术技巧。使作品多一份曲折，多一份含蓄，多一份幽默，多一份情趣。

第五回，《金陵十二钗副册》判词：后面便是一片冰山，上面有一只雌凤。其判曰：凡鸟偏从末世来，都知爱慕此生才。一从二令三人木，哭向金陵事更哀。

这是一则析字双关语，“凡鸟”正是王熙凤的“鳳”，此诗概括了王熙凤的一生。“一从二令三人木”为拆字法，其双关含义一直是个难解之谜，迄今猜测很多，但尚无令人信服的说法。最普遍的一种解释是：“一从”即初进贾家时，遵守三从四德；“二令”不久就开始在贾府作威作福、发号施令；“三人木”最后被丈夫休弃。由此，简明地概括了王熙凤在贾府三个阶段的人生境况。此为析字修辞中的增损法。

第二十二回，贾母说着便念道：猴子身轻站树梢——打一果名。贾政已知是荔枝，便故意乱猜别的，罚了许多东西。这里的“站树梢”与“立枝”是同义，应该是很容易猜出的。

当然，这里还涉及了析字法的另外一种方法，也就是谐音析字里的借音，“立枝”与“荔枝”谐音，这则谜底答案就为“荔枝”。同时，谜底“荔枝”，又可谐音为“离枝”。通过这种析字手法，贾母谜底的寓意在于暗示未来贾府的“树倒猢狲散”，也有暗指贾母是处于最高地位的太上家长。如果用这句俗语来比喻，贾母恰似一只站在树梢头的老猢狲。

这里的换话达意，叫作代换，是利用同义异词现象的一种措辞法。

第四十五回，林黛玉见贾宝玉一身渔翁的打扮，不觉笑了：“那里来的渔翁！”……宝玉道：“别的都罢了，惟有这斗笠有趣，竟是活的……下雪时男女都戴得，我送你一顶，冬天下雪戴。”黛玉笑道：“我不要他。戴上那个，成个画儿上画的和戏上扮的渔婆了。”这里是利用“翁”与“婆”的对立承接关系，承上文“渔翁”，脱口仿造出“渔婆”，“渔翁”和“渔婆”恰巧成一对儿，暗含了黛玉与宝玉的爱情关系，微妙而含蓄地刻画了黛玉的心理活动，显得十分幽默、风趣。

第九十三回，一日贾政早起刚要上衙门，得知门上贴着一张白纸。贾政道：“拿给我瞧。”贾政接来看时，上面写着：西贝草斤年纪轻，水月庵里管尼僧。一个男人多少女，窝娼聚赌是陶情。不肖子弟来办事，荣国府内出新闻。

“西贝草斤”是典型的借形析字，“西贝”合为“贾”字，“草斤”合为“芹”字，这里所指的就是贾芹。“草”字隐含着对贾芹的嘲讽和蔑视。

玉是精神难比洁

——对比的差异凸现力

对比手法，是文学创作中常用的一种表现手法，是对立统一辩证规律在写作实践中的具体运用。即有意把相反或相对的两种事物或一个事物的两个方面加以比较，在比较中分清好坏、辨别是非，使形象更鲜明，感受更强烈。

具体说来，就是在写作中，把两种或两种以上对立或有差异的事物，集中在一个完整的艺术统一体中，形成相辅相成的比照呼应关系，以便在对比中显出它们之间的差别，突出被表现事物的本质特征，从而提高写作的凸现力、感染力和艺术效果。

《红楼梦》第三十七回，贾探春《咏白海棠限门盆魂痕昏》诗中有两句经典：玉是精神难比洁，雪为肌骨易销魂。意思是说，如果拿美玉与白海棠的精神和风韵对比，白海棠更为高洁。它洁白无瑕，好像雪堆就是海棠的肌骨一般，让人不禁为之销魂。

《红楼梦》中运用了多种多样的对比手法。譬如说，红楼人物大都是对比设置的，宝钗与黛玉就有“双峰对峙，双水分流”的特点，性格相对，行为对比。许多丫头小厮的命名多成双成对，如素云与碧月、平儿与丰儿、秋纹与春纤、晴雯与绮霰、紫鹃与雪雁等，对比而为，成就了许多故事和佳话。

一、强化人物对比，塑造丰满唯一的人物形象

曹雪芹善于运用对比手法刻画人物，一人有一人身份，一人有一人语言，每个人物都是唯一的、丰满的，没有两个完全相同的人物。通过人物的对比描写，揭示出人物性格的动态变化与因果关系，由此塑造了一大批“人各一面”的人物形象。

《红楼梦》中美女如云，曹雪芹以塑造女性人物见长。即使是美，也有不同的种类。据统计，《红楼梦》中女性人物达200多个。浓艳一类的有：宝钗艳中淡雅，宝琴艳中娇嫩，袭人艳中柔和等。清丽一类的有：黛玉丽而婉，晴雯丽而刚，芳官丽而媚等。女性之美，对比成趣，成为全书中最具涵盖性的美学意蕴。

1. 丫头性格的对比

纵观整个贾府，数不清的丫鬟、婆子。仅贾宝玉房里就有16个丫鬟，这还不包括做粗活的婆子。她们日复一日干着同样的活，却性格各异，表现迥然不同。

袭人和晴雯同为宝玉的贴身大丫鬟，地位同等。她们两人

在宝玉的心中都有着举足轻重的位置，可两人的性格却是针锋相对的。一个温柔和顺，言谈举止严守封建礼法；一个心比天高，性格刚烈，虽身为奴隶却从不自轻自贱。

在曹雪芹的笔下，袭人要比晴雯会做人，她圆滑、殷勤。宝玉挨打后，袭人会向王夫人献殷勤；宝玉跟李嬷嬷争吵时，袭人会出来打圆场；宝玉和晴雯吵架时，袭人忍辱负重去劝解。这些都是晴雯做不到的。晴雯总是直来直去，不会隐藏自己的感情。相比之下，王夫人自然更放心地将宝玉交给袭人，能在大观园生存下去的，当然也是袭人。追根溯源，袭人的隐忍与圆滑，正是因为她热衷于名利地位、保全自己的需要。她们两人最大的不同，那就是袭人有着很强的奴性，而晴雯却敢于反抗。

贾宝玉对晴雯和袭人，完全是两种不同的情感。第六回，贾宝玉初试云雨情，其对象便是袭人。“自此宝玉视袭人更比别个不同，袭人待宝玉更为尽心”，彼此心照不宣，竟似结发夫妻一般。宝玉对袭人，应该是那种对大姐姐的依恋。然而对于晴雯来说，宝玉更像是朋友，互为欣赏、互相照顾。

第三十一回，晴雯与宝玉吵架。袭人劝架时，无意说出了“我们”。晴雯不觉又添了酸意，冷笑几声，道：“我倒不知道你们是谁，别叫我替你们害臊了！你们鬼鬼祟祟干的那些事，也瞒不过我去，那里就称起‘我们’来了。明公正道，连个姑娘还没挣上去呢，也不过和我似的，那里就称上‘我们’了！”如此当面揭短，这就是晴雯的性格。诚然，这种性格是最容易招人恨的，所以晴雯树敌太多。贾府的主子、下人大多不喜欢她，其结局是不言而喻的。

同在第三十一回，晴雯跌了扇子，遭到宝玉的指责。晴雯冷笑道："二爷近来气大的很，行动就给脸子瞧……就是跌了扇子，也是平常事。先时连那么样的玻璃缸、玛瑙碗不知弄坏了多少，也没见个大气儿，这会子一把扇子就这么着了。何苦来！要嫌我们就打发我们,再挑好的使。好离好散的,倒不好？"

面对主子责怪，晴雯决不会像袭人那样忍气吞声，而是大胆争辩，尖刻反驳。贾府不缺貌美的丫鬟，但贾宝玉欣赏有个性、有才情的女子，这一点晴雯做到了。晴雯最终被王夫人赶出大观园，虽说是被人陷害，但根子是她心直口快、过于耿直。晴雯的悲剧，表面上看是性格悲剧，实际上是封建时代之过、贵族家庭之过。

袭人和平儿，一个是宝玉的大丫鬟，一个是凤姐的陪房丫头。平儿以她的聪慧和善良赢得众人的喜爱，袭人则是靠自己的愚忠和执着赢得主子欢心。袭人是死心塌地做奴才，而平儿则理性得多。她们两人都很温顺，平儿温顺中露出善良，袭人温顺中有些世故。有趣的是，她们的男主人都有过一次挨打经历，她们俩的态度形成了鲜明的对比。

第三十四回，知道了宝玉挨打的缘由后，袭人是又心痛又生气。袭人劝诫道："你但凡听我一句话，也不得到这步地位。幸而没动筋骨，倘或打出个残疾来，可叫人怎么样呢！"袭人对宝玉的情，带着功利色彩，让人感觉袭人最爱的是她自己。

第四十八回，贾琏挨打。平儿去找宝钗要棒疮药，"只见平儿忙忙的走来"。一个"忙忙"，便把平儿着急心疼的心情表露无遗。当宝钗问起贾琏挨打的缘由时，平儿咬牙骂道："都是那贾雨村什么风村，半路途中那里来的饿不死的野杂种！认了不到十年，生了多少事出来！"

平儿心疼贾琏的表现，是责怪他人，是发自内心的气愤；而袭人心疼宝玉更多的是埋怨，有着一种怨气。这种对比表达，是很有意味的。

曹雪芹深知“红花”与“绿叶”的映衬关系。他表面上在写袭人与晴雯的对比，实际上是通过对丫头这类次要人物的描写，来突出、烘托主要人物宝钗和黛玉。“晴有林风，袭乃钗副”，也就是说，从晴雯身上，可以看到黛玉的风格；从袭人的言行，可以体现宝钗第二。写丫头性格的对比，套上了小姐身份，或是黛玉，或是宝钗。如此一来，她们的性格差异，即不同教养、不同身份的姿态表现，就有了更多的灵动性、鲜活性。

2. 淑女形象的比较

淑女，即贤淑美好的女子。包括守闺女子在仪容配搭、言行谈吐、行为习惯、家庭教养以及文化领悟能力等方面。

林黛玉、薛宝钗自然是当之无愧的淑女。然而，淑女与淑女不同，她们的行为、性格比较，差别极大。黛玉与宝钗性格对比：一个是冷傲清高、口齿伶俐、多疑多忌，属于时代的叛逆者；一个是知书达礼、宽大为怀、深沉多心，标准的封建守卫者。

曹雪芹成功塑造了两个寄予着复杂文化内涵的女性形象。形态上，一个是“杨妃”，一个是“飞燕”；行为上，一个扑蝶，一个葬花。薛宝钗为人近乎完美，没有可以诟病之处。她能让所有人如沐春风，让贾府上下几百号人交口称赞，由此赢得了完美名声。而黛玉则棱角锋利，不隐藏不遮掩，想什么说什么，你喜欢也好，不喜欢也好，我就是我，不怕得罪人，也不会卑躬屈膝去讨好任何人。周瑞家的送宫花，她直言不讳：“我就知道，别人不挑剩下的也不给我。”

第三十四回，宝钗给挨打后的宝玉送药。她是托着一丸药，光明正大地很夸张地去看望宝玉。“红了脸，低下头只管弄衣带，那一种娇羞怯怯，非可形容得出者。”黛玉则是在无人时偷偷去的，而且是“两个眼睛肿得桃儿一般，满面泪光”，一任自己的感情自由流淌。如此对比，她们同样爱着一个人，却有两种不同表现：一个是“托着一丸药”，理由充分地去看；一个是“从后院去”，偷偷地如同做贼；两个人的哭更是形成了鲜明的对比：一个是“刚说了半句又忙咽住”；一个是“无声之泣，气噎喉堵”。

正如俞平伯先生在《红楼梦辨》中所讲：“书中钗黛每每并提，若双峰对峙，双水分流，各极其妙，莫能上下，必如此方极情场之妙，必如此方极文章之妙。”将性格相反的两个人放在一起，正反对比的效果显得更加强烈，也使人物更加生动形象，更具有立体感。

在读者的眼中，林黛玉生性多疑，待人敏感苛刻，但她的每一行每一言，都透露出一个“真”字。相比之下，薛宝钗的温柔多情，待人敦厚大方，却总让人感觉造作之姿，隐隐笼罩着一个“假”字。假的东西总不及真的能够打动人心，黛玉的真心可以掩盖她的性格瑕疵，宝钗的假意则遮住她在其他方面的光辉。

通过对比不难看出，《红楼梦》中的许多淑女，初看有些人物相似，细看又并非相同，虽然她们有着很多共同点，却也有着差异与差别。妙玉的孤高，与黛玉的孤高不同；凤姐的泼辣暗藏狡诈，探春的泼辣体现严正；史湘云的豪爽带有豪放，尤三姐的豪爽则是刚烈。就史湘云与尤三姐对比，尽管两人都是倔强性格，尤三姐是性情高傲，而史湘云则是英豪阔大。

3. 人物性格的明暗

心理学告诉我们，很多人出于自身利益或本能反应，明处和暗处会有不同的表现。曹雪芹通过同一人物在明处与暗处的不同表现，将笔渗入到人物的内心，让人物的特性更加真切，本质更加突出，性格更加鲜明，树立起活脱脱的人物形象。

第六十五回，贾琏的小厮兴儿在向尤二姐描绘凤姐的为人时说："嘴甜心苦，两面三刀，上头一脸笑，脚下使绊子；明是一盆火，暗是一把刀；都占全了。"

这是一段很中肯的评价，很符合凤姐的性格特征。贾琏偷娶尤二姐事件暴露后，凤姐表面上不仅不生气，反而十分热情，亲自上门接尤二姐回家，安排厢房给她住，安排丫鬟给她使。可在暗地里，凤姐却指使张华去告状，不惜把事情闹大。她还指使丫鬟欺负尤二姐，刻意伤害她，给她吃剩菜剩饭，甚至让庸医堕掉了她的胎儿，她最终丧失了生活的勇气，吞金而亡。

王夫人在大众面前，是个"善人"，吃斋念佛，孝顺贾母。可她实则不善，甚至很恶，虚伪残酷。王夫人的形象非常扭曲，可曹雪芹没有说过王夫人一句坏话，而且很多地方都是有意进行正面描述。随着情节的推进，在潜移默化之中，曹雪芹让王夫人的阴暗面显露，形成人物正反面形象的强烈对比。正是这位“善人”，一步一步撕毁了伪善的面具，亲手制造了一连串的悲剧。

第三十回，王夫人午睡时，宝玉过来见到金钏儿，与她逗笑。王夫人突然翻身起来，照金钏儿脸上就打了个嘴巴子，指着骂道：“下作小娼妇儿！好好的爷们，都叫你教坏了！”宝玉一溜烟去了。王夫人便叫来玉钏儿：“把你妈叫来，带出你姐姐去。”性格刚烈的金钏儿在苦求无果之后，最终选择了跳井自杀。这时的王夫人，早已没了那份吃斋念佛的慈善心。

第三十二回，金钏儿投井而亡，贾府传开，独有王夫人在里间房内坐着垂泪。当宝钗问起金钏儿投井的原因时，王夫人的回答有些内疚：“原是前儿他把我一件东西弄坏了，我一时生气，打了他几下，撵了他下去。我只说气他两天，还叫他上来，谁知他这么气性大，就投井死了。岂不是我的罪过。”王夫人为了保护自己和宝玉的面子，隐藏了金钏儿被撵的真正原因。同时为显示自己的慈善，还流了几滴眼泪。由此，王夫人又变成了慈善人。

第七十四回，在晴雯“病得四五日水米不曾沾牙”的情况下，王夫人硬是让人把她“从炕上拉了下来”，撵出大观园，当夜悲惨地死去。第七十七回，仅小小的绣春囊事件，王夫人就指使抄检大观园，结果害死司棋、潘又安，逼走入画，赶走四儿，遣散芳官等十二个小戏子，“悲凉之雾，遍被华林”。王夫人成了大观园众芳凋落的罪魁祸首，也成了杀人不眨眼的刽子手。

其实，善人与坏人，也就是一念之差，一纸之隔。

二、运用事件对比，还原客观多变的生活场景

运用对比手法描写事件，也是曹雪芹的拿手好戏。围绕重大事件及错综复杂的矛盾线索，牵动、生发和制约大小伏线的延伸发展。通过两个世界的对比、多个事件对比，以及事件中的人物对比，实现多样化表达，还原客观多变的生活场景。

1. 两个世界的对比

宏观上看，《红楼梦》有着对比鲜明的两个世界：一个是以女性为中心的大观园，这里是被统治者的世界。这里生活着贾宝玉、林黛玉、薛宝钗等青春理想主义者，以及一群处在被压迫地位的丫鬟们。另一个是以男权为中心的社会，这里是统治者的世界。除贾政、贾赦、贾珍、贾琏等男性外，还包括掌权的贵族妇人贾母、王夫人、王熙凤等，以及执行统治者使命的王善保家之流。

当然，我们还可以理解为，这就是《红楼梦》中的理想世界和现实世界。曹雪芹把这两个世界对比着写。现实与理想、肮脏与纯洁、权威与抗争，成就了《红楼梦》的悲剧色彩。

在大观园女儿国的理想世界中，人物的主观思想又分明形成两股对峙的势力：贾宝玉、林黛玉、晴雯、芳官等背离封建礼教，追求个性自由；薛宝钗、贾探春、袭人等维护封建礼教，崇尚上等生活。但她们又不同于一般统治者，尽管她们主观上站在封建势力的一边，但她们不可摆脱受人摆布的社会地位，与“薄命司”的其他女子一样，程度不同地令人同情，最后仍

然是悲剧的结局。

大观园的春天里，生机勃勃，阳光明媚，这里活跃着青春少女们的身影，跳动着优美、纯洁的心灵，以及贾宝玉和少女们天真无邪的情谊；同在这片蓝天下，却还有另外一个世界，那是贾珍、贾蓉、贾琏们的魍魉世界。他们对女性的玩弄和糟践，被视为正常与合理，而贾宝玉与女孩子对自由的向往与追求，则被视为忤逆越轨。善与恶、美与丑的对比，如此鲜明而又如此被颠倒，恰好揭露了封建社会的黑暗和腐朽。

贾宝玉游荡在这两个世界之间，他多情、善良，“无事忙”；他抗争、厌世，不守规矩。贾政的严厉、霸道，正面形象的缺位和扭曲，让宝玉丧失了对男权世界的认同感。而贾赦、贾珍等男性亲属的淫乱生活，更导致了贾宝玉对于男性角色的背离。作为身处女性世界里的唯一男性，贾宝玉不可能被她们认可和接纳，反而时时处处受到讥笑，驱逐他回归到男权世界中去。

大观园是贾府最后的辉煌。无论是山石水源，还是元妃省亲，似乎都是在暗示贾府已经走向了穷途末路。女儿们的美丽青春、蓬勃生命力，成为贾府最后的闪光点。伴随着宝玉成长、李纨生存、妙玉孤傲，时而也展现出生命的原动力，但却是那么的力不从心。这种生命力量，正是曹雪芹所不能忘怀而试图顽强支撑的。

从宝黛爱情悲剧来看，贾府的盛衰是这个悲剧的产生的典型环境。贾府的衰败趋势促进了叛逆者爱情的滋生，叛逆者的爱情又给贾府以巨大的冲击，加速了它的败落。由此，两个世界构成了一个立体的交叉重叠的宏大结构。

2. 事件中人物对比

用人物烘托事件，是曹雪芹最常用的写作方式。将众多人物放在同一事件中，进行人物表现对比。通过诸多人物对同一事件的性格、态度对比，展示事件的形态，推动故事发展。

第七十四回，抄检大观园。面对这突如其来的事件，大观园里的姑娘、丫鬟们做出了不同反应。有的无所畏惧，有的惊慌失措，有的等着看热闹……不同人物性格，表现出不同态度，将事件烘托得跌宕起伏。

怡红院是第一站，抄检的对象自然是宝玉房里的丫鬟们。大丫鬟袭人顺从听话，任人摆布。她“只得自己先出来打开了箱子并匣子，任其搜检一番”。即使是这有侮辱性质的举动，袭人也只能是无条件地配合。

晴雯同为宝玉的大丫鬟，当王善保家问起这是谁的箱子时，“袭人等方欲代晴雯开时，只见晴雯挽着头发闯进来，豁一声将箱子掀开，两手提着底子，朝天往地下尽情一倒，将所有之物尽都倒出来”。晴雯的举动干脆、泼辣，和袭人形成了鲜明的对比，一个刚烈的晴雯跃然纸上。

三姑娘探春的表现是，命丫鬟秉烛开门而待。探春冷笑道：“我们的丫头自然都是些贼，我就是头一个窝主。既如此，先来搜我的箱柜，他们所有偷了来的都交给我藏着呢。”这显然是一种公开的对抗。贾府里谁敢搜阅姑娘的东西？探春给了凤姐和王善保家的一个下马威。她以自己的胆识和魄力，让抄检的婆子们不知所措。

四姑娘惜春年纪小，胆子也小。“因惜春年少，尚未识事，吓的不知当有什么事，故凤姐也少不得安慰他。”当从丫头入画房里查出一些金银锞子和男人鞋袜等东西时，惜春说：“我竟不知道。这还了得！二嫂子，你要打他，好歹带出他去打罢，我听不惯的。”凤姐笑道：“这话果真呢，也倒可恕，只是不该私自传送进来。”惜春道：“嫂子别饶他这次方可。……嫂子若饶他，我也不依。”面对从小一起长大的姐妹要受罚，不仅不求情，还主动要求处罚。惜春如此的面冷心冷，让众人寒心。

二姑娘迎春是个“二木头”，懦弱可欺。抄检人员来到时，迎春已经睡了，读者没能看到迎春的表现。第七十七回中，当司棋即将被赶出大观园时，迎春“含泪似有不舍之意”，最终只是送了一个绢包给司棋，算是主仆一场。迎春憨厚，她对司棋有着很深的感情，她想留下司棋，可是她不敢。

大观园里的贾家三位姑娘，出身高贵，过着衣食无忧的生活。她们性格各异，迎春怯懦，探春威严，惜春孤冷。一旦大事临头，理当表现不一。在大观园的丫头行列中，晴雯之烈、侍书之泼、入画之怯、司棋之刚，其性格的多样化，也都形成了鲜明的对比。

大事件面前的人物表现，无疑是人物性格的体现。千姿百态的人物表现，让大事件更加惊心动魄，充满了悬念和情趣，清晰地对比出人物的内心世界，丰富和生动了小说情节。

3. 同类型事件对比

《红楼梦》中，写了晴雯、金钏、司棋、鸳鸯和瑞珠五个丫鬟的死亡。除晴雯是生气病死之外，其他四人都是自杀身亡，典型的同类型事件。

对于人多势众的贾府来说，丫头就是奴，性命卑如草芥。对比丫鬟之死，曹雪芹并不是同等用墨，而是有轻有重。瑞珠之死只用了十几个字，而金钏儿、晴雯之死，却大篇幅地表达，延续为一个或几个大事件。同类事件不同等表达，取决于事件的关注点，意在呈现多样人场景，更好地服务主题、延伸故事。

第十三回，秦可卿死后，“因忽又听得秦氏之丫鬟名唤瑞珠者，见秦氏死了，他也触柱而亡。此事可罕，合族人也都称叹”。

就这样，几个字就交待了瑞珠之死。难道他与主子的感情深厚到要殉死的地步么？细心的读者，可从上下文中读出这样的信息：公公贾珍与儿媳妇可卿之间的暧昧关系，秦氏的贴身丫鬟瑞珠可能会知情。瑞珠害怕贾珍报复，只能选择自杀了。

第三十二回，忽见一个老婆子忙忙走来，说道：“这是那里说起！金钏儿姑娘好好的投井死了！”袭人唬了一跳，忙问：“那个金钏儿？”老婆子道：“那里还有两个金钏儿呢？就是太太屋里的。……刚才打水的人在那东南角上井里打水，见一个尸首，赶着叫人打捞起来，谁知是他。他们家里还只管乱着要救活，那里中用了！”

曹雪芹没有正面描写金钏儿之死，而是将关注点放在其后，即由此引发的后续事件或场景。如宝玉挨打、王夫人自责、宝钗巧舌劝慰等。挨打之后，又引起袭人进谗言、晴雯送手帕、黛玉题诗、宝钗送药、薛家兄妹争吵等一系列事件，实现了对贾府轻视生命的批判，刻画呈现出诸多人物性格，展开了不同生活道路的冲突，推动了情节的发展和生活场景的转换。

第七十七回，晴雯之死也是一场重头戏。她长得风流乖巧，口齿伶俐，针线活尤好，深得贾母的喜爱。对晴雯之死，曹雪芹做了一系列的铺垫，从晴雯病补孔雀裘，到因谗言遭受王夫人责骂被撵出大观园，再到奄奄一息时宝玉的探望。晴雯死后，宝玉又作了长篇《芙蓉女儿诔》寄托哀思，可见晴雯在小说中的重要地位。

第一一一回，鸳鸯之死。众亲友向贾母的灵柩告别，鸳鸯大哭了一场，想到“自己跟着老太太一辈子，身子也没有着落……谁收在屋子里，谁配小子，我是受不得这样折磨的，倒不如死了干净。”“然后端了一个脚凳自己站上，把汗巾拴上扣儿套在咽喉，便把脚凳蹬开。”可怜咽喉气绝，香魂出窍。邢夫人得知鸳鸯自尽后，感叹道：“我不料鸳鸯倒有这样志气……”贾政着实嗟叹着，说道：“好孩子，不枉老太太疼他一场！”鸳鸯之死摇身一变，把血腥气化作了道德的芳香。

对比贾府丫鬟之死，可以理解为，这些社会底层的丫鬟没有追求幸福生活的权利，也不能与命运抗争，更不能张扬自己的个性。她们无法主宰自己的命运，要么成为主人的玩物，要么悲惨地死去。

三、注重环境对比，铺就纷繁多样的人生风景

人生风景包含着物质生活的写照和精神生活的乐园。客观场景和主观情感之间的相互作用，成就了文学创作中的情感天地，铺就出纷繁多样的人生风景线。通过环境的前后对比、相互对比，实现人物命运以及人物性格、修养和情趣等多方面表

达。这种环境对比包括两个方面，一个是现实世界的写实，一个是精神世界的追求。

1. 贾府抄家前后

贾府的生活环境是豪华壮观的。重叠的庭院，宏大的排场，庄重的礼节，忙碌的人群，展示出封建社会上层贵族世家的生活图景。贾政客厅不同寻常的摆设；东耳房王夫人住处的坐具、卧具；奶奶、少爷、小姐们在众人簇拥下的出场，以及就餐时的排场和仪式；甚至仆妇、丫鬟、小厮们的穿着打扮、行为举止，这都充分显示了贾府生活环境的优越与奢侈。

第三回，林黛玉眼里的贾府："又行了半日，忽见街北蹲着两个大石狮子，三间兽头大门，门前列坐着十来个华冠丽服之人。正门却不开，只有东西两角门有人出入。正门之上有一匾，匾上大书'敕造宁国府'五个大字。"荣国府跟宁国府一样，三间大门威严耸立。"林黛玉扶着婆子的手，进了垂花门，两边是抄手游廊，当中是穿堂，当地放着一个紫檀架子大理石的大插屏。转过插屏，小小的三间厅，厅后就是后面的正房大院。正面五间上房，皆雕梁画栋，两边穿山游廊厢房，挂着各色鹦鹉、画眉等鸟雀。"可见，贾府的建筑从规模上来说可谓宏大，从结构上来说可谓复杂，雕梁画栋、抄手游廊，宏大中又见细致。

曹雪芹如此强化贾府华贵环境的描写，无疑有两个意图：一是渲染贾府的雍容华贵，二是为日后贾府破败形成对比。

第一〇五回，贾府被抄。贾琏一进屋门，只见箱开柜破，物件抢得半空。此时急得两眼直竖，淌泪发呆。听见外头叫，只得出来。见贾政同司员登记物件，一人报说：“赤金首饰共一百二十三件，珠宝俱全。珍珠十三挂，淡金盘二件，金碗二对，金抢碗二个，金匙四十把，银大碗八十个，银盘二十个，三镶金象牙筋二把，镀金执壶四把，镀金折盂三对……”焦大号天蹈地的哭道：“所有的都抄出来搁着，木器钉得破烂，磁器打得粉碎。他们还要把我拴起来。我活了八九十岁，只有跟着太爷捆人的，那里倒叫人捆起来！”

这正是贾府抄家时的混乱场景。出其不意，趁人不备，先抄宁府，再抄荣府，抄他个落花流水、片甲不留。金银珠宝、绫罗绸缎全部抄出，王熙凤放高利贷的证据也被抄出，要不是北靖王及时赶来搭救，贾家可能会被斩草除根，永不得翻身。

贾府顷刻间灰飞烟灭。贾宝玉再去潇湘馆祭黛玉时，大观园早已变得荒芜，物是人非，宝玉是个菩萨心肠，失去黛玉又丢了通灵宝玉，早已心灰意冷，最终遁入空门。

贾府环境的前后对比，衬托出“树倒猢狲散”的荒凉、凄惨与悲壮。

2. 秋爽斋与蘅芜苑

秋爽斋是贾探春的宅院，蘅芜苑是薛宝钗的住处。不同的环境对比，烘托出不同主人的性格与情趣。

第四十回，“探春素喜阔朗，这三间屋子并不曾隔断。当地放着一张花梨大理石大案，案上磊着各种名人法帖，并数十方宝砚，各色笔筒，笔海内插的笔如树林一般。那一边设着斗大的一个汝窑花囊，插着满满的一囊水晶球儿的白菊。西墙上当中挂着一大幅米襄阳《烟雨图》，左右挂着一副对联，乃是颜鲁公墨迹，其词云：烟霞闲骨格，泉石野生涯。案上设着大鼎。左边紫檀架上放着一个大官窑的大盘，盘内盛着数十个娇黄玲珑大佛手。右边洋漆架上悬着一个白玉比目磬，旁边挂着小锤。"

探春秋爽斋的居住环境给人的感觉是，充斥着文房四宝，充满着一股潇洒与风雅。同时，弥足珍贵的唐宋名人遗迹也不失贾府千金的身份。这种环境气氛与探春的爽朗个性及文化素质很相符。

同在第四十回写道："贾母因见岸上的清厦旷朗……一同进了蘅芜苑，只觉香气扑鼻。那些奇草仙藤愈冷愈苍翠，都结了实，似珊瑚豆子一般，累垂可爱。及进了房屋，雪洞一般，一色玩器全无，案上只有一个土定瓶中供着数枝菊花，并两部书，茶奁茶杯而已。床上只吊着青纱帐幔，衾褥也十分朴素。"

读者眼中的蘅芜苑，是"雪洞一般，一色玩器全无"。特别是"土定瓶"，一种质地粗糙的瓷器，典型的寻常百姓家使唤的家什。明摆着的皇商之女，却偏要安贫藏富。蘅芜苑的基本色调是雪白，显著特点则为"冷"与"香"，宝钗吃的丸药叫"冷香丸"，她是标准的"冷美人"。有红学家认为，"雪洞"两字预示了宝姑娘的终极命运。尽管想"好风凭借力，送我上青云"，结果还是落到了"白茫茫一片大地真干净"的地步。

蘅芜苑的特点是"清厦旷朗"，秋爽斋的特点也是"阔朗"。因而，探春的心胸如宝钗一般心胸开朗、宽阔。

3. 怡红院与潇湘馆

贾宝玉所住的怡红院，以红色为主。黛玉的潇湘馆，则以绿色为主。

第十七回，“一入门，两边都是游廊相接。院中点衬几块山石，一边种着数本芭蕉；那一边乃是一棵西府海棠，其势若伞，丝垂翠缕，葩吐丹砂。众人赞道：‘好花，好花！从来也见过许多海棠，那里有这样妙的。’”

“说着，引人进入房内。只见这几间房内收拾的与别处不同，竟分不出间隔来的。原来四面皆是雕空玲珑木板，或流云百蝠，或岁寒三友，或山水人物，或翎毛花卉，或集锦，或博古，或万福万寿各种花样；皆是名手雕镂，五彩销金嵌宝的。一槅一槅，或有贮书处，或有设鼎处，或安置笔砚处，或供花设瓶，安放盆景处。其槅各式各样，或天圆地方，或葵花蕉叶，或连环半璧。真是花团锦簇，剔透玲珑。倏尔五色纱糊就，竟系小窗；倏尔彩绫轻覆，竟系幽户。且满墙满壁，皆系随依古董玩器之形抠成的槽子。诸如琴、剑、悬瓶、桌屏之类，虽悬于壁，却都是与壁相平的。众人都赞：‘好精致想头！难为怎么想来！’”

第四十一回，刘姥姥误闯怡红院：“掀帘进去，抬头一看，只见四面墙壁玲珑剔透，琴剑瓶炉皆贴地墙上，锦笼纱帘，金彩珠光，连地下踩的砖，皆是碧绿凿花，竟越发把眼花了，找门出去，那里有门？左一架书，右一架屏。”

如此摆设，贾宝玉爱好热闹花样、喜爱脂粉气的性格，以及备受宠爱的独特环境得到了充分的展示。可惜读者没能看到贾宝玉风雪狱神庙的环境。若将狱神庙与怡红院两相对照：残壁映照着孤灯，凄清衬托着内心的凄凉，昔日的繁华和眼前的萧杀，一定会形成震撼心灵的巨大反差。

潇湘馆以竹子最盛。翠竹，象征着一种不屈不挠的可贵品质，高洁中带着儒雅，含蓄里透着活力。小小两三房舍，一明两暗，里面都是合着地步打就的床几椅案。从里间房内又得一小门，出去则是后院，有大株梨花兼着芭蕉。

林黛玉在这里伴随着修竹、诗书、幽怨、孤独和泪水，度过了一生。黛玉的诗号“潇湘妃子”，一种高贵而自然脱俗、婀娜而风姿绰约的魅力。潇湘馆中的一景一物，恰好映衬着黛玉高雅的格调。

宝玉与黛玉居室环境的对比，体现了人物性格，暗示了人物命运。黛玉的房里犹如公子的书房，而宝玉房里的摆设充满了脂粉气，被刘姥姥误认为“小姐的绣房”。曹雪芹以宝玉和黛玉的住处来暗示两个人有缘无分，最后怡红院和潇湘馆都变成野草荒田，二人的爱情以悲剧结尾。

贾府居住环境的描写，还有海外洋物件，如小洋浅茶盘、洋漆描金小几、猩红洋毯、洋漆架子、玻璃镜、玻璃盆、玻璃炕屏等，既说明贾府的阔绰和排场，也反映了当时商品交换的兴旺。

无材可去补苍天

——烘托的侧面冲击力

烘托，是一种从侧面渲染、衬托主要表现对象的写作手法。作为陪衬，意在让所要表现的主体鲜明突出、耀眼夺目，形成侧面表达的冲击力。

烘托本是中国画的一种技法。即用水墨或色彩在物象的轮廓外面渲染衬托，使物体景象明确、明显。借鉴于文学创作，就是用一事物暗示出另一事物，用他人、他物或他景，来烘托此人、此物或此景，凸现被烘托对象。

清人刘熙载《艺概》说：“山之精神写不出，以烟霞写之；春之精神写不出，以草木写之。”强调从侧面用笔，对主体事物进行描述、铺排，使被“托”之物更加突出。

侧面用笔，是通过对周围人物或环境的描写，来表现所要描写的主要对象。作为正面描写的补充手段，侧面冲击力能够形成多维度的烘托效应，强化和突出主体，增强作品的审美效果和感染力。

《红楼梦》第一回，《石上偈》诗前两句写道："无材可去补苍天，枉入红尘若许年。"表达了作者对自己处在封建社会末世不能有所作为的悲愤和感慨。曹雪芹想有一番作为，但社会没有给他机会，半生潦倒，一事无成。曹雪芹以表达哀怨、悲伤心情，烘托自己以求干大事、成大事的理想。

曹雪芹十分善于运用烘托艺术，依据故事情节发展，多方突围，侧面击破，巧妙地把想要表达的主要人物和重大事件烘托出来，实现鲜明、生动的主体化表达，多姿多彩，极尽奇妙。

一、以人物烘托人物，呈现同中见异、浑然一体的艺术美感

人物烘托，就是以次要人物烘托、渲染主要人物。

《红楼梦》十分注重通过对次要人物的动作、神态、语言和心理描写，来烘托和表现主要人物；通过不同角度的光线折射，多层次地为主要人物着色。正如脂砚斋所批的"写成浓淡兼深浅"，留给读者广阔的想象空间和浑厚的艺术美感。同时，对次要人物的刻画，也是各具个性和风貌。因此，《红楼梦》中不论主要人物、次要人物，个个都神情毕肖、活灵活现，呈现出同中见异、浑然一体的艺术美感。

1. 借云托月与以实衬虚

借云托月，原本是一种画月亮的传统技法，指用水墨或较淡的色彩，点染轮廓外部，使物象鲜明、突出，以求甚佳的表现效果。后来，将这种手法用于文学创作，强调从侧面描写、烘托主要人物，次要人物为“云”，主要人物为“月”，以次要人物烘托主要人物。

《红楼梦》中，袭人烘托薛宝钗、晴雯烘托林黛玉，都是采用的这种手法。从袭人的言行，可感受到薛宝钗的性格，从晴雯的命运，可预见林黛玉的未来。这种借云托月的表达方式，成功地补充和强化了主要人物薛宝钗、林黛玉的形象，细化了她们的性格特征。

第四十三回，宝玉偷偷带着小厮茗烟，跑到水仙庵祭奠死去的丫头金钏儿。在整个活动场面中，宝玉应该是主，茗烟则为宾。曹雪芹却对宝玉用笔很少，只是写一些他焚香、施礼的动作，而对茗烟却安排了一大段的说词，让他隐约地表达自己联想和祝福，展示了他的口齿伶俐和乖巧。这正是借云托月之术，借茗烟的说词，道破宝玉难说出的心事。以茗烟的善解人意，映衬宝玉的聪俊颖慧。庚辰本有脂批说：“写茗烟一戏，直戏入宝玉心中，又发出前文，又可收后文，又写茗烟素日之乖觉可人，且衬出宝玉直似一守礼待嫁的女儿一般，其素日脂香粉气不待写，而全现出矣。”

借云托月手法还表现在，以群像为衬宾，突出烘托主要人物形象。

第六十九回，王熙凤借剑杀人暗算尤二姐。曹雪芹设秋桐、平儿、丫头等为宾，上下左右同时着笔，从不同的侧面烘托凤姐“花言巧语，外作贤良，内藏奸诈”的丑恶表演。侧写秋桐的淫邪，正写凤姐的淫邪；侧写平儿的极义气，正写凤姐的极不义气；侧写使女欺压二姐，正写凤姐欺压二姐。这就如同画家画月，以次要人物的“托月”光环，衬托出主要人物的色彩。

以实衬虚与借云托月有同等套路，都是注此写彼、指东击西。其区别在于，以实衬虚的手法，无宾主之分，将“月”完全隐起来了。其妙处在于，“不写之写”，以收到“一箭双雕”的艺术效果。

第三十三回，宝玉挨打，轰动了整个贾府。随着王夫人、贾母的出场，贾府上上下下、里里外外的人都蜂拥而至了，慰问看望宝玉。这时，唯独黛玉没有来。宝玉视黛玉为唯一的知己，精神生活的寄托，平素形影不离，彼此关心体贴，此时怎么会如此冷漠？

第三十四回，“只见两个眼睛肿的桃儿一般，满面泪光，不是黛玉，却是那个？”这时，读者才会恍然大悟：原来黛玉是自个儿在为宝玉伤心痛哭，无法带着泪眼见人，以防泄露了自己真实的思想感情。显然，曹雪芹是故意不写黛玉，要以众人的忙乱之实，映射林黛玉独自悲切之虚，引起读者丰富的联想，以构成林黛玉“抛珠滚玉只偷潸”的动人意象。

2. 对照烘托与反衬法

两“山”对峙，是一种对照烘托法。指小说中两个主要人物相对而立，形成对抗与抗衡之势。两人各自都有独立存在的空间，既有近接，也有遥对，不分宾主，争高比低。《红楼梦》人物中，宝钗与黛玉就是两座对峙的主峰。相对而立，相映成趣，各显其才。

第十八回，元妃大观园试题。宝钗、黛玉同时帮宝玉题诗，乃小说中经典的对峙之笔。元春不喜欢“红香绿玉”四字，便改成了“怡红快绿”，而宝玉诗中偏用“绿玉”二字，有意和元春“争驰”。由此，宝钗劝宝玉将“玉”字改成“腊”字，并告诉了他出处。她还趁机“悄悄咂嘴点头”，笑着发了一通“金殿对策”的议论，且“悄悄的笑道：‘还不快作上去，只管姐姐妹妹的。谁是你姐姐，那上头穿黄袍的才是你姐姐。你又认我这姐姐来了。’”而黛玉代宝玉作诗，是为了“省他些精神不到之处”。她没有宝钗那番谑言笑语，“低头一想，早已吟成一律，便写在纸条上，搓成个团子，掷在他眼前”。

由此，曹雪芹通过宝钗、黛玉两人的行为对照，烘托出她们两人对宝玉不同方式的爱。宝钗巧于逢迎，博学多才，对宝玉又是讽劝，又是媚悦；黛玉则是心地纯正，文思敏捷，把对宝玉的爱放在心里，出之以诚。

而反衬法，则与两山对峙法相反。两种手法尽管都是两者对峙的表象，其区别在于：反衬法是两种异色的反衬，是异中见异，而不是同中见异。

第二十五回，贾环暗中算计宝玉，竟然故意推翻蜡灯，烫伤了宝玉的脸。可是，心地善良的宝玉，却毫不计较。为了瞒过贾母，不使赵姨娘、贾环挨骂受责，宝玉竟然说是自己烫的。如此两者的举动反衬，让兄弟俩的思想、性格泾渭分明，善恶自见了。

第七十三回，懦小姐不问累金凤。迎春的首饰被奶妈私自拿去赌钱，她不但不去追回，而且对王住儿媳妇捏造假账也不予理论，“自拿了一本《太上感应篇》来看”。由此，表现出迎春胆小怕事、心活面软的性格。探春却不同了。她不仅把这事当成自己的事要问、要管，还召来平儿，镇住了王住儿媳妇。姊妹两人，一懦一刚，各异相衬，性格分明。

3. 影子的现形与影射

《红楼梦》里，有着许多影子人物、影子情节、影子故事。它们都是次要人物，却如影随形，显影现形，对全书中的主要人物、主要情节、主要故事起着暗示、影射和烘托作用。

第一回，英莲被拐卖他乡，甄士隐看破红尘飘然出家。《红楼梦》的开篇，没有从贾府大族着笔，而先写乡宦小家，从小至大，以甄家的灾难，引出贾府的繁华；以甄士隐家亡人散，遥照林黛玉寄人篱下。其实，就是借影子烘托主要人物，暗示故事发展。甄士隐的那首《好了歌》，表面浸染着色空虚无观念，但实质上影射了贾府由盛至衰的必然趋向，成为全书重要的情节线索。

第二回，冷子兴“演说荣国府”。借冷子兴与贾雨村的对话，推出了“金陵省体仁院总裁甄家”。这甄府与贾府是老亲，又系世交，也有一位被祖母溺爱、“顽劣憨痴”的甄宝玉。“甄”谐“真”，“贾”谐“假”。因此，甄宝玉实是为贾宝玉的影子，是对贾宝玉这个主要人物的补充、完善和诠释。

第五十六回，贾母听甄府的女人谈起甄宝玉，忙唤上贾宝玉来，证实了两个人“模样儿是一样”“淘气也一样”，使贾宝玉“有了个对子”。贾宝玉为此将信将疑，呼呼睡去，竟然梦到了一座大观园般的花园，进了一所怡红院般的院子，和甄宝玉相会了。贾宝玉梦中惊醒后，袭人说道：“你揉眼细瞧，是镜子里照的你的影儿。”如此破题之笔，明确地告诉读者：甄宝玉就是贾宝玉的影子，是为烘托映照贾宝玉而设立的。

《红楼梦》中，晴雯、袭人等都是影子人物，她们与主要人物宝钗、黛玉等形影相随，紧契密合，行走全书。由此，经过性格的关联和人物命运的比照，把主要人物形象烘托得更为生动鲜明，从而营造出含蓄、温雅的独特韵味。

二、以景物烘托心情，营造物我同一、情景相融的优美意象

一座贾府就是一个社会景物的标本。

景物与环境描写，不仅有着交代背景、渲染气氛、显现作品主题的作用，而且还具有烘托人物心理、生活与性格的功能。一切景语皆人语，景物、环境的描写可以巧妙地将人物不便直言的心里话和情感表达出来，映衬出人物的内心感受与情感变化。

情景相融，即用美好的、绚丽多彩的景物，烘托人物的欢乐喜悦之情；用糟糕的、萧瑟凄迷的景物，烘托人物的悲哀忧愁。由此，营造出物我同一、情景相融的优美意象，增强了小说的艺术感染力。

1. 意象烘托

意象通常是指自然意象，即取自大自然的借以寄托情思的物象。优美的景物，有着明显的情感色彩，有利于烘托人物心情，表达人物情感，有利于叙事上推进情节、故事的发展。

第二十三回，大观园迎来了首个春天。“那一日正当三月中浣，早饭后，宝玉携了一套《会真记》，走到沁芳闸桥边桃花底下一块石上坐着，展开《会真记》，从头细玩。正看到‘落红成阵’，只见一阵风过，把树头上桃花吹下一大半来，落的满身满书满地皆是。宝玉要抖将下来，恐怕脚步践踏了，只得兜了那花瓣，来至池边，抖在池内。那花瓣浮在水面，飘飘荡荡，竟流出沁芳闸去了。”

春日暖暖，垂柳依依，桃花争艳，大观园里的每个人都似乎感受到了春天的温暖和温馨。宝玉、黛玉心情极好，宝黛爱情也得到了顺利发展。

林黛玉来了，肩上扛开花锄，锄上挂着花囊，手内拿着花帚。说道：“撂在水里不好，你看这里的水干净，只一流出去，有人家的地方脏的臭的混倒，仍旧把花糟塌了。”她建议用绢袋收集起来，埋入花冢，日久随土化了干净。

落英缤纷，溶溶流红，浓郁的春意扑面而来。此时此刻，《会真记》曲词的意象与眼前的情形宛然一体，黛玉惜花惜春的情调和心情，也委婉地表露出来。于是，宝玉借《会真记》的妙词表白心迹：“我就是个‘多愁多病身’，你就是那个‘倾城倾国貌’”。就这样，唯美的环境、气氛和情趣，成就了一种温馨的意象。在如此美好意象的烘托下，宝黛爱情也显得格外生动与美好，格外甘甜与纯洁。

曹雪芹笔下的仙鹤，是一种美丽的景致，更是一种独特的意象。

第二十六回，贾芸拜访宝玉时："只见院内略略的有几点山石，种着芭蕉，那边有两只仙鹤在松树下剔翎。"第三十六回，宝钗找宝玉闲聊以解午倦："不想一入院来，鸦雀无闻，一并连两只仙鹤在芭蕉下都睡着了。"

仙鹤给人的印象是高雅、大气。鹤的行走，挺胸昂首，徐缓而雅致，充满了绅士风度，只有品性高洁的君子可以比喻。在传统文学意象中，洁身自爱、声名远播的人，才可以被称为"鹤鸣之士"。曹雪芹笔下的仙鹤，或悠闲地剔翎、散步，或恬适地熟睡，呈现出一种散淡悠远的身影。以仙鹤比拟贾宝玉，营造出一种典雅的意象，烘托出宝玉品性的高洁。

2. 景物映衬

用景物映衬人物心情，是烘托的常用手法。即以抒情的方式，给景色着色添彩，展示人物内心的情感与感受。一般景物映衬表达，大都是以乐景衬乐情，以哀景衬哀情。也就是说，表达心情的愉悦，景物大都是色彩亮丽的、充满生机的，节奏明快、跳跃。而表达心情的沮丧，景物大都是冷色调的、声音沉闷的，节奏沉重、缓慢。

第一〇一回，凤姐走进大观园。"刚欲往秋爽斋这条路来，只听嗯的一声风过，吹的那树枝上落叶落满园中唰喇喇的作响，树梢上吱喽喽发哨，将那些寒鸦宿鸟都惊飞起来。""凤姐刚举步走了不远，只觉身后咈咈哧哧，似有闻嗅之声，不觉头发森然竖了起来。”

这段景物的描写，显然是在烘托凤姐的一种恐惧心理。她平素作恶太多，渐至心虚神失，心里有鬼，自然是四面阴风。即使是平时走惯了的园子，也能让她感到如此恐怖。

第四十九回，大观园里来了新客人，邢夫人之兄嫂带了女儿岫烟来了，可巧凤姐之兄王仁带薛家的宝琴来了，李纨的寡婶带着两个女儿也来了。喜欢热闹的宝玉，心情好极了。

宝玉因心里记挂着这事，一夜没好生得睡，天亮了爬起来。掀开帐子一看，虽门窗尚掩，只见窗上光辉夺目：“原来不是日光，竟是一夜大雪，下将有一尺多厚，天上仍是搓绵扯絮一般。”“出了院门，四顾一望，并无二色，远远的是青松翠竹，自己却如装在玻璃盒内一般……回头一看，恰是妙玉门前栊翠庵中有十数株红梅如胭脂一般，映着雪色，分外显得精神，好不有趣！”

下雪本是一件很普通的事，而宝玉眼里的雪景竟然是如此美丽，雪景中的红梅，更是分外妖娆。如此美景中，不难读出宝玉无比愉悦的心情，以及他那天真纯净的内心世界。

第十一回，王熙凤做客宁府，她看望秦可卿出来，从里头绕进园子的便门，眼前的景致是：“黄花满地，白柳横坡。小桥通若耶之溪，曲径接天台之路。石中清流激湍，篱落飘香；树头红叶翩翻，疏林如画……”

紧接着，曹雪芹笔锋一转：“凤姐儿正自看园中的景致，一步步行来赞赏。猛然从假山石后走过一个人来，向前对凤姐儿说道：‘请嫂子安。’凤姐儿猛然见了，将身子望后一退，说道：‘这是瑞大爷不是？’”

显然，凤姐眼前的这段景色描写，看似闲笔，实则是为烘托贾瑞出场。王熙凤在观赏景致的过程中，碰上了躲在假山后等她的贾瑞，这样才有了后面的凤姐“毒设相思局”的故事。这芳园的美好景色与帏幕后的道德败坏，形成了鲜明的映衬与对照。

还有一种景物映衬法，就是作者在表情达意时，故意将感情与景物的差距拉大，甚至是相反。即以美好的景物来写哀情，或以凄凉的景物来写欢乐。人们称之为：景物反衬法。

3. 审美移情

所谓审美移情，就是将自我的感情移入物中，让读者感到物象也具有了某种情感色彩，物我同一。在《红楼梦》中，有许多场景、情景与情感融为一体，都是经过移花接木处理的，呈现出一种审美移情的快感。

第四十五回，黛玉病了，只喝了两口稀粥，仍歪在床上。不想日未落时天就变了，淅淅沥沥下起雨来。黛玉不觉心有所感，亦不禁发于章句，遂成《代别离》一首，拟《春江花月夜》之格，乃名其词曰《秋窗风雨夕》。其词曰：“秋花惨淡秋草黄，耿耿秋灯秋夜长。已觉秋窗秋不尽，那堪风雨助凄凉……”听见窗外竹梢蕉叶上，雨声淅沥，清寒透幕，不觉又滴下泪来。

曹雪芹将黛玉的病、窗外的雨和笔下的诗，有意进行移动组合，形成一种审美情趣。

秋花惨淡，雨声淅沥，仿若融合了黛玉凄凉哀婉的心情。

雨中的景致与伤感的心情，经过诗的情感升华，更觉得萧瑟悲凉。这只是大观园里的第一个秋天，此时的贾府还处盛时。这种审美表达，还给了读者一种贾府日后秋惨秋悲的预示。

第七十六回，贾母率众人于凸碧堂赏月品笛，望月联诗。夜静月明，笛声悲怨，凄凉寂寞，伤感落泪。这是一种对应的审美表达，以环境映衬人物贾母的心情。人少了，冷清了，好热闹的贾母很是伤感。眼下的气氛，与贾家往日的无忧无虑形成了鲜明对比。进入秋末，萧瑟孤寂，预示着贾家一步一步地走向没落。

在此之前，贾府有过多场家宴或夜宴，场面都是锣鼓喧天般的热闹与喜庆，唯独这一回的中秋过得是冷冷清清，甚至有些凄惨。这与在此之前发生的一系列事件，如抄检大观园、甄家获罪被抄等，无不暗示着贾家正由繁花似锦的富贵转向冷酷与衰败，直到飞鸟投林，白茫茫一片真干净。

4. 移步换景

移步换景，即通过变换角度，以小说人物的视角或不断移动变换角度，进行动态描绘和表现景物。它既可以避免景致的呆板和单调，同时也有利于推动故事情节的发展。读者在领略景色变换的同时，享受跌宕起伏的冲击力快感。

第十七回，贾政率众人验看大观园。从五间正门开始，借助小说人物的眼睛，不断变换角度，带领读者一步步走完了大观园这座绮丽多变的人间仙境。“只见佳木茏葱，奇花熌灼，一带清流，从花木深处曲折泻于石隙之下。再进数步，渐向北边，平坦宽豁，两边飞楼插空，雕甍绣槛，皆隐于山坳树杪之间。俯而视之，则清溪泻雪，石磴穿云，白石为栏，环抱池沿，石桥三港，兽面衔吐。桥上有亭。”

赞叹之际，一行人又入一小门，移动的镜头将读者带入了种植着大株梨花和阔大绿叶芭蕉的后院。在经历一番华丽堂皇之后，来到了恬静自然的“稻香村”。惊叹之余，读者得到的是一份难得的宁静与悠然。

人物在移动，景致也在移动。一步一景，动静结合，疏密有致，远近穿插，表现出人在画中游的美妙享受。这不断变换的美景，赏心悦目，既完整地展现了大观园的奢侈与豪华，也体现了贾政等人畅游大观园的愉悦心情。

第七十六回，林黛玉与史湘云在池边对诗，林黛玉指池中黑影与湘云看道：“你看那河里怎么象个人在黑影里去了，敢是个鬼罢？”湘云笑道：“可是又见鬼了。我是不怕鬼的，等我打他一下。”因弯腰拾了一块小石片向那池中打去，只听打得水响，一个大圆圈将月影荡散复聚者几次。

在漆黑寂寥的天际四周，一声鹤鸣，使人恍然一惊，但随即又陷入比夜更深沉的寂静中。在这悲凉的环境气氛里，细心品味史湘云的“寒塘渡鹤影”和林黛玉的“冷月葬花魂”，别有一番韵味。景致与人物心情，此时此刻完全融为一体。这种景致移动效果在于，让动感的景致融入人物的情感，在情景变换中，实现了别有趣味的意象表达。

三、以景物烘托环境，实现场景心境、人物环境的相互融合

小说的人物活动和故事情节都离不开一定的环境。

曹雪芹十分注重用景观烘托环境，通过对环境的描写，烘托、渲染人物的个性和气质，由浅而深，逐层展开，内景与外景，主体与客体，实现场景心境、人物环境的相互融合。

景物的描写，有着主要和次要之分。主要景物重在服务于主要人物，次要景物则是用来烘托主要景物。

1. 气氛烘托环境

气氛是一种无形的存在。营造气氛，烘托环境，有利于小说意象表达。曹雪芹十分善于运用节日喜庆气氛，营造和烘托环境，预示事物的兴盛、繁华或者败落走向。

《红楼梦》中，有三次关于元宵夜的描写。正月十五，是元月的第一个月圆之夜，古人称夜为“宵”，即元宵节。热闹繁华的元宵之夜，成为烘托贾府由盛至衰的重要背景。

第一回，元宵节看社火花灯。这是一个很热闹的场景，有着很热烈的气氛。然而，正是这天的元宵节，拉开了甄士隐家的悲剧帷幕。先是痛失爱女，之后又是家中大火。从热闹至极的元宵夜，到甄家最后的灰飞烟灭。小说一开场，就笼罩着一种悲痛和伤感的气氛。这里尽管没写贾府，却是一个很重要的铺垫，是小说整体结构的一个缩影，伏笔暗示着贾府未来的走向。

第十八回，元妃省亲，这是第二次出现元宵节场景。曹雪芹把贾家最辉煌的日子放在元宵节中表现，双倍的富贵风流，缤纷的花灯明艳，把贾府的热闹和繁华推向高潮。透过元妃的眼睛，读者看到了“一时传人一担一担的挑进蜡烛来，各处点灯”的盛景，烘托出贾府鼎盛时期的繁华似锦。

第五十三回、第五十四回，贾府元宵夜宴。这是第三次出现元宵节景致。贾府元宵之夜，依然热闹非凡，摆家宴、行酒令、看戏听书、放烟火等等，好一幅清代贵族家中“闹元宵”的风俗画卷。然而，细心的读者会发现，这时的贾府，尽管热闹尚存，但繁华渐失。外面有许多的“满天星、九龙入云、一声雷、飞天十响之类的零碎小爆竹”，一色一色的放了又放。屋内家宴却只是“一人击鼓，众人传花”而已，只能靠行酒令助兴。

这时的贾府已经开始捉襟见肘，依然热闹的元宵之夜，难掩贾府的败象，透露出走下坡路的迹象。这个元宵节，成为贾府最后一次团圆景象。

通过三个元宵节的气氛渲染，意在实现一种“物极必反”环境再造，围绕小说主题，顺势而为，推进故事发展。

2. 对比映衬环境

对比映衬，即让相对应的事物在对方的衬托下各显特色。借内景与外景、主体与客体、场景与心境的相互融入，引导读者沉醉于人景难分的艺术愿景中。

花草树木，自古以来被人们赋予特定的文化内涵和品格。

因此，由花草树木形成的居住环境，与人的性情关系密切。通过居住环境对比，可以映衬出一个人的性情、性格。

大观园是宝玉和他的姐妹们居住的场所。曹雪芹采取对比映衬的方法，精心创造了一系列小说人物的居住环境，通过厅前屋后的花木、内部的陈设，来烘托各自主人的性格和爱好。潇湘馆用竹来烘托黛玉“孤高自许，目无下尘”的性格。稻香村的环境，则与守节寡欲的李纨性格协调。蘅芜苑花木全无，幽冷软媚则是薛宝钗的性格。怡红院红香绿玉，无疑是贾宝玉的形象。

第二十六回，宝玉去看望黛玉，“只见凤尾森森，龙吟细细。举目望门上一看，只见匾上写着‘潇湘馆’三字。宝玉信步走入，只见湘帘垂地，悄无人声。走至窗前，觉得一缕幽香从碧纱窗中暗暗透出。”

黛玉的潇湘馆，景物特征为翠竹和清泉，还有阔叶芭蕉、淡雅的梨花和调皮的鹦哥。斯景、斯境，活现出潇湘馆幽静的韵致。

第一〇八回，黛玉死了，这里是另一番情景：“宝玉进得园来，只见满目凄凉，那些花木枯萎，更有几处亭馆，彩色久经剥落，远远望见一丛修竹，倒还茂盛。”这种景色的对比映衬，使人叹为观止，感慨万千。

3. 皴染烘托环境

皴染是一种国画技法，是指画家在绘山水画时，根据各种山石的不同地质结构和树木表皮状态，加以概括而创造出来的表现形式。皴，指人的皮肤裂开的纹理，借用到画画上就是表现山、石、树的脉络纹理，把物体的轮廓勾勒出来。染，即用墨水或淡彩润刷画面，以分出阴阳向背，以增强物体的立体感。

曹雪芹将皴染法用之于小说，意在强化景物特征及环境表达，使之由淡至浓、由分到合、由零成整，逐步烘托出凝重、现形、清晰的环境，服务于人物形象。

第二回，冷子兴演说荣国府。从宁、荣二公说起，历数了贾府的五代男女，勾勒出了这个贵族之家“五世而斩”“儿孙竟一代不如一代了”“外面的架子虽未甚倒，内囊却也尽上来了”的大体轮廓，给读者留下了初步印象。

第三回，借林黛玉进荣国府，引导读者将贾府里里外外巡视了一遍，再次详细描绘了家庭主要成员的真实面貌。

第四回，薛蟠的命案与薛家投奔荣府，皴染出贾家与外部社会的蛛网联络，贾、史、王、薛四大家族“一损皆损，一荣俱荣”的关系，并展示了梨香院这个新角落。

第五回，宝玉梦游太虚幻境，则是以虚幻的形式，突出贾府“子孙虽多，竟无一个可以继业者”的现实状况和历史命运。

第六回，刘姥姥进荣国府，则更深层次地皴染出荣府“主仆上下安富尊荣”和豪华气派。

就这样，曹雪芹采取多重皴染之法，一回接着一回，不是一气呵成，而是一层一层地染皴，使颜色越来越浓，层次越来越分明，将荣国府从各个方面，由粗而细、由浅至深地进行了刻画，展示出贾府的整体轮廓和精致细节。脂批认为，曹雪芹借鉴了绘画的优秀传统，用了“画家三染法”，是很有见地的。

迎春诵经

探春结社

惜春作画

妙玉奉茶

第四章　美学的意境

《红楼梦》创造了许多意味隽永的美学意境。如宝钗扑蝶、龄官画蔷、黛玉葬花、晴雯撕扇、寒塘鹤影等，这些经典的故事以及所营造的美学意境，美不胜收，光彩夺目。

意境，是指文学作品或自然景象中所表现出来的情调和境界。

所谓美学意境，它启示于人的至善、至美、至真的境界，讲究人与自然和谐统一的氛围，不仅是画面之美，更多的是意象之美、韵味之美和融合之美。同时，还包含着诗赋、绘画、服装、道具之美，反映了优秀传统文化精髓，展现了朦胧唯美的艺术魅力。

唐代大画家张璪说："外师造化，中得心源。"造化和心源相结合，创造了一个鸟飞鱼跃、剔透玲珑的兴象世界，这就是美学意境。

汉字是美的，也是有哲学意义的。尤其是儒释道，赋予了汉字一些重要的美学概念和意境。每个汉字都是一首诗、一个故事、一段历史、一种哲学。从汉字到汉语，是一个更广远、更深邃的美学境域。在汉字的文学追求中，这种意境得到了相当充分的体现。

《红楼梦》中，"湘云醉眠"是一幅美丽的少女春睡图。

有声音、有色彩、有花香，包含着永动的生命，具有动静相生的辉映美。这就是人们常说的情景交融的美学意境。这是人与万物融为一体的世界，充满着美好与情感，是“美”与“真”的统一。

《红楼梦》的意境精深、精美，突出了审美与人生、审美与精神境界提升和价值追求的密切联系。文学本体就是意象，文学活动就是意象创造活动，它能引导人们去努力提升品质，追求一种更有意义、更有价值和更有情趣的写作快乐。

意境决定了写作厚度。运用色彩、道具、幽默和模糊表达等多种方式，借助超越具体的有限的物象、事件、场景，营造文章的美学意境，是一种创造。有限的是审美对象，无限的是与物无对的境界。

黄金莺巧结梅花络

——色彩的美学感官

色彩是绘画艺术中的重要元素，也是小说创作中的重要元素。

高尔基曾说："我所理解的'美'是各种材料——也是声调、色彩和语言的一种结合体。"《红楼梦》描绘了一个五彩缤纷的世界，鲜艳夺目的色彩，汇聚了大量的、精准的颜色词汇。据红学家统计，《红楼梦》使用颜色词多达 228 条，涉及红、绿、黄、青、紫、黑、白等多种色系，是中国历代文学作品中运用颜色词最多的。

《红楼梦》第三十五回，"黄金莺巧结梅花络"，被称之为色彩学经典，被人津津乐道。结络子，是中国古代传统的一种手工技艺。即用线绳打结，然后编织成袋子形状，可用来装东西，也可以作为装饰品。结络子，最讲究的是色彩的搭配。

“松花配桃红”是娇艳，“葱绿配柳黄”则显得淡雅。

色彩是视觉特性与客观存在相结合的一个心理物理量。有些颜色会使人感到温暖，如红、橙、黄色，称之为暖色调；有些颜色使人感到清冷，如蓝、青、紫色，称之为冷色调。色彩暖与冷的心理物理量属性，自然为小说创作提供了一种性格、情感、环境表达的载体。也就是说，借助色彩的冷暖属性，表现小说人世间的悲欢离合。

曹雪芹家从其曾祖父曹玺起，接连三代承袭“江宁织造”官职，自然十分熟悉服饰色彩。江南织造业五颜六色的纺织产品和生活画面，为《红楼梦》中的服饰色彩提供了丰富的蓝本。这种潜移默化的影响，让曹雪芹获得了大量的服饰与色彩的美学观念。他借助非语言符号——色彩，美化了小说故事，拓展了小说魅力，传递了艺术理念，令人赞叹不已。

《红楼梦》中的色彩运用极为美妙，其色彩配置也是匠心独运、奇妙无穷。曹雪芹运用大量的笔墨和篇幅，诠释色彩美学，表现色彩艺术。通过多层次的色彩表达、人物塑造、环境美化，提升了小说的美学品位和审美意境。

一、突出主题色彩引领，构筑韵味无穷的小说意境

一般而言，颜色搭配最忌讳红配绿。然而，曹雪芹偏偏就喜欢红绿搭配的色调，《红楼梦》中随处可见红绿组合之美。不管是先前的红香绿玉，还是后来的怡红快绿，以至于最后的桃红柳绿，一群穿红着绿的姑娘、小伙子，在大观园里彰显着

自己的多彩人生，构筑起韵味无穷的小说意境。

这正是曹雪芹赋予《红楼梦》的一种色彩力量。

光是色的源头，色是光的映照。突出主题色彩引领，凸现红绿搭配，做强放大色彩，美化人物背景，传递感情符号，喻示人物情感的碰撞与升华。字字实景，色色真情，给人以身入其境、心脉贯通和勾魂摄魄的深切感受。

1.《红楼梦》的红绿主色调

曹雪芹随美赋彩，在众多的颜色中，选择用红色与绿色作为全书的色彩主基调。红色代表吉祥喜庆，象征着激情、快乐与希望。绿色包含生命意义，象征着宁静、自然与活力。用桃红柳绿、穿红着绿来装扮这个“千红一窟”“万艳同杯”的红楼世界，自然是十分贴切的。特别是用热情奔放的红色，代表大观园青春王国的色彩符号，涌动着欢乐的激情，意味深长也。

《红楼梦》中的服装色彩令人叹为观止。红色提到的最多，一共出现了39种红色词汇，如大红、朱红、银红、猩红、桃红、绛红、水红、嫣红、飞红、石榴红、杏红、海棠红等。其次，就是绿色，数量仅次于红色，如葱绿、水绿、柳绿、豆绿、闪绿、翡翠、松花绿和秋香色等。

曹雪芹的笔下，曾多次出现一片红的场景。无论是渲染红的辉煌，还是展示红楼梦、怡红院“红”的魅力，年青貌美的女性服饰大多以红色为基调。林黛玉、史湘云，以及迎春、探春、惜春三姐妹，喜庆日子大都是“一色大红猩猩毡”。王熙凤的服饰描写出现过三次，其中有两次以红为主色。她初见林黛玉，穿的是“大红云缎窄褃袄”；她初见刘姥姥，穿的是“桃红的洒花袄”“大红洋绉银皮裙”。

红不仅是美的代表，也是高贵吉祥的象征。无论是在东方还是西方，红色都具有非常重要的地位与含义。

中世纪和文艺复兴时期的西方国家，红色和绿色的搭配是属于贵族的专享。中世纪教堂里的彩绘玻璃窗，充斥着对比度极高的色彩——红色、绿色和蓝色。它们搭配在一起，创造出了极其明亮的视觉效果，显得庄严、神圣。

封建社会的中国，大红是传统的“正色”，到过紫禁城的人印象最深的就是那远近层层的红墙、红柱、红门。朱红与金、碧交相辉映，方显皇家气派。在封建等级体系中，红色在黄色外围区分着皇权的内外，红色乃皇族或权贵重要的等级标志色彩。皇帝常服冠及便服帽头上则为红绒结顶，宫内皇后、皇妃的华服中都少不了红色，皇太子及诸王的常服袍为赤色。

康乾盛世，红色为当时较为流行的颜色，为贵族、平民所雅俗共赏。每逢喜庆节日，庶民百姓的穿戴也是大红大紫，显示出穿戴色彩的混杂性。《红楼梦》服装色彩的应用，蕴含着中国传统文化因子。大多是主子、奶奶和小姐们穿戴大红色，丫鬟们虽然也穿戴红色，但那红多是水红、银红、海棠红、石榴红。即便是已经取得半个主子资格的袭人，回家探亲也只能穿一件“桃红百花刻丝银鼠褂”。

从色彩搭配来看，曹雪芹尤其注重红与绿的对比，给人以视觉上的刺激感。色彩学的颜色混合定律表明，由于人类有三种视锥细胞，分别对红、绿和蓝光最敏感。红绿相配，是民间画诀中“红配绿看不足”的最佳搭配。其活泼、华丽的审美效果，成就了《红楼梦》的色彩主基调。

2.“红绿相配”的宝黛爱情

如果将宝黛爱情视为《红楼梦》的主线，那么红绿相配的小说主色调，就自然成了宝黛爱情的色彩意义。

曹雪芹将红色与绿色分别赋予小说男女主人公贾宝玉和林黛玉，让他们两人红中带绿、绿中带红。贾宝玉名为“怡红公子”，穿着“半旧红绫短袄，系着绿汗巾子”；林黛玉名为“潇湘妃子”，居住在翠竹之中，不时披一件“大红羽纱面白狐狸皮的鹤氅”。红绿二色，鲜艳夺目，美艳不已。

红色，很容易让人联想到太阳、火血的蕴意，成为贾宝玉心灵情感的载体。宝玉居住的怡红院，蕉棠两植，红香绿玉，象征着宝黛二人两情相悦、和谐幸福。红色的海棠喻示宝玉，绿色的芭蕉喻示黛玉，红绿相配，相依相伴。

第十七回，宝玉陪贾政巡游大观园，父子间有过一番关于红与绿的对话。宝玉道：“此处蕉棠两植，其意暗蓄‘红’‘绿’二字在内，若只说蕉，棠无着落；若只说棠，蕉亦无着落。固有蕉无棠不可，有棠无蕉更不可。”贾政道：“依你如何？”宝玉道：“依我，题‘红香绿玉’四字，方两全其妙。”

眼前的情景，“一入门，两边都是游廊相接。院中点衬几块山石，一边种着数本芭蕉；那一边乃是一颗西府海棠，其势若伞，丝垂翠缕，葩吐丹砂。”宝玉所说的“红香绿玉”，红绿自不待言，而“香玉”二字也是有着特殊含义的。后来，元春省亲时不喜赐名，命改为“怡红快绿”，赐名“怡红院”。

红色和绿色是互补色，相互间的反差最大。曹雪芹显然是想把这两种颜色协调统一起来，火红的生活，旺盛的生命，寄托对宝黛爱情的美好祝愿。这种鲜明的双色搭配，恰如其分地体现了曹雪芹的创作意图：让桃红柳绿充满整个红楼世界，为宝黛爱情生活衬托起艳丽的底色，装点着美好、欢乐的青春王国。

与此同时，曹雪芹还将红色与绿色涂抹在大观园里的丫鬟身上。让她们穿红绿、红青搭配的衣服，不厌其烦地变换着红与绿的搭配比例，恣意着另外一种生活姿态。

曹雪芹选择红与绿这组对比强烈的色彩作为主色调，显然是传统文化赋予的个性化意义。宝黛爱情是贾府家族生命的延续，穿红着绿符合他们的身份，也承载着继承家业、振兴家族的责任。

3. 贾母红与绿的美学

贾母可以说是《红楼梦》里的色彩学专家。

贾母的命运一直伴随着贾府的荣兴显达。她在贾府里拥有最高的显赫地位，有着至高无上的权威。生活中，她讲究华丽之美，追求色彩鲜亮的暖色美。她喜欢热闹，害怕寂寞。她最担心的是，素净的装扮成为生活中的一种预应。她沿用传统文化观念，结合自己的审美经验，构筑起洞察人情世故的审美趣味和色彩美学。

第四十回，贾母、王夫人带着刘姥姥逛大观园。贾母见窗上纱的颜色旧了，便和王夫人说道："这个纱新糊上好看，过了后来就不翠了。这个院子里头又没有个桃杏树，这竹子已是绿的，再拿这绿纱糊上反不配。我记得咱们先有四五样颜色糊窗的纱呢，明儿给他把这窗上的换了。”又说道，“明日就找出几匹来，拿银红的替他糊窗户。”

从这段关于红与绿的对话可见，贾母喜欢红绿相衬。在极具审美品位的贾母眼中，红与绿是最佳搭配。贾母喜爱桃红与绿纱、银红与松绿的搭配效果。依据贾母的审美体验，林黛玉居住的潇湘馆翠竹遍布，是绿的色彩，而糊窗的霞影纱就应该是银红色。这样在桃杏之花的红艳映衬下，绿纱才显得清明艳丽。深绿色的修竹，在银红的纱帘衬托之下，也就暖艳得多了。这种色彩映衬的意境之美，就是贾母心中的美学。

贾母爱美。她身边的丫鬟不仅要像鸳鸯那样聪明能干，长相穿戴也要赏心悦目。贾母让她们穿着红绫袄儿、青缎子背心，上身是红与青的搭配，下面再系上颜色图案不一的各式裙子。整齐中透出别致，差异中显出统一。这样，“穿红着绿”的丫头们，才算是达到了贾母美学的服饰效果。

二、赋予人物色彩符号，装扮五彩缤纷的小说画面

在《红楼梦》这座金碧辉煌的艺术殿堂里，人物服饰熠熠生辉、美不胜收。这些服饰之美，无论是在身份等级上，还是在款式、色彩上，都具有很高的审美价值。多姿多彩的人物服饰，装扮着五彩缤纷的小说画面。

曹雪芹通过赋予人物服饰的色彩符号，来对应表达人物的思想、情感和意志行为，表现不同人物的性格特征。经过多种

搭配后，呈现出服饰色彩的多样化。每种主色及色系，分别代表了人物的主要性格和次要性格。金陵十二钗，就有十二套色系，每套色系都有一个主色，用主色代表性格。读者观其色，就能感受出这个人物的性格特征。

1. 红色，贾宝玉的最爱

大红色，是贾宝玉热情开朗、天真活泼、自由开放的个性符号。

作为贾府的贵公子，红色主基调符合宝玉的身份。宝玉少年时自诩“绛洞花王”，并将自己的居所题为“绛芸轩”。后来住进“怡红院”，挂的是“红绡帐”，林黛玉称他为“怡红公子”。红色作为一种暖色调，也显示了宝玉的亲和力和温暖情感。

第三回，宝玉两次服饰亮相，均为红色装扮。第一次，他身穿“二色金百蝶穿花大红箭袖”；第二次，他身穿“银红撒花半旧大袄”“红丝结束”和“厚底大红鞋”。如此灿然红艳、色彩醒目的服饰，成为宝玉的精神象征。

第六十三回，丫鬟们为宝玉庆祝生日小聚。“宝玉只穿着大红棉纱小袄子，下面绿绫弹墨袷裤，散着裤脚，倚着一个各色玫瑰芍药花瓣装的玉色夹纱新枕头，和芳官两个先划拳。”

第一二〇回，贾宝玉看破红尘出走。贾政扶贾母灵柩到金陵安葬后返回，那天乍寒下雪，船泊在一个清净去处。“抬头忽见船头上微微的雪影里面一个人，光着头，赤着脚，身上披着一领大红猩猩毡的斗篷，向贾政倒身下拜。”

这些描写可见，从大红箭袖、大红棉纱小袄子到大红猩猩毡的斗篷，宝玉一生的穿戴，都是以大红作为主色调。

第三十五回，莺儿道："汗巾子是什么颜色的？"宝玉道："大红的。"莺儿道："大红的须是黑络子才好看；或是石青的才压得颜色。"宝玉道："松花色配什么？"莺儿道："松花配桃红。"宝玉笑道："这才娇艳。再要雅淡之中带些娇艳。"莺儿道："葱绿柳黄是我最爱的。"宝玉道："也罢了。也打一条桃红，再打一条葱绿。"

从颜色的搭配来讲，桃红与葱绿是宝玉的所爱。

宝玉不仅自己穿红色，而且对穿红色衣服的人也十分关心。

第十九回，（宝玉）"乃笑问袭人道：'今儿那个穿红的是你什么人？'袭人道：'那是我两姨妹子。'宝玉听了，赞叹了两声。袭人道：'叹什么？我知道你心里的缘故，想是说她那里配红的。'宝玉笑道：'不是，不是。那样的不配穿红的，谁还敢穿。'"

2. 绿与红，林黛玉的色彩符号

林黛玉喜爱绿色，兼之红色。

追根溯源，黛玉原本为天上灵河岸边的绛珠草下凡。绛为红色，草本为绿色，绛珠草即为红色的饱含泪珠的小草。绿的本源与红的草色结合，构成了黛玉的色彩符号。

绿色，象征着林黛玉纯洁、冷寂、悲凉的性格与命运。

林黛玉的"黛"，本就富有意味性。古代女子画眉的墨绿色称为"黛"，这正是林黛玉追求的色彩。她的雅号叫"潇湘妃子"，住在以墨绿色竹子为主色调的潇湘馆，窗户糊着碧纱。

“斑竹一枝千滴泪”的竹魂，正是林黛玉性格与气质的化身。

第四十回，林黛玉道：“我最不喜欢李义山的诗，只喜他这一句：‘留得残荷听雨声’。偏你们又不留着残荷了。”

从视觉来看，墨绿色的“残荷”，经受“风刀霜剑”摧残，带有病态的意境。而从听觉来欣赏秋雨，则另是一曲淅淅沥沥、凄凉悲哀的韵味。这恰如林黛玉多愁善感的心弦音律。

尽管林黛玉酷爱绿色，然而她爱宝玉，也就必然爱红色。

第八回，“一语未了，忽听外面人说：‘林姑娘来了。’……宝玉因见他外面罩着大红羽缎对襟褂子，因问：‘下雪了么？’地下婆娘们道：‘下了这半日雪珠儿了。’”

一身红妆，平添了几分动人春色，映衬了黛玉衣着的一贯风格。仿佛是“万红丛中一点绿”，既凸显出黛玉衣着的品位，又符合她希冀“红绿相配”的爱情意愿。

林黛玉穿红妆，咏桃花，甚至在题帕诗时的神态也是“只见腮上通红，真合压倒桃花”。

3. 淡色，薛宝钗的喜爱

薛宝钗的服饰大都以浅橙色、淡绿色为主，具有一种雅淡的含蓄美。

第八回，宝钗初次出场。“宝玉掀帘一迈步进去，先就看见薛宝钗坐在炕上作针线，头上挽着漆黑油光的髻儿，蜜合色棉袄，玫瑰紫二色金银鼠比肩褂，葱黄绫棉裙，一色半新不旧，看去不觉奢华。唇不点而红，眉不画而翠，脸若银盆，眼如水杏。”

宝钗的服饰颜色为蜜合色、玫瑰紫、葱黄色等，这些都是中性、不鲜亮的颜色。有些老气横秋的装束，反衬出她“唇不点而红，眉不画而翠”的天生丽质和青春风采。

同样在第八回，宝玉缠着要看宝钗的金项圈，“宝钗被缠不过，因说道：‘也是个人给了两句吉利话儿，所以錾上了，叫天天带着；不然，沉甸甸的有什么趣儿。’一面说，一面解了排扣，从里面大红袄上将那珠宝晶莹黄金灿烂的璎珞掏将出来。”

心思深沉的宝钗，外表的色彩永远是中性的，不张扬的。而内心则是热烈的、火红的。外冷内热，构成了薛宝钗的服饰色彩审美，体现她人际交往和心灵世界的深沉与复杂。从她的潜意识来理解，表面上追求“淡极”的人生色彩，实际是为了追求 “更艳”的显赫身份。

第三十五回，宝玉就打个络子，向宝钗讨教如何选色。宝钗道：“若用杂色断然使不得，大红又犯了色，黄的又不起眼，黑的又过暗。等我想个法儿；把那金线拿来，配着黑珠儿线，一根一根的拈上，打成络子，这才好看。”

大红，太热烈；黄色，太荣华，黑色，太幽暗，这三色皆为宝钗否定。唯有金线配黑珠儿，显得高雅冷色，表达了宝钗人生色彩的追求。贾宝玉是大红的开朗开放性格，而宝钗则是冷色的内向与孤默。

第七回，秃头和尚给薛宝钗说了一个海上方儿：春天开的白牡丹花蕊十二两，夏天开的白荷花蕊十二两，秋天的白芙蓉花蕊十二两，冬天的白梅花蕊十二两。

你瞧，就连所吃的中药都是白色的，这无疑是曹雪芹在特意强化薛宝钗对素雅色彩的喜爱。

宝钗服饰大多是蜜合、浅黄白、银鼠、洁白、葱黄、浅黄等颜色，与她温柔、随和、低调的性格契合。不见奢华，唯觉淡雅为审美特征的服饰，表达了薛宝钗品格端庄、独立自我的性格，符合她不争奇斗艳的大家闺秀风范。

4. 多色，王熙凤的风采

王熙凤的服饰以红色、金黄、黑色等多色系为主，呈现出五光十色的靓丽风采。

第三回，林黛玉初见王熙凤，“这个人打扮与众姑娘不同，彩绣辉煌，恍若神妃仙子：头上戴着金丝八宝攒珠髻，绾着朝阳五凤挂珠钗，项上戴着赤金盘螭璎珞圈；裙边系着豆绿宫绦，双衡比目玫瑰佩；身上穿着缕金百蝶穿花大红洋缎窄褃袄，外罩五彩刻丝石青银鼠褂；下着翡翠撒花洋绉裙。”

王熙凤优美的身段配以金黄、大红、翠绿的服饰，形成了青春健美、富贵快乐的审美效应。柔滑闪亮，俏丽风骚，真可谓“裙拖六幅湘江水”，与她的性格、身份相吻合。艳丽的色彩把凤姐的外貌烘托得更加美好，表明了她与众人不同的身份地位和完美的鲜亮形象。

细品《红楼梦》，曹雪芹笔下的每一个主要人物，都有属于自己的服饰颜色基调，以展示他们不同的性格特点。史湘云以粉红色系为主，元春以金黄鹅黄色系为主，迎春以淡绿淡黄色系为主，探春以粉绿、淡紫罗兰色系为主，惜春以灰绿加白色系为主，秦可卿以冷咖啡红、紫色色系为主，妙玉以绿灰白色系为主，巧姐以桃红色系为主，如此等等。

不仅主要人物如此，一些小角色的服饰色彩，曹雪芹也是毫不吝啬笔墨，精心描绘，十分讲究。

第六十三回，寿怡红群芳开夜宴，“当时的芳官满口嚷热，只穿着一件玉色红青酡绒三色缎子斗的水田小夹袄，束着一条柳绿汗巾，底下水红撒花夹裤，也散着裤腿”。娇滴滴的芳官，在艳丽的服饰色调的烘托下，跃然纸上，呼之欲出。

曹雪芹注重色彩，有许多人物竟然是依据服饰的色彩来取名的。如晴雯、小红、紫鹃、冯紫英、雪雁、碧痕、黄莺儿、素云、翠墨、樊素、嫣红、碧月等。

十二金钗中，寡妇李纨是一个没有色彩的人物。她与凤姐地位相等，都是荣国府的少奶奶。然而，一个女人没了丈夫，生活中就没有了色彩。红红绿绿的衣服，与她绝缘，胭脂花粉，都不能搽。第三回，李纨出场时，贾母对林黛玉说：“这是你先珠大哥的媳妇珠大嫂子。”她穿什么衣服，长什么模样，一个字都没说。后面写到李纨的服饰，也只是“一件青哆罗呢对襟褂子”。还有带发出家的妙玉，也没有一句话提及她的妆容和服饰。出家人清心寡欲，是不应该有色彩的。

毋庸置疑，注重人物服饰色彩描写，是《红楼梦》色彩艺术特色的一个极为重要的方面。曹雪芹以异彩纷呈的细腻笔触，把读者引进了一个美不胜收的服饰色彩大世界，令人称奇叫绝。

三、强化环境色彩表达，营造景象美好的小说氛围

曹雪芹继承和发扬了中国民间传统的审美观点，精心选取自然界中具有色彩特征的植物、诗人墨客喜欢咏颂的景物，如

翠竹、桃花、芭蕉、萝薜、垂柳、蔷薇、菊花，以及明月、洲渚和仙禽异鸟等作为表达对象，把这些大众熟悉的富有美感的植物和景物，进行巧妙构思，通过拟人化的色彩表达，借力环境色彩，表达人物的个性、情感，烘托小说背景，用色彩营造景象美好的小说氛围。

1. 用色彩涂染场景

曹雪芹通过鲜明的色彩表达，描绘小说风景和场景，向读者表达了一种具有丰富内涵的文化景致。

达尔文说："一定的颜色、形状及声音所引起的欢乐的感觉，乃与三者复杂意思及思想联锁有密切关系。"色彩作为象征符号的一种语言信息，通过人物、环境的表现，能够营造出一种特定的文化氛围，有助于小说整体效应的实现，呈现出具有一定深度的文化欣赏价值。

我们看到，林黛玉居住的潇湘馆，外景看去"一带粉垣，数楹修舍，有千百竿翠竹遮映"，室内"窗下案上设有笔砚，观书架，上放着满满的书"。这种外表素丽的装饰，实际上照应着林黛玉人生命运与人际冷寂空寞，映照出身后一片凄凉寂静的情景：惟有竹梢风动，月影移墙，好不凄凉冷淡。

黛玉进府时，凤姐特地送来一顶藕合色花帐。宝玉的怡红院里，悬挂的是大红销金撒花帐子。探春的住所秋爽斋，则是葱绿双绣花卉草虫纱帐。薛宝钗的蘅芜院，是青纱帐幔，以及贾母游园时吩咐给换上的水墨字画白绫帐子。不同住所的花帐，就有多种不同的色彩，表达出各自主人的审美情趣。帐子的色彩既与卧室布置相匹配，也从另一个侧面反映了人物的性格特征和文化素养，形成了一种特有的文化场景。

第四十回，贾母趣谈窗纱色彩。贾母（对凤姐儿）笑道："你能够活了多大，见过几样没处放的东西，就说嘴来了。那个软烟罗只有四样颜色：一样雨过天晴，一样秋香色，一样松绿的，一样就是银红的，若是做了帐子，糊了窗屉，远远的看着，就似烟雾一样，所以叫作'软烟罗'。那银红的又叫作'霞影纱'。如今上用的府纱也没有这样软厚轻密的了。"

贾母讲的这番话，概念来历之确切、色泽种类之明细，绝不仅仅是在唠叨色彩的搭配，分明是曹雪芹借色彩之说，强化人物对话的场景氛围。

第四十回，贾母领着刘姥姥游园来到蘅芜苑。室内只有可数的几件物品，如奇草仙藤、数枝菊花、书与茶杯、青纱帐幔等。薛宝钗居住的环境色彩淡雅、朴素大方，但文化感觉很美好。

说来有趣，宝玉挨打的场景，曹雪芹也没放过色彩的涂染。第三十三回，王夫人抱着宝玉，只见他面白气弱，底下穿着一条绿纱小衣皆是血渍，禁不住解下汗巾看，由臀至胫，或青或紫，或整或破，竟无一点好处……

试想一下，如果那天宝玉穿着一条红纱小衣，红色的血渍就无法显现了。红与绿的强对比，还有苍白的脸、青色和紫色的伤痕等，强烈的色彩感官刺激，勾画出宝玉挨打场景的凄切。

2. 用色彩衬托景物

生活因色彩而美丽，世界因色彩而灿烂。

曹雪芹充满激情、呼唤生命的色彩观，是建立在对自然界万事万物无比热爱基础上的“随美赋彩”。他所追求的“不似之似”的艺术境界，是对客观事物的概括、取舍和调节，创造出的高于生活的艺术之美；是通过对色彩的放大、渲染，描绘出的高于原物的景物之美；是以色显形的创作意象，表现出的独特的气韵之美。由此，引发读者对景物形态和色彩美学的丰富联想和思维扩展。

第十七回，贾政巡游大观园。这里佳木葱茏，奇花烂漫，有红棠绿蕉、色彩鲜艳的怡红院；有杏吐霞光、黄泥土墙的稻香村；有味香气馥的蘅芜苑。曹雪芹引导读者一路走来：“一面引人出来，转过山坡，穿花度柳，抚石依泉。过了荼蘼架，再入木香棚，越牡丹亭，度芍药圃，入蔷薇院，出芭蕉坞，盘旋曲折。”

在这里，曹雪芹的植物色彩学知识得到了尽情尽致的发挥。一路的景物地名，全都是以植物为名，有色彩、有动感，有植物、有花卉，色彩烘托景物、景物点缀场景，真乃美不胜收。

行走在大观园里，有“曲径接天台之路”“绿叶成荫子满枝”的自然景观，也有“苔锁石纹容鹤睡”“井飘桐露湿栖鸦”的宁静秀色，还有“帘卷朱楼罢晚妆”“依槛人归落翠花”的佳人孩儿，交相辉映，和谐交融，好一幅色彩适度、人景相宜的美丽画卷。

大观园中的地名也让色彩凸显。如怡“红”院、“紫”菱洲、滴“翠”亭、栊“翠”庵、凸“碧”堂等，引导读者直觉上先入为主，对小说环境产生一定的色彩定位，从而实现美的意境构建。

第五十回，“贾母笑着，搀了凤姐的手，仍旧上轿，带着众人，说笑出了夹道东门，一看四面粉妆银砌，忽见宝琴披着凫靥裘站在山坡背后遥等，身后一个丫鬟抱着一瓶红梅。众人都笑道：‘少了两个人，他却在这里等着，也弄梅花去了。’贾母喜的忙笑道：‘你们瞧，这山坡上配上他的这个人品，又是这件衣裳，后头又是这梅花，象个什么？’众人都笑道：‘就象老太太屋里挂的仇十洲画的《艳雪图》。’贾母摇头笑道：‘那画的那里有这件衣裳？人也不能这样好！’一语未了，只见宝琴背后转出一个披大红猩毡的人来。”

粉妆银砌、一瓶红梅、艳雪图、大红猩毡，如此鲜艳的景物色彩，对比分明，耀眼夺目，既衬托了画面背景，也表达了人物心情，营造出特定环境里的色彩氛围。

与此同时，曹雪芹十分注重环境色彩与人物服饰颜色的搭配，构成一幅风景与人物和谐相处的美妙画面。

第五十一回，平儿笑道：“你拿这猩猩毡的。把这件顺手拿将出来，叫人给邢大姑娘送去。昨儿那么大雪，人人都是有的，不是猩猩毡就是羽缎羽纱的，十来件大红衣裳，映着大雪好不齐整。”

如此绚丽多彩的服饰，缤纷耀目的色彩和素然优美的环境，组合成为一个有机的统一体，折射出人物各自审美心态，实现了色彩在文学表现中的深层文化融合。

第四十九回，下大雪了，宝玉与姑娘们商议赏雪作诗。“出了院门，四顾一望，并无二色，远远的是青松翠竹，自己却如装在玻璃盒内一般……回头一看，恰是妙玉门前栊翠庵中有十数株红梅如胭脂一般，映着雪色，分外显得精神，好不有趣！”

旷野中，天地间，白雪红梅，青松翠竹，反差分明地渲染着人物服饰的争奇斗艳；有人有花，有雪有香，有庵有松，视觉的快感，嗅觉的美感，令人心境明快、舒畅、轻然。人物与景物交融，浑然一体，意味深长。浓妆淡抹，协调相宜，巧妙地勾勒出具有中国画意境的浓烈色彩情趣图景。

3. 外貌与服饰色搭配

服饰是人物形象重要的人工装饰。人物外貌（如身段、五官、肤色等）与服饰的颜色，关系微妙。服饰是人类文明穿着打扮的重要的外在形式，自古就有“三分长相七分打扮”之说。

色彩美化人的外貌，是服饰美学的重要内容。贾宝玉以堂堂须眉在大观园脂粉堆里享有盛誉，有一条很重要的原因，就是他帅气容貌、身段与艳丽服饰色彩的协调。

第七十八回，宝玉陪父亲外出做客回来。“宝玉满口里说‘好热’，一壁走，一壁摘冠解带，将外面的大衣服都脱下来麝月拿着，只穿着一件松花绫子夹袄，袄内露出来血点般大红裤子来。”“秋纹将麝月拉了一把，笑道：‘这裤子配着松花色袄儿，石青靴子，越显出这靛青的头，雪白的脸来了。’”

宝玉的这套服饰之所以产生了很好的审美效果，关键是注重了人物外貌与服饰色彩的搭配。首先，这是因为乌发与白脸，即黑与白是两种远距离的颜色，对比明显，形成反衬，能使黑者更黑，白者更白。其次，松花色与大红色又从整体上与脸相衬，映出脸的白皙和粉嫩。

诚然，服饰的色彩还必须讲究与季节的搭配。季节不同，气候不同，自然界的色调也就不同。美的服饰必须满足不同的功利目的，又要求与环境协调。贾宝玉冬季的服饰颜色，或“大红色”，或“茄紫色”，或“荔枝色”，都是重、深的色调，属暖色，冬日里能使人产生温暖的感觉。而贾宝玉夏天服饰颜色，或“藕荷色”，或“石青色”，或“松花色”，都是浅、淡的色调，属冷色，夏日里能使人产生凉快的感觉。曹雪芹把服饰的功利目的和审美追求有机地结合在一起，呈现出很时尚、很协调的美学境界。

失去幽灵真境界

——道具的美学运用

就写作技巧而言，道具运用是一种艺术。

道具本是戏剧术语，它是指戏剧演出过程中所用的物件，如佩剑、长鞭、字画等。道具是戏剧的一个重要表现手段，具有不可或缺的作用。小说是戏剧的文字形式，自然与戏剧有许多共同点，也势必要运用到一些道具，在小说中赋予某些特殊的功能和含义。

道具是一个灵动的物件。聪明的作家都十分重视道具运用，凸现小说主题，营造文学意境，寄寓创作意图，揭示人物命运等。由此，引发戏剧性的心灵震撼，让小说好看、耐看。

《红楼梦》第八回，《嘲顽石幻相》诗颔联写道："失去幽灵真境界，幻来亲就臭皮囊。""顽石幻相"表面指的是"通灵宝玉"，实际指的是贾宝玉。宝玉原本是青埂峰下的一块石头，由于凡心炽动，才幻化成“通灵宝玉”，托生人间。石头离开了清幽灵秀的真境界，见识了红尘的浮华，成为宝玉悲喜人生的道具。

《红楼梦》里的道具使用，范围广泛，方式灵活。可以是一条手帕、一把扇子、一个头饰，也可以是一缕炊烟、一个眼神、一抹微笑。同一个道具形式，可以只出现一次，也可以反复出现；可以接连出现，也可以相隔很久才出现；可以单独出现，也可以与其他物件一起出现。表现多样，妙趣横生，全在于作者的雅致与故事表达的需要。

一、借助“通灵宝玉”，展开“人玉一体”的故事主线

玉文化是中国最古老的传统文化之一。古人以玉为尊、以玉为宝，这是中国几千年玉文化的积淀，也是中华民族区别于其他民族的特色文化，深深地影响着中国人的思想观念和行为准则。

玉文化范围广泛，其文化含义延伸到社会生活中的各个层面，不仅为老百姓所钟爱，也成为历代文人学士诗情画意的重要题材。《红楼梦》中，玉文化更是得到了尽善尽美地体现，让“通灵宝玉”充当起贯穿全书的核心道具，穿针引线，传情达意，着力展开“人玉一体”的故事主线。

1. 通灵宝玉

曹雪芹将贾宝玉衔玉问世的“通灵宝玉”，作为小说的核

心道具，宝不离身，时隐时现，自始至终。它既是贾宝玉身份的象征和富贵的标志，又是他神秘、玄幻的饰品，乃至是他人物活动的重要载体。

《红楼梦》第一回，原来女娲氏炼石补天之时，于大荒山无稽崖炼成高经十二丈、方经二十四丈顽石三万六千五百零一块。娲皇氏只用了三万六千五百块，只单单剩了一块未用，弃在此山青埂峰下。这块石头自经锻炼，不知过了几世几劫，受天地之精华，得雨露之滋养，灵性已通，由僧念咒，大展巫术，幻形为“通灵宝玉”。由此，引出了历尽悲欢离合炎凉世态的一段故事。

《红楼梦》第一现场的目击者、践行者和笔录者都是石头。一块已通了灵性的石头，一块被二仙化作扇坠大小的美玉。曹雪芹借用天地造化之精——玉石，来塑造贾宝玉和众多冰清玉洁的女儿形象。以美玉作为创作载体，以玉喻人，人玉一体，创造了一个从顽石到宝玉再到顽石的循环叙事过程。

第八回，“宝钗托于掌上，只见大如雀卵，灿若明霞，莹润如酥，五色花纹缠护。”寥寥几字，精致地描绘出通灵玉之形，表露出它的不凡。同时用图示的方法，直观地描绘出玉石正面镌刻着“莫失莫忘，仙寿恒昌”八字篆文，背面刻着“一除邪祟，二疗冤疾，三知祸福”十二字篆文。

紧接着，又假托莺儿之嘴泄露“金玉良缘”的天机，继而引出宝钗金锁上的“不离不弃，芳龄永继”的“吉利话儿”。而开卷中早已点明，这是一本以“怀金悼玉”为主题的小说，从而印证了古人对金玉的看重与推崇。“好知运败金无彩，堪叹乖时玉不光”，这宝玉与金锁，既魂索着四大家族的富贵荣华，更是他们“一损俱损”的精神象征。

这块宝玉，被贾府视之如命。贾府的最高统治者贾母直言不讳地宣称：“通灵宝玉是贾宝玉的命根子！”当这块美玉丢失时，贾府顿时乱作一团，惊慌不已，以悬赏万两白银的天价，以求找回宝玉。在贾府中，金山银山不稀奇，而这块宝玉就是无价之宝。同宝玉相比，银子又算什么呢？“也不过是多使几两银子罢了”。由此从深层次表明，宝玉不仅是贾宝玉和贾府的命根子，也是整个封建社会的命根子。

让通灵宝玉遇上金项圈，意在展开“金玉姻缘”的悲剧，于是成就了贾宝玉心中最大的不自在。到底是金玉姻缘，还是木石前盟？置身于贾府中，婚姻就是家族政治势力的重组和强化。宝玉有玉，而黛玉这位神仙似的妹妹竟无玉，宝钗有金项圈，史湘云有金麒麟。冥冥之中，天意之间，磕磕绊绊，真真假假，纠缠出无比辛酸的故事。

通灵宝玉的神奇性，还体现在它总是出现在小说的“大过节”处，出现在人物命运的关键期，搅动得高潮迭起，推动着小说故事的发展。

第一回，甄士隐“梦幻识通灵”，看破红尘出家；第三回，宝黛初会，宝玉摔玉；第八回，宝钗金锁比宝玉，竟然八字相同；第二十五回，宝玉凤姐“魇魔法”，僧道用通灵宝玉“除邪祟”……如此等等，精彩绝伦的通灵宝玉故事，一幕一幕，扣人心弦，令人叹为观止。

宝玉“悬崖撒手”之时，也是通灵宝玉归彼大荒之日。通灵宝玉以重新化作顽石，形质归一，同第一回埋下的伏笔“携入红尘，引彼登案”，前后呼应，圆满地结束了通灵宝玉由顽石变幻入世、历经尘劫后重化原形的轮回。

2. 以玉为美

《红楼梦》原名《石头记》，讲述的是一块石头的故事。

美石为玉。美玉，温润而色泽鲜明。

古人认为，玉代表一切美好和有德行的东西，象征着温和、纯洁和高尚。玉是有灵性的，是精灵的化身。通灵宝玉背面所刻“除邪祟”“疗冤疫”“知祸福”等文字，明显来自于古代的玉为神圣、祥瑞之物的说法。这源自于“佩玉可护身解困、扶危保平安、医病治毒、避邪消灾”的传统文化习俗。

《红楼梦》有着大量的“以玉为美”的描写，流淌着美玉文字的浓厚气息。曹雪芹十分重视用美以玉来形容美好的人物，用以玉组成的文字、词汇、诗句、成语，来描写和形容人物的面貌和神态，表达人物的素质美、心灵美、肌体美、形体美和气质美。

《红楼梦》中的两位重要人物宝玉、黛玉，均以“玉”字命名。还有妙玉、红玉、玉钏、蒋玉菡以及刘姥姥信口胡诌的茗玉等，也都有一个珍贵的“玉”。金陵贾家公子与江南甄府公子，皆不约而同起名“宝玉”。这种“以玉为宝”的文化理念，承载着玉的神圣与尊严。

第一回，用生得“粉妆玉琢”比喻英莲貌美；第五回，用“冰清玉润”“香培玉琢”形容警幻仙姑像冰一样清澈，像玉一样洁白温润，如同用香料滋养、精雕细琢的美玉一样；《枉凝眉》中，称颂贾宝玉“美玉无瑕”，始终保持着无邪之心的可贵品质，像玉一样洁白、通透、光亮，具有永恒的生命力。《世难容》中，形容妙玉“好一似，无瑕白玉遭泥陷”，比喻“仕宦之家”的千金小姐好像那没有斑点的白玉陷泥潭。第十五回，形容北静王为“面如美玉，目似明星，好秀丽人物”等。

第十八回，大观园题诗，比喻贾元春是皇宫中玉堂人，鲜花都要向宫中美人献媚。第三十七回，偶结海棠社，形容探春“玉是精神难比洁”、黛玉“碾冰为土玉为盆”、宝钗“淡极始知花更艳，愁多焉知玉无痕”，都是用冰清、洁白的玉，来象征和烘托人物的娇艳和美好。第七十八回，贾兰题写七绝“姽婳将军林四娘，玉为肌骨铁为肠”，形容巾帼女将军林四娘肌骨如玉般的光洁，赞美她意志像钢铁一般坚强。

3. 以玉示物

佩戴、摆放玉件，是一种生活品位和身份象征。以玉比喻自然界万物，比喻美好的物件，在曹雪芹的笔下，比比皆是，不胜枚举。

譬如说，怡红院常用的琥珀杯、缠丝白玛瑙盘子；妙玉平时吃茶用的绿玉斗；湘云赠袭人几个大丫头的绛纹石戒指……这些玉制物件，在《红楼梦》中都是信手拈来。

第一回，贾雨村的《对月有怀诗》中，用“蟾光如有意，先上玉人楼”形容美人的住所为“玉人楼”；第三回，黛玉初见凤姐，恍若神妃仙子：“头上戴着金丝八宝攒珠髻”“裙边系着豆绿宫绦，双衡比目玫瑰佩”；第四回“葫芦僧判葫芦案”中，门子呈给贾雨村的护官符中描写贾府：“贾不假，白玉为堂金作马。”用珍稀、昂贵的玉石来砌住宅厅堂，用黄金铸马，比喻贾府的豪华富贵、官高爵显；第五回，用“雪照琼窗玉作宫”，形容警幻仙姑住处光彩夺目。用“玉液浓斟琥珀杯”，比喻杯装美酒；第十八回，用“秀玉初成实”，形容竹子的美好与结实；第二十八回，宝玉与蒋玉菡初次相见，以玉玦扇坠送之。

第三十八回，林黛玉咏蟹“螯封嫩玉双双满”，形容大螯丰满的嫩肉好像白玉一般；第四十回，用“双瞻玉座引朝仪”，比喻皇帝的宝座；第四十八回，香菱的《咏月诗》“试看晴空护玉盘”，形容夜空中像玉盘一样的明月；第七十六回，湘云的“香新荣玉桂”，形容十五的圆月中的桂花及散发的清香；妙玉的“冰脂腻玉盆”，形容白玉似的水盆；第七十九回，贾宝玉的“吹散芰荷红玉影”，比喻色彩鲜艳光泽似玉的荷花。

诚然，这些美好的物件还包括深情的诗句、多情的泪水和喜庆的场面。第十八回，李纨题《文采风流》中，用“珠玉自应传盛世”来赞美元春珠玉般的诗句。第三十四回，林黛玉的《题帕诗》，用“抛珠滚玉只偷潸”，形容如珠似玉的多情泪水。第六十二回，用“玉动珠摇”，描述贾府大厅欢快热闹的喜庆场面。

二、借助生活小道具，穿梭于人物日常生活托物言志

《红楼梦》里除贯穿全书的“通灵宝玉”大道具外，还有许多传神的小道具，如手帕、扇子、人参等。这些独特的小道具，穿梭于小说人物的日常生活之中，成为小说的重要组成部

分，托物言志、以小见大、点化传神，丰满人物形象，活跃故事情节。

1. 手帕拭泪别样情

《红楼梦》中，手帕是经常出现的小道具。

黛玉的前世是灵河岸边的绛珠草，得益于顽石“日以甘露灌溉”，得换人形。她投胎人世，追随神瑛侍者，就是要以眼泪偿还灌溉之情。因此，黛玉有着流不尽的眼泪，随时都要准备用手帕来拭泪。

在宝黛爱情中，曹雪芹通过摔帕、赠帕、忆帕、焚帕等细节，充分发挥了手帕示情、释情及传情的道具作用。

第二十八回，宝玉看见宝钗雪白一段酥臂，比林黛玉另具一种妩媚风流，不觉就呆了。“只见林黛玉蹬着门槛子，嘴里咬着手帕子笑呢。宝钗道：‘你又禁不得风吹，怎么又站在那风口里？’林黛玉笑道：‘何曾不是在屋里的。只因听见天上一声叫唤，出来瞧了瞧，原来是个呆雁。’薛宝钗道：‘呆雁在那里呢？我也瞧一瞧。’林黛玉道：‘我才出来，他就‘忒儿’一声飞了。’口里说着，将手里的帕子一甩，向宝玉脸上甩来。宝玉不防，正打在眼上，‘嗳哟’了一声。”

“咬着手帕子”这几个字，实在是写得太妙了。吃醋了，怎么办？总不能说黛玉此时咬牙切齿吧，写咬手帕多有情趣啊！一是用手帕作掩饰，化解了笑的尴尬，二是手帕暂代替了心中的醋瓶子。

林黛玉临时诌出来的“呆雁”，表面上说的是天上的“呆雁”，实际上话里头挖苦的是宝玉这个出神地看着宝钗、忘了接香串子的“呆子”。她戏谑性地把手帕朝宝玉脸上摔去，此时，手帕作为黛玉手里的爱情道具，形象地展示了林黛玉因爱生妒、因妒而怒的小女人心态。

第三十四回，黛玉趁无人之时，偷偷前来探视挨打后的宝玉。宝玉悄悄命晴雯送两块旧帕给黛玉。晴雯道：“这又奇了。他要这半新不旧的两条手帕子？他又要恼了，说你打趣他。”宝玉笑道：“你放心，他自然知道。”晴雯听了，只得拿了帕子往潇湘馆来。晴雯道：“二爷送手帕子来给姑娘。”黛玉听了，心中发闷：“做什么送手帕子来给我？”因问：“这帕子是谁送他的？必是上好的，叫他留着送别人罢，我这会子不用这个。”晴雯笑道：“不是新的，就是家常旧的。”

宝玉送帕，意在为黛玉拭泪，更是劝其止泪，他心疼她的身子。然而，宝玉不送新的，偏送旧的，不送一条，偏送两条，更是大有深意之举。林黛玉心领神会，不由得情意绵缠，研墨蘸笔，走笔两块旧帕，成就了著名的《题帕三绝句》。旧帕者，“就怕”也。意思是说，就怕你不放心，哭坏了身子！旧手帕，还有感情依旧的意味。两条手帕，一对儿也。暗指宝玉期盼着两人能够成双成对、永结同心。在此，手帕成为最具感染力的释情道具。以手帕为媒，升华了宝黛爱情的心灵之恋。

小红和贾芸之间的爱情，也是由一条手帕引起的。曹雪芹通过找帕、梦帕、还帕等一系列相互关联的情节，将红芸间微妙委婉的爱情故事娓娓道来，描摹出了一个地位低贱却机巧智慧的少女形象。

第二十七回，滴翠亭外的宝钗，无意中听到亭内坠儿与红玉的对话："你瞧瞧这手帕子，果然是你丢的那块，你就拿着；要不是，就还芸二爷去。"又有一人说话："可不是我那块！拿来给我罢。"又听说道："你拿什么谢我呢？难道白寻了来不成。"又答道："我既许了谢你，自然不哄你。"又听说道："我寻了来给你，自然谢我，但只是拣的人，你就不拿什么谢他？"又回道："你别胡说。他是个爷们家，拣了我的东西，自然该还的。我拿什么谢他呢？"

当小丫头坠儿拿着贾芸的手帕还给小红时，小红接受了这方手帕，也接受了对方的爱情。尽管两位主人公从未有机会相对倾吐真情，但通过两方手帕的传递，让他们获得了隐约、隐秘的爱情，心潮涌动，似春江激流。

2. 扇子轻摇半遮面

扇子是中国民俗文化中最具代表性的物件之一。作为中国古代的礼仪用具和常备的生活用品，扇子蕴藏着丰富的文化内涵。古人衣袍宽大，常将扇子置于袖中或胸口处，随身携带。由此，扇子又有"怀袖雅物"的别号。

《红楼梦》中的扇子，是一个灵动的道具，出现频次极高。在前八十回中，扇子直接出场便有 40 多处。以扇子为道具，刻画了薛宝钗、贾宝玉、林黛玉、晴雯、贾赦、贾琏、贾雨村、石呆子、平儿等多个人物的不同性格。同时，灵动的扇子也为人物故事的发展作了相应的伏笔与铺垫。

第二十八回，元春赏赐给贾府各位亲人的端午节礼物就有扇子。宝玉、宝钗的礼物是"上等宫扇两柄，红麝香珠二串，凤尾罗二端，芙蓉簟一领”，而给其他妹妹的就只有“扇子和数珠”。不同的礼物规格，反映了元春的情感，特别是对宝、钗婚事的态度。此处的扇子，不仅仅是礼仪用品，而是一种传递感情、表明态度的道具。

第三十一回，晴雯收拾宝玉衣物时不慎将扇骨摔断，正值气头上的宝玉出言训斥了两句，“心比天高”的晴雯当即回嘴反击，两人大吵了一架。事后，宝玉主动向晴雯求和，表示不就是一把扇子么，“千金难买一笑”。晴雯听了，笑道：“既这么说，你就拿了扇子来我撕。我最喜欢撕的。”宝玉听了，便笑着递与他。晴雯果然接过来，嗤的一声，撕了两半，接着嗤嗤又听几声。宝玉在旁笑着说：“响的好，再撕响些！”正说着，只见麝月走过来，笑道：“少作些孽罢。”宝玉赶上来，一把将他手里的扇子也夺了递与晴雯。晴雯接了，也撕了几半子，二人都大笑。

在这里，以扇子作道具，通过晴雯撕扇，衬托出晴雯的任性与单纯，也表明了宝玉的宽容与仁爱。晴雯撕扇的任性表达，为后面的悲剧做好了铺垫。

晴雯撕的应该是折扇。这种扇子形状与团扇相近，扇面可以自由卷合，系于腰间携带，出入怀袖。扇面有书画，扇骨多为雕琢，是古代文人雅士的宠物。折扇款式多样，还有男女款之分。男式折扇谓之文扇，女式折扇谓之坤扇。

第四十八回，爱好收藏扇子的贾赦，得知落魄秀才石呆子家有二十把名贵的旧扇，便跟中了魔似的，让儿子贾琏一定要搞到手。平儿咬牙骂道：“据二爷说，原是不能再有的，全是湘妃、棕竹、麋鹿、玉竹的，皆是古人写画真迹，因来告诉了老爷。老爷便叫买他的，要多少银子给他多少。偏那石呆子说：‘我饿死冻死，一千两银子一把我也不卖！’……谁知雨村那没天理的听见了，便设了个法子，讹他拖欠了官银，拿他到衙门里去，说所欠官银，变卖家产赔补，把这扇子抄了来，作了官价送了来。”

这里的扇子道具，巧妙地折射出了官场的黑暗。同时，从另一个侧面，反映了古代文人雅士对扇子的钟情与执着。

3. 人参，人生的谐音

人参是一味中药，在《红楼梦》里却是一个道具。

人参出现的次数非常多，几乎贯穿全书。每一次出现，都伴随着贾府的兴衰、人物的跌宕，折射出贾府的经济由盛到衰的过程。借物说事，以小见大，人参的每一次出现，都是为衬托人物性格、表达主题服务的。

第三回，林黛玉进贾府，众人见黛玉身体面庞怯弱不胜，便知她有不足之症。黛玉说：“如今还是吃人参养荣丸。”贾母说：“正好，我这里正配丸药呢，叫他们多配一料就是了。”此时的贾府，经济条件非常好，贾母认为配人参养荣丸是区区小事，多配一些就是。

第十回，秦可卿生病，张友士开的药方以人参为主。贾珍道：“他那方子上有人参，那用前日买的那一斤好的罢。”此时，贾府经济仍然很好，不但经常要买人参，而且买的都是好人参。

第十一回，王熙凤趁去宁国府参加贾敬的寿庆，看望病中的秦可卿。王熙凤说："什么病治不好呢？咱们若是不能吃人参的人家，这也难说了；你公公婆婆听见治得好你，别说一日二钱人参，就是二斤也能够吃的起。"

第十二回，贾瑞生病了，医生说要吃"独参汤"，其祖父贾代儒只得往荣府来寻。"王夫人命凤姐秤二两给他，凤姐回说：'前儿新近都替老太太配了药，那整的太太又说留着送杨提督的太太配药，偏生昨儿我已送了去了。'王夫人道：'就是咱们这边没了，你打发个人往你婆婆那边问问，或是你珍大哥哥那府里再寻些来，凑着给人家。吃好了，救人一命，也是你的好处。'凤姐听了，也不遣人去寻，只是将些渣末泡须凑了几钱，命人送去。"

秦可卿生病与贾瑞生病，两者之间本无联系。但是，曹雪芹借助人参这个道具，将他们联系起来。这时的贾府，人参是比较常见的东西，各房里都有。但是，王熙凤借助人参，表明了她爱憎分明的态度。她爱秦可卿，再多的人参也有。她恨贾瑞，就只能给他人参的渣末。

第四十五回，林黛玉与薛宝钗有一番关于人参的对话。宝钗道："昨儿我看你那药方上，人参桂肉觉得太多了。虽说益气补神，也不宜太热。"黛玉说："请大夫，熬药，人参肉桂，已经闹了个天翻地覆，这会子我又兴出新文来熬什么燕窝粥，老太太、太太、凤姐姐这三个人便没话说，那些底下的婆子丫头们，未免不嫌我太多事了。"

黛玉这席话，表明她已经不敢奢求什么人参、燕窝了。人参这个道具暗示，此时的贾府经济已经开始下滑。

第七十七回，凤姐病未大愈，要配调经养荣丸，需用上等人参二两。凤姐说："也只有些参膏芦须。虽有几枝，也不是上好的，每日还要煎药里用呢。"王夫人没法，只得亲身过来请问贾母。贾母忙命鸳鸯取出当日所余的来，竟还有一大包，皆有手指头粗细的，遂称二两与王夫人。王夫人出来交与周瑞家的拿去令小厮送与医生家去，又命将那几包不能辨得的药也带了去，命医生认了，各包记号了来。

一时，周瑞家的又拿了进来说："这几包都各包好记上名字了。但这一包人参固然是上好的，如今就连三十换也不能得这样的了，但年代太陈了。这东西比别的不同，凭是怎样好的，只过一百年后，便自己就成了灰了。如今这个虽未成灰，然已成了朽糟烂木，也无性力的了。"

在这里，曹雪芹借用人参道出了贾府的衰落，竟然连一支配药的人参也找不出来了。同时，以百年人参成了灰，比喻贾府的败落已成气候。

此外，《红楼梦》还根据故事情节的发展需要，适时设置一些一次性的小道具。第二十三回，宝玉、黛玉沁芳闸桥边读《会真记》，越读越喜爱。这本《会真记》就是个一次性的小道具，宝玉借两人读书的场景、感慨，捅破了两人之间的一层纸，道出了宝黛爱情的心声。

三、借助服饰道具，表现人物身份、个性和故事情节

服饰，是装饰人体外在物的总称。包括服装、鞋、帽、袜子、手套、围巾、领带、提包、阳伞、发饰等。《红楼梦》中的人

物服饰，样式繁多，四季分明，从头到脚，从里到外，一应俱全。

众所周知，服装对于戏剧角色的作用是很重要的。当服饰作为戏剧道具时，其功能表现在依托人物来表达它个性的生命语言，明确地界定了角色所处的时代、身份、地位、性格。在漫长的封建社会，每个朝代的服饰体制都表现了等级差别和礼仪要求，体现出一定社会和阶级的审美追求。

《红楼梦》中人物服饰，就是贾府这幕大戏里的戏剧道具。这些服饰华丽、时尚、富贵，通过不断地穿脱、变换，来表达人物的身份、个性、好恶、穷富等，以及迷茫、犹豫、挣扎、惶恐等心理状态，甚至暗示人物今后的命运。

服饰道具的审美与制作是一种艺术。曹雪芹为他笔下人物设计的服饰，从颜色、质感、式样、制作工序和戏剧效果等多方面来看，都是很有一番考究的。不管是在体制上，还是在款式、色彩上，都具有很高的审美价值。透过那多姿多彩的服饰，看到了这部不朽巨著艺术成就的又一个方面。

1. 服饰显示人物身份

在原始社会，人类衣禽兽之皮，主要是从功利的目的出发，为了护体和保暖。随着人类文明程度的不断提高，服饰的审美因素也日益增加。进入了阶级社会后，又逐步形成了一系列的服饰礼仪体制。

《红楼梦》极为重视人物服饰，通过色彩斑斓的描写，既让读者从视觉上感受到美的存在、美的意义，同时也凸显了人物性格、身份和社会地位。

第三回，王熙凤首次出场，头饰以金黄为主调，与以大红为主调的服装造成红黄对比，艳丽夺目，给人以威赫华贵之感。年轻漂亮，气质高雅，洋溢着青春的气息。富丽堂皇的服饰，把凤姐的外貌烘托得更加姣美，也与其泼辣直率的性格、位高权重的身份相吻合。

第十五回，宁府大殡浩浩荡荡，年未弱冠的北静王坐大轿鸣锣张伞而来。他的服饰是“头上戴着洁白簪缨银翅王帽，穿着江牙海水五爪坐龙白蟒袍，系着碧玉红鞓带”，这绝不是生活中的穿戴，而是戏剧性的表达，意在显示其身份和地位。

人物服饰的道具功能在于，让人能一眼就看出其经济状况的好坏和身份地位的尊卑。穷困的人穿不起华美服饰，曹雪芹也不愿多费笔墨。贾雨村当年还是一个寄住在葫芦庙的穷儒时，曹雪芹只用“敝巾旧服”四个字，就刻画出了这个落魄文人的潦倒。邢岫烟虽为小姐，无奈家道艰难，只能着“家常旧衣”，连冬天也穿得“很单薄”。寥寥几笔，邢岫烟寄人篱下的窘境就一目了然了。

2. 服饰表现人物个性

服饰显示人物性格。

俗话说，穿衣戴帽，各有所好，就是这个道理。

第四十九回，踏雪赏红梅。“黛玉换上了掐金挖云红香羊皮小靴，罩了一件大红羽纱面白狐狸里的鹤氅，束一条青龙闪绿双环四合如意绦，头上罩了雪帽”，越发显得她的洁白与纯洁；“薛宝钗穿一件莲青斗纹锦上添花洋线番羓丝的鹤氅”，富而不张扬；“邢岫烟仍是家常旧衣，并无避雪之衣”，可见之贫困，没钱买新衣服和御寒的衣服；“独李纨穿一件青哆罗呢对襟褂子”，因为她是一个寡妇，自然是着装朴素；而史湘云呢，“穿着贾母与她的一件貂鼠脑袋面子大毛黑灰鼠里子里外发烧大褂子，头上带着一顶挖云鹅黄片金里大红猩猩毡昭君套，又围着大貂鼠风领”“里头穿着一件半新的靠色三镶领袖秋香色盘金五色绣龙窄褙小袖掩衿银鼠短袄，里面短短的是一件水红装缎狐肷褶子，腰里紧紧束着一条蝴蝶结子长穗五色宫绦，脚下也穿着麀皮小靴”。因为她是史家的姑娘，有贾母疼爱，加之性格开朗，服饰自然是华丽、富贵、大气。

贾府姑娘们的穿戴是身份的象征，也是个性、爱好的表达。从某种意义上讲，也是家境条件所决定的。

第六十五回，面对贾珍、贾琏的轻薄，“这尤三姐松松挽着头发，大红袄子半掩半开，露着葱绿抹胸，一痕雪脯。底下绿裤红鞋，一对金莲或翘或并，没半刻斯文。两个坠子却似打秋千一般，灯光之下，越显得柳眉笼翠雾，檀口点丹砂”。

这万分撩人的场景，弄得贾珍、贾琏欲近不能，欲远不舍，迷离恍惚，落魄垂涎，戏弄人者反被人戏弄。尤三姐是一个性情刚烈的女子，以摧毁服饰、毁灭形象的壮举，以毒攻毒，对不守规矩男子的反抗。通过对服饰扭曲和破坏，把尤三姐狂傲不羁、豪爽刚烈的性格刻画得入木三分，显示了她不甘受辱的顽强反抗精神。

《红楼梦》人物服饰的道具功能，还显示了人物的地位和阶级性。碰到正规的礼仪场合，如见官和上朝，就严格依清例穿戴。贾元春才选凤藻宫，贾政一得到消息，便急忙“更衣入朝”谢恩。元春省亲本是回娘家，但因她是皇妃，全家自贾母起“俱按品大妆”恭候。虽然没有正面写贾政“更”的是什么“衣”，贾母等的“大妆”如何，但可以肯定是按照清朝的服饰制度穿戴的。

3. 服饰搅活细节

服饰的戏剧道具功能，还体现在故事细节中，借物生情，搅活细节。

第五十二回，晴雯夜补雀金裘，是《红楼梦》中很有分量的一场戏。贾母把一件珍贵的雀金裘披风送给宝玉，这是来自哦啰斯国的礼物。宝玉穿着出门见客时，不小心被溅起的火星给烧出了一个洞。织补匠没人认识这种布料，更没人敢揽下这个活。晴雯心细、手工活好，她抱病织补，成就了“勇晴雯病补雀金裘”的佳话。在这里，雀金裘披风不是穿在身上的衣物，而是一个典型的展示故事情节的道具。

第五十一回，袭人回家探母。凤姐赶紧找来华丽的衣服叫袭人穿上，戴上王夫人送来的首饰。显然，曹雪芹的表现意图在于，一是以服饰显示地位。二是以服饰丰满细节。在王夫人的眼里，当时袭人就是贾宝玉的妾，让袭人穿上华贵的服饰，不仅是对她身份的认可，而且重要的是代表着贾府的形象。凤姐、王夫人给袭人送服饰，是真情，也是在演戏。可见，有理的服饰穿戴表达，仍然有着道具意义。

老刘，食量大似牛

——幽默的美学趣笔

《红楼梦》百读不厌，其幽默的美学趣笔，是很重要的因素。幽默，意在有趣、可笑而意味深长。幽默，是一种智慧艺术。

《红楼梦》幽默风趣的语言特点，主要表现在诙谐的口语化俗语、好玩有趣的笑话、戏谑的人名称呼，以及自嘲自谦、打趣揶揄的人物对话，成功地表达了一种生活乐趣和写作智慧。

《红楼梦》第四十回，贾母邀请刘姥姥游大观园。饭桌上，凤姐偏拣了一碗鸽子蛋放在姥姥桌上。刘姥姥便站起身来，高声说道："老刘，老刘，食量大似牛，吃一个老母猪不抬头。"令在场的所有人无不是笑态百出。

刘姥姥的这句话，成为《红楼梦》中最幽默的一句经典。

中华民族是一个长于幽默的民族，是喜欢笑声的。"幽默"一词，最早出现于屈原《九章·怀沙》中：眴兮杳杳，孔静幽默。

这里的“幽默”，释义是安静。现在所指的“幽默”则是英文“humour”的音译，1924 年由国学大师林语堂先生引入中国。

曹雪芹是一个不乏幽默感的人。他继承了中华民族的幽默传统，发扬了美学传统中的幽默趣笔，把风趣、智慧与幽默融合在一起，寓庄于谐，寓理于趣，营造气氛，升华意境；把幽默情趣落笔于小说人物身上，性格鲜明，千姿百态，极富个性和感染力。

清代文学家、戏剧家李渔所著的《李笠翁曲话》认为，《红楼梦》“于嘻笑诙谐之处，包含绝大文章”。脂砚斋更是再三称之为“极趣之文”，可见曹雪芹是一位幽默大家。

《红楼梦》中包含着丰富的幽默内容，涉及众多的人物、事件。据统计，仅前八十回就达 70 多例。《红楼梦》幽默艺术手法主要表现在三个方面：一是突出个性，塑造多面立体的人物形象；二是丰富情节，增强小说的故事性、喜剧性；三是化解尴尬，活跃叙事场景气氛。

一、人物语言的幽默表达，彰显了智慧风趣的生动个性

《红楼梦》塑造了 500 多个千姿百态的人物形象，其中自然少不了富有幽默感的“笑星”。他们是大家的开心果，是人际关系中的润滑剂。笑料、笑果和笑的表达，让贾府的空气活色生香，充满着人间烟火气的滋味。幽默风趣的语言，彰显了智慧乖巧、直爽坦荡、生动鲜明的人物个性。

1. 笑星刘姥姥

刘姥姥是一个技艺高超的喜剧演员。作为一个乡村老妇人，她历尽风雨，饱经忧患，因此变得人情练达，世事洞明。刘姥姥几进荣国府，笑声不断，笑话百出，不但赢得了贾母、王夫人的欢心，也让大观园的姑娘、奶奶们痛痛快快笑了多场。由此，刘姥姥获得了丰厚的回报，满载而归。显然，这是一种乡下老人的智慧。

第四十回，贾母宴请刘姥姥。刘姥姥吃鸽子蛋，搞笑一桌人。“凤姐儿笑道：‘一两银子一个呢，你快尝尝罢，那冷了就不好吃了。’刘姥姥便伸箸子要夹，那里夹的起来，满碗里闹了一阵好的，好容易撮起一个来，才伸着脖子要吃，偏又滑下来滚在地下，忙放下箸子要亲自去捡，早有地下的人捡了出去了。刘姥姥叹道：‘一两银子，也没听见响声儿就没了。’众人已没心吃饭，都看着他笑。”

刘姥姥进大观园，笑声四起，大伙乐呵。细想刘姥姥的许多话语，并非刻意讨好，不过是将庄稼人的本色夸张地演绎了一下，形成了别开生面的幽默。这些深宅大院里的富贵体面人，感受到了从未有过的新鲜，才会忍不住捧腹大笑，不亦乐乎。

2. 黛玉的开口笑

黛玉给读者的印象，总是哭哭啼啼。其实，她说话很有幽默感。别看黛玉平时不怎么说话，她一旦开了口来，不是叫你哑口无言，就是惹你开怀大笑。如果她能一直开心快乐下去，那该多好啊。可是黛玉就是黛玉，与众不同的一代佳人。

第二十二回，贾母给薛宝钗过生日，内院中搭起了小戏台。看戏的时候，宝玉和宝钗两人说说笑笑的，黛玉心生醋意，于是说了一句经典的话："安静看戏罢，还没唱《山门》，你倒《妆疯》了。"她借用折子戏的戏名，调侃宝玉和宝钗，引得湘云在旁边也笑了。

第三十一回，晴雯因为跌折了扇子惹得宝玉不高兴，结果晴雯和宝玉、袭人闹得不可开交。宝玉要撵晴雯，众人跪在地上求情，哭的哭，闹的闹。黛玉正好进门碰见，笑道："大节下怎么好好的哭起来？难道是为了争粽子吃争恼了不成？"一句话，逗得宝玉和袭人破涕为笑。一场风波消弭于无形。黛玉的幽默无处不在，她简直成了段子手。

第四十二回，贾母让惜春画大观园，大家忙着为她准备作画工具，宝钗拿着单子念，宝玉一旁提笔记。当宝钗念道"实地纱一丈，生姜二两，酱半斤"时，黛玉忙道："铁锅一口，锅铲一个。"宝钗道："这作什么？"黛玉笑道："你要生姜和酱这些作料，我替你要铁锅来，好炒颜色吃的。"众人都笑了起来。

接着，黛玉看了宝玉记下的单子，笑着拉探春悄悄的道："你瞧瞧，画个画儿又要这些水缸箱子来了。想必他糊涂了，把他的嫁妆单子也写上了。"探春"嗳"了一声，笑个不住。羞得宝钗把黛玉按在炕上，又要拧他的脸。宝钗说不过黛玉，几回都要去拧黛玉的脸。这就是黛玉可爱的另一面。

由此可见，黛玉说话充满着机敏与诙谐，难怪她写起诗来总是才思敏捷的。

3. 爱打趣的凤姐

曹雪芹笔下的凤姐，是个热闹之人，她走到哪儿，就把笑声带到哪儿。

趣话本身有趣，但须由善讲趣话的人讲，才妙趣横生。凤姐善讲趣话，不仅突出了她聪明乖巧的性格，还因为她常把机趣作为媚上的手段，便使她的性格更深了一个层次。

第四十七回，凤姐陪贾母斗牌的趣笔，把凤姐逢迎媚上表现得惟妙惟肖。未斗牌她先算命，算算该输多少，说贾母左右设下了埋伏。凤姐指着贾母素日放钱的一个木匣子笑道："姨妈瞧瞧，那个里头不知顽了我多少去了。这一吊钱顽不了半个时辰，那里头的钱就招手儿叫他了。"偏有平儿怕钱不够，又送来五吊来。凤姐儿道："不用放在我跟前，也放在老太太的那一处罢。一齐叫进去倒省事，不用做两次，叫箱子里的钱费事。"

凤姐如此打趣贾母，贾母不仅不生气，反而乐呵呵的。因为凤姐深得其心，极尽奉承热闹之能事。她的话尽管泼辣，却很乖巧。趣笔让凤姐性格立体化、鲜活起来。

4. 幽默睿智的贾母

贾母是贾府中最有福气的老祖宗。她富贵逼人、德高望重，幽默与睿智并存。

第五十三回，宁国府举办新年祭祀。祭祀完毕，贾母要走，尤氏急忙挽留，让贾母吃了饭再走。贾母笑道："你们这里供着祖宗，忙的什么似的，哪里搁得住我闹，况且每年我不吃，你们也要送去的，不如还送了去，我吃不了，留着明儿再吃，岂不多吃些。”

作为贾府的老祖宗，她有的是山珍海味，显然不在乎多吃多占。然而，老太太偏偏说了这么一句幽默话，既说明了自己不能留下的理由，又给了尤氏充足的面子，还让大家都顺带乐呵了一下。

第五十七回，紫鹃虚构“黛玉明年回扬州”，来试探宝玉的心，导致宝玉“急痛迷心”。贾母知悉原委，不禁流泪感慨。这时，林之孝等前来看望，宝玉把林之孝说成是来接林黛玉的林家人，“大闹着要打出去”。

贾母听了，也忙说：“打出去罢。”又忙安慰说：“那不是林家的人。林家的人都死绝了，没人来接他的，你只放心罢。”宝玉哭道：“凭他是谁，除了林妹妹，都不许姓林的！”贾母道：“没姓林的来，凡姓林的我都打走了。”一面吩咐众人：“以后别叫林之孝家的进园来，你们也别说‘林’字。好孩子们，你们听我这句话罢！”众人忙答应，又不敢笑。

面对痴情的宝玉，顺势而言，充满幽默感，可见贾母睿智过人。

二、人物、事件的幽默叙述，增强了妙不可言的趣味性效果

《红楼梦》是一个大舞台，尽情地上演着人间悲喜剧。在这个舞台上，人物出场时常借用古典戏曲场面，或妙趣横生的

语言，或搞笑顽皮的动作，让一些干巴、乏味的人和事，变得滑稽可笑起来。特别是从那些表面看来似乎毫无联系的事物中，通过寻找相似点，以此喻彼，相映成趣，活跃了情节气氛，化解了尴尬场面，增强了小说妙不可言的趣味性效果。

1. 制造诙谐，添加滑稽调笑色彩

诙谐，即诙谐逗趣，语言滑稽且略带嘲弄的意味。

诙谐手法，就是运用超乎常理的方式方法，幻想、表现生活中的可笑之处。或借助传说中的鬼神对话，或借助现实中的荒谬事，调侃世情百态，构筑、推进故事情节。

第十六回，秦钟之死。秦钟已发过两三次昏了，许多鬼判持牌提索来捉他。秦钟苦苦求情。“正闹着，那秦钟魂魄忽听见‘宝玉来了’四字，便忙又央求道：‘列位神差，略发慈悲，让我回去，和这一个好朋友说一句话就来的。’众鬼道：‘又是什么好朋友？’秦钟道：‘不瞒列位，就是荣国公的孙子，小名宝玉。’都判官听了，先都唬慌起来……众鬼见都判如此，也都慌了手脚……只得将秦魂放回。”

这个索命的场景幽默逗趣，阴间的判官和小鬼竟然也害怕阳间“运旺时盛的人”。都判官道：“俗话说的好，‘天下官管天下事’，自古人鬼之道却是一般，阴阳并无二理。”这是多么滑稽可笑啊。

这场秦钟的灵魂与鬼魂的对话，调侃搞笑，人鬼逼真。曹雪芹采用诙谐手法，借鬼神之语，讽刺、鞭挞旧制度、旧官场，表达一种批判精神，揭示深刻主题。

第四十六回，鸳鸯女誓绝鸳鸯偶。鸳鸯去花园散心，遇见平儿，平儿则以“新姨娘来了”来打趣她；当鸳鸯把平儿、袭人作为知己，说出自己不愿的内心时，平儿道：“你既不愿意，我教你个法子，不用费事就完了。”鸳鸯道：“什么法子？你说来我听。”平儿笑道：“你只和老太太说，就说已经给了琏二爷了，大老爷就不好要了。”鸳鸯啐道：“什么东西！你还说呢……”袭人笑道：“他们两个都不愿意，我就和老太太说，叫老太太说把你已经许了宝玉了，大老爷也就死了心了。”

初看这是三个丫头间的斗嘴打趣，其实是一组冷幽默表达。平儿、袭人的法子，充满了嘲弄的味道，实际上是一种自谑，通过制造痛苦来解脱痛苦，组合成含义深刻的谐谑情节。

2. 装傻充愣，糊涂学的运用

装傻充愣，掩东藏西，答非所问，是一种糊涂学智慧。利用语言的歧义性和模糊性，故意错解对方的说话，说东答西。或利用一些傻的举动，让人啼笑皆非，由此产生幽默感，出奇制胜。

第二十一回，凤姐的女儿出痘疹好了，贾琏搬回屋住。凤姐见了贾琏，便问平儿：“拿出去的东西都收进来了么？”平儿道：“收进来了。”凤姐道：“可少什么没有？”平儿道：“我也怕丢下一两件，细细的查了查，也不少。”凤姐道：“不少就好，只是别多出来罢？”平儿笑道：“不丢万幸，谁还添出来呢？”凤姐冷笑道：“这半个月难保干净，或者有相厚的丢下的东西：戒指，汗巾，香袋儿，再至于头发，指甲，都是东西。”一席话，说的贾琏脸都黄了。

此时，平儿心如明镜，她知道琏二爷干了啥，也知道凤姐想说啥，却一味地装傻充愣，振振有词，与凤姐对答如流，形成幽默效应，令人忍俊不禁。

第七十三回，傻大姐拾得五彩绣香囊。“原来这傻大姐年方十四五岁，是新挑上来的与贾母这边提水桶扫院子专作粗活的一个丫头。只因他生得体肥面阔，两只大脚作粗活简捷爽利，且心性愚顽，一无知识，行事出言，常在规矩之外。贾母因喜欢他爽利便捷，又喜他出言可以发笑，便起名为呆大姐，常闷来便引他取笑一回，毫无避忌，因此又叫他作‘痴丫头’。”

常言道，演戏的是疯子，看戏的是傻子。傻大姐出场，本身就是一台戏，不演就让人发笑。正因为她傻，才把“两个人赤条条的盘踞相抱”认为是“两个妖精打架”，才敢拿来“太太请瞧一瞧”。也许她并不是有意装傻充愣，而是一种单纯的表现，但正是傻大姐的率真，造就了一种人生幽默，堪称无所畏惧的最高境界。

3. 声东击西，出奇制胜战术

这是一种不正面接话的手法。言在此而意在彼，回避冲突，巧妙解围，以求绝处逢生。

第九回，贾政问李贵，宝玉到底念了些什么书！吓得李贵忙双膝跪下，摘了帽子，碰头有声，连连答应“是”，又回说：“哥儿已念到第三本《诗经》，什么‘呦呦鹿鸣，荷叶浮萍’，小的不敢撒谎。”说的满座哄然大笑起来。贾政也撑不住笑了。

“呦呦鹿鸣，食野之苹。”本是《诗经·小雅》中的句子。尽管李贵不识字，但他天天跟着宝玉，听宝玉读《诗经》，应该早就听熟了里面句子的。李贵读成“呦呦鹿鸣，荷叶浮萍”，显然是有意为之，声东击西，以求讨贾政一笑。李贵的幽默，化解了宝玉、李贵遭受贾政责骂的尴尬。

第四十四回，贾琏和鲍二家的偷情，被凤姐抓了现行。贾母痛骂贾琏，让贾琏给凤姐赔礼。贾琏不想认错，想责难凤姐，可又不敢直接说。于是，贾琏来了个声东击西。他便笑道：“老太太的话，我不敢不依，只是越发纵了他了。”贾母笑道：“胡说！我知道他最有礼的，再不会冲撞人。他日后得罪了你，我自然也作主，叫你降伏就是了。”

这祖孙俩的对话，一唱一和，十分默契。一个扯东说西，一个言外有音，让贾琏化被动为主动。

第五十七回中，薛姨妈与宝钗、黛玉、紫鹃说起贾母给宝玉定亲的事，薛姨妈有意无意说出黛玉与宝玉是“四角齐全”“好姻缘”的话。紫鹃忙也跑来笑道：“姨太太既有这主意，为什么不和太太说去？”薛姨妈哈哈笑道：“你这孩子，急什么，想必催着你姑娘出了阁，你也要早些寻一个小女婿去了。”

聪明的薛姨妈，并没有上紫鹃的套，而是巧妙地调转了话题，以攻为守，打趣紫鹃，变被动为主动，从而解脱了自己。

4. 贬褒并举，含蓄表达见解

明为贬损，实为褒扬，这是一种幽默技巧。

有些不便直说的话，不妨从相反的角度，藏起语锋，软化语意，含蓄委婉地表达自己的见解。如此拐弯抹角，既便于听者接受，又可以化解彼此的尴尬。

王熙凤与长辈说话，十分善于运用转弯艺术，或褒扬在先，趣说不足；或看似为贬，实则为褒。

第三十八回，贾母说起自己幼时，失足落水被木钉碰破，鬓角留下“指头大一块窝儿”。凤姐不等人说，先笑道：“那时要活不得，如今这大福可叫谁享呢！可知老祖宗从小儿的福寿就不小，神差鬼使碰出那个窝儿来，好盛福寿的。寿星老儿头上原是一个窝儿,因为万福万寿盛满了,所以倒凸高些来了。”

贾母所说的“窝儿”，即疤痕，应该是“陋处”。然而，凤姐指“陋”说“美”，虚贬实褒，巧妙奉承，充满谐趣。

第四十六回，贾赦企图霸占贾母的侍女鸳鸯，贾母大发脾气，埋怨那些儿子孙子儿媳孙媳都在哄她骗她算计她，连凤姐、王夫人都遭到责难。凤姐儿笑道：“我倒不派老太太的不是，老太太倒寻上我了？”“谁教老太太会调理人，调理的水葱儿似的，怎么怨得人要？我幸亏是孙子媳妇，我若是孙子，我早要了，还等到这会子呢。”

气头上的贾母，本是怒火中烧。王熙凤逆势而上，竟然公开“贬损”贾母。表面为“贬”，实质为“褒”。其结果是，赢得了贾母的高兴，缓和了氛围，打破了尴尬，也就形成了谐趣。

三、种类多样的幽默表现，活跃了插科打诨的喜剧性气氛

幽默是一种修养，也是一种写作品质。

幽默的表现方式没有一定之规，但有两条要义：一是要有趣，二是要有味。幽默决不等同于一般的说笑话开玩笑，重在有趣味。幽默者必然机智，而机智幽默的表达，则是多种多样的，或灵机一动，或悟出心得。幽默来自于生活，严肃中说“趣话”，荒唐中讲“好话”，严肃与荒唐结合，在矛盾对立中引爆出欢快的笑声。

所谓幽默表达，有时候只需要在日常所习惯的表达方式上，做一些小小的变通，或变动一个字，或谐音一个词，立刻就会妙语迭出。这就好比一个魔方，稍微转动一个角度，就是一方新天地。种类多样的幽默表达，嬉笑怒骂皆成文章，活跃了小说插科打诨的喜剧性氛围。

1. 习俗闹趣

借用习俗，影射和喻示现实情景，或打趣搞笑，或讥讽嘲弄，直抒胸臆，求得一乐。

《红楼梦》具有很高的文学品位，但曹雪芹并不是一味追求曲高和寡的高雅，倒是在极力摒弃恶俗的基础上，化俗为雅，化恶为美，把谐趣升华为庄严。

第二十五回，凤姐送两瓶茶叶给林黛玉，黛玉连声道谢。凤姐笑道：“你要爱吃，我那里还有呢。”林黛玉道：“果真的，我就打发丫头取去了。”凤姐道：“不用取去，我打发人送来就是了。我明儿还有一件事求你，一同打发人送来。”林黛玉听了笑道：“你们听听，这是吃了他们家一点子茶叶，就来使唤人了。”凤姐笑道：“倒求你，你倒说这些闲话，吃茶吃水的。你既吃了我们家的茶，怎么还不给我们家作媳妇？”众人听了一齐都笑起来。

同一个茶字，黛玉用的是一般义，凤姐用的是特殊义。旧俗受聘，谓之下茶、吃茶。“种茶下子，不可移植”的茶文化，隐含“娶妻生子”与“守贞不移”的意思。茶作为男方下聘女方的聘礼，故“吃了茶”即“允了亲”，如此说黛玉，当然引笑众人。

第二十回，宝玉为丫头麝月篦头。“宝玉笑道：‘咱两个作什么呢？怪没意思的，也罢了，早上你说头痒，这会子没什么事，我替你篦头罢。’麝月听了便道：‘就是这样。’说着，将文具镜匣搬来，卸去钗钏，打开头发，宝玉拿了篦子替她一一的梳篦。只篦了三五下，只见晴雯忙忙走进来取钱。一见了他两个，便冷笑道：‘哦，交杯盏还没吃，倒上头了！’宝玉笑道：‘你来，我也替你篦一篦。’晴雯道：‘我没那么大福。’说着，拿了钱，便摔帘子出去了。”

交杯酒、上头，都是旧时婚礼习俗。新婚夫妇换杯饮酒，叫吃“交杯盏”。旧时女子出嫁梳发髻，叫上头，表示由姑娘变成了媳妇。

2. 自骂戏谑

用自嘲、罚咒，表明心迹，用诙谐有趣的话，缓解气氛。戏谑行为的动机很简单，就是满足某种心理需求。

第二十三回，宝玉戏语惹怒黛玉，宝玉着了急：“若有心欺负你，明儿我掉在池子里，教个癞头鼋吞了去，变个大忘八，等你明儿做了‘一品夫人’病老归西的时候，我住你坟上替你驮一辈子的碑去。”

第二十六回，薛蟠假冒宝玉之父名义骗宝玉出来喝酒，宝玉很生气。薛蟠忙道：“好兄弟，原来为求你快些出来，就忘了忌讳这句话。改日你也哄我，说我的父亲就完了！”宝玉道：“嗳，嗳，越发该死了。”

宝玉、薛蟠的自骂戏谑，尽管有些油滑粗俗，但是一种真诚的表达，令人发笑，也就具有了幽默的雅趣。他们急于取得对方原谅，又不知说何方好，语无伦次，自骂戏谑，也是一种性格流露。

第三十九回，贾母对刘姥姥说：“什么福，不过是个老废物罢了。” 古代读音有“反切”之说，即用两个汉字相拼给一个字注音，切上字取声母，切下字取韵母和声调。如“福”的读音，可以用“废”的声母加上“物”的韵母读出来的。由此，贾母用“废物”自嘲，其实是一种高雅的幽默。

3. 谐音谐趣

谐音曲解常生谐趣，形成幽默。

第四十七回：凤姐陪贾母玩牌，贾琏找来。贾母道：“什么好下流种子！你媳妇和我顽牌呢，还有半日的空儿，你家去再和那赵二家的商量治你媳妇去罢。”说着，众人都笑了。鸳鸯笑道：“鲍二家的，老祖宗又拉上赵二家的。”贾母也笑道：“可是，我那里记得什么抱着背着的，提起这些事来，不由我不生气！”

“抱”“背”谐对，隐含着贾母指责贾琏的暧昧，且又把因奸致命不当一回事。无疑是一种充满谐趣的表达。

第四十六回，鸳鸯抗婚，嫂子来劝导。鸳鸯听说，立起身来，照他嫂子脸上下死劲啐了一口，指着他骂道："什么'好话'！宋徽宗的鹰，赵子昂的马，都是好画儿。什么'喜事'！状元痘儿灌的浆儿又满是喜事。"宋徽宗以画鹰见长，赵子昂善画马。这里的话画同音，由同音相谐而生谐趣。

第六十一回，王夫人屋里丢了玫瑰露和茯苓霜，断定是五儿偷了，将她关了起来。五儿急的便说："那原是宝二爷屋里的芳官给我的。"林之孝家的便说："不管你方官圆官，现有了赃证，我只呈报了，凭你主子前辩去。"此处以"方"谐"芳"，再缀以"方"之反义字"圆"，"芳—方—圆"均为谐音，实为一"体"。连贯而用，产生奇妙诙谐的效果。

第二十八回，黛玉找宝玉吃了闭门羹，宝玉赔罪不已。黛玉道："你的那些姑娘们也该教训教训，只是我论理不该说。今儿得罪了我的事小，倘或明儿宝姑娘来，什么贝姑娘来，也得罪了，事情岂不大了。"说着抿着嘴笑。第五十二回，小丫头坠儿偷镯子事发。宋嬷嬷因笑道："虽说如此，也等花姑娘回来知道了，再打发他。"晴雯道："宝二爷今儿千叮咛万嘱咐的，什么'花姑娘''草姑娘'，我们自然有道理，你只依我的话，快叫他家的人来领他出去。"

"宝贝"成词，"花草"连属，这里的宝姑娘、贝姑娘，花姑娘、草姑娘，显然都是因谐音连成的谐趣。

4. 对偶寻趣

对偶，是用字数相等、结构相同、意义对称的一对短语或句子，来表达两个相对应或相近意思的修辞方式。对偶句式看起来整齐美观，读起来节奏铿锵，便于记诵。由此及彼，活泼语言，造就幽默感。

第十六回，凤姐责怪贾琏把“外人”看作“内人”，拿皮肉倒往那些不相干的外人身上贴。凤姐笑道:“可不是呢,有‘内人’的他才慈软呢，他在咱们娘儿们跟前才是刚硬呢！”“内人”与“外人”相对偶，且语带双关，讥讽贾琏分不清内外。

第二十六回，薛蟠在酒宴上说他看到一幅“庚黄”的画，“真真好的了不得”。众人听了都不知“庚黄”为何许人，最后还是宝玉猜着了，薛蟠是将“唐寅”误读为“庚黄”。众人取笑他，薛蟠只觉没意思，自我原谅说：“管他什么‘糖银’与‘果银’”。此处的对偶表达，在搞笑的同时，也调侃了薛蟠的无知与粗鄙。

第二十八回，宝玉说药名。王夫人道：“前儿大夫说了个丸药的名字，我也忘了。”宝玉道：“我知道那些丸药，不过叫他吃什么人参养荣丸。”王夫人道：“不是。”宝玉又道：“八珍益母丸？左归？右归？再不，就是麦味地黄丸。”王夫人道：“都不是。我只记得有个‘金刚’两个字的。”宝玉扎手笑道:“从来没听见有个什么‘金刚丸’。若有了‘金刚丸’，自然有‘菩萨散’了！”说的满屋里人都笑了。

左归与右归，金刚丸与菩萨散，都是很典型的对偶幽默。

5. 闲笔趣笔

所谓闲笔，一般是指文学作品中非主线情节的文字。《红楼梦》处处有闲笔，如书启、书信、灯谜、酒令等。

用闲笔穿针引线，刻画个性，活跃场景，妙趣横生，将小说润色得张弛有度、有滋有味。

第二十二回，元宵节后，元妃与荣府的小姐、少爷们互送谜语相猜。元妃派太监来颁赐奖品，独迎春、贾环没得到。且又听太监说：“三爷说的这个不通，娘娘也没猜，叫我带回问三爷是个什么。”贾环十分难堪。贾环的灯谜是：“大哥有角只八个，二哥有角只两根，大哥只爱床上坐，二哥爱在房上蹲。”谜底是枕头与兽头。谜如其人，以枕头的草包与兽头的卑劣，指喻贾环很是贴切。

第二十八回，宝玉、薛蟠、蒋玉菡、云儿在冯紫英家聚宴。宝玉提出行酒令，他拿起海来一气饮干，说道：“如今要说悲、愁、喜、乐四字，却要说出女儿来，还要注明这四个字原故。”薛蟠的酒令是：“女儿悲，嫁了个男人是乌龟。”“女儿愁，绣房撺出个大马猴……”曲子是：“一个蚊子哼哼哼，两个苍蝇嗡嗡嗡。”此酒令实在是龌龊不堪。就这样一个酒令，薛蟠还是“登时急的眼睛铃铛一般，瞪了半日”才吭吭哧哧挤出来。此处闲笔，点缀了薛蟠胸无点墨、浪荡放纵的纨绔子弟形象。

两处闲笔，异曲同工。贾环与薛蟠，真乃是难兄难弟。

第四十二回，黛玉问惜春：“我且问你，还是单画这园子呢，还是连我们众人都画在上头呢？”惜春道：“原说只让画这园子的，昨日老太太又说，单画个园子成个房样子了，叫连人都画上，就像行乐似的才好。”黛玉道：“人物还容易，你草虫上不能。”李纨道：“你又说不通的话了，这个上头那里又用的着草虫？或者翎毛倒要点缀一两样。”黛玉笑道：“别的草虫不画罢了，昨儿‘母蝗虫’不画上，岂不缺了典！”众人听了，又都笑起来。黛玉一面笑的两手捧着胸口，一面说道："你快画罢，我连题跋都有了，起个名字，就叫作《携蝗大嚼图》。"众人听了，越发哄然大笑，前仰后合。

在这里，林黛玉用的是"春秋笔法"，把市俗的粗话，撮其要，删其繁，再加润色比方出来，形成趣笔，引得笑声。

诚然，闲笔所写的趣笔，并非与故事情节、小说主题毫无关系。通过闲笔幽默搞笑，使人物形象更鲜明、更性格化。同时，闲笔也是活跃气氛的催化剂。

6. 方言、笑话成趣

借助方言、笑话，歪引斜连，形成趣谈，增加情趣。

《红楼梦》幽默风趣的语言特点，还表现在方言、笑话上。让古老的东西，跃动着新的生命，给现代人提供借鉴的哲理和生活智慧。

第四十四回，凤姐生日，贾琏私会鲍二家的，引发凤姐与贾琏的激烈冲突。贾母笑道："什么要紧的事！小孩子们年轻，馋嘴猫儿似的，那里保得住不这么着。从小儿世人都打这么过的。都是我的不是，他多吃了两口酒，又吃起醋来。"说的众人都笑了。

这就是歪引斜连，一句"馋嘴猫儿似的"方言，就很轻松地打发了小两口的这场争斗，让冲突烟消云散。由"酒"与"醋"食物关系的挂连，引出婚性妒忌的取笑话题。

第四十回，刘姥姥逛大观园。"刘姥姥让出路来与贾母众人走，自己却赶走土地。琥珀拉着他说道：'姥姥，你上来走，仔细苍苔滑了。’刘姥姥道：‘不相干的，我们走熟了的，姑娘们只管走罢。可惜你们的那绣鞋，别沾脏了。’他只顾上头和人说话，不防底下果跴滑了，咕咚一跤跌倒。众人拍手都哈哈的笑起来。贾母笑骂道：‘小蹄子们，还不搀起来，只站着笑。’说话时，刘姥姥已爬了起来，自己也笑了，说道：‘才说嘴就打了嘴。’”

“才说嘴就打了嘴”，一句方言，自嘲解围。

第五十四回中，贾母讲了一个笑话：十个媳妇倒有九个拙，唯有“喝了猴儿尿”的心巧嘴乖，公婆最疼爱。薛姨妈说：“笑话儿不在好歹，只要对景就发笑！”这笑话与凤姐对号，正是凤姐的性格表达。

同在第五十四回，人们一听善讲笑话的凤姐要讲笑话了，找姐唤妹，挤了一屋子。岂知她讲完聋子放炮仗的故事后，大家以为底下还有笑话便继续追问，凤姐儿将桌子一拍，说道：“好罗唆，到了第二日是十六日，年也完了，节也完了，我看着人忙着收东西还闹不清，那里还知道底下的事了。”众人听说，复又笑将起来。

这里的妙趣在于，不是笑话而是真话。因与大家期待的相反，出乎意料，听者预想与说者揭示相悖，形成幽默笑料。

7. 贯口趣笔

贯口趣笔，是从相声艺术中借鉴的一种表现形式。

贯口的“贯”字，即一贯到底。著名相声的段子《报菜名》，就含有大段的贯口。表演贯口，要求吐字清晰，语言流畅，情绪饱满，快而不乱，慢而不断，犹如银线穿珠，一溜地光亮。流利、畅快，有节奏感，形成幽默效应。

《红楼梦》多处出现贯口趣笔，皆以流利的口齿，罗列多种名物、辈分，如百药名、百花名、百菜名、盔甲赞等，诙谐幽默，表现人物特征，活跃场景气氛。

第五十四回，凤姐以讲笑话“数辈分”。凤姐儿想了一想，笑道：“一家子也是过正月半，合家赏灯吃酒，真真的热闹非常，祖婆婆、太婆婆、婆婆、媳妇、孙子媳妇、重孙子媳妇、亲孙子、侄孙子、重孙子、灰孙子、滴滴搭搭的孙子、孙女儿、外孙女儿、姨表孙女儿、姑表孙女儿，……嗳哟哟，真好热闹！”

在这里，从祖婆婆数到滴滴搭搭的孙子，再到姑表孙女儿，凤姐一口气说出了十五个辈次。

第二十七回，小红说“奶奶”。红玉道：“平姐姐说：我们奶奶问这里奶奶好。原是我们二爷不在家，虽然迟了两天，只管请奶奶放心。等五奶奶好些，我们奶奶还会了五奶奶来瞧奶奶呢。五奶奶前儿打发了人来说，舅奶奶带了信来了，问奶奶好，还要和这里的姑奶奶寻两丸延年神验万全丹。若有了，奶奶打发人来，只管送在我们奶奶这里。明儿有人去，就顺路给那边舅奶奶带去的。”

在这里，小红一口气说了十四个“奶奶”。

凤姐数辈分，意在形容人多。把这十五个辈次一口气说清楚，本身就十分逗了。小红所说的十四个奶奶，如绕口令一般，很有趣味。曹雪芹通过贯口趣笔，展示了凤姐、小红的伶牙俐齿，以及辩捷、强记、犀利的聪明智慧。同时，通过卖弄技巧，或逗笑，或显摆，丰富了情节，增强了小说的幽默感。

假作真时真亦假
——模糊的美学表达

《红楼梦》的模糊美学表达，突出表现在人物年龄的错位。这是一个十分有趣的问题。

这就印证了《红楼梦》第一回中的对联：假作真时真亦假，无为有处有还无。其意思是，把假当真，则真的便成了假的了；把没有的视为有的，有的也就成了没有的了。这副对联从一定程度上揭示了《红楼梦》的模糊艺术。

模糊表达是小说创作的一种手段。小说人物的塑造需要准确表达，但有的时候也需要模糊。模糊表达是暧昧的，同时也是具有弹性的。就《红楼梦》而言，人物年龄的准确性，不属于数学概念上的绝对准确，有时恰恰相反，它需要借助模糊思维、模糊概念，才能实现某种意义上的准确表达。它不是非此即彼，而是亦此亦彼；它不是非明即暗，而是若明若暗。它是一个流动的过渡空间，富有包容性、象征性和联想性。

准确与模糊，是一对矛盾的统一体。《红楼梦》中的一些主要人物，他们的年龄都存在自相矛盾的问题。宝玉、黛玉、宝钗等青少年，似乎一直都长不大，总停留在青少年时期。而贾母、老嬷嬷这些老妇人，年龄增长特快。一些十分清楚的实际年龄，却时常变得很模糊，忽大忽小，或停止不前，或突然老去。

曹雪芹试图通过青年男女年龄的不变，与老年妇人年龄的突变，形成反差，营造意境，留住时光，厚重历史，刻意打造一个"永远不长大"的青春王国，实现小说理想的深刻表达。

一、增长的是阅历，不变的是年龄，打造其乐融融的青春王国

大观园是贾府里的青春王国，是一片流淌着青春气息的乐土。曹雪芹所构筑的青春理想是：生活在青春王国的少男少女，无论是公子小姐，还是丫鬟婢女，他们的阅历在不断增长，年龄永远停留十三岁至十七岁，似乎永远长不大。他们在这里，结社赋诗，赏月作画，其乐融融。

考证大观园主要人物的年龄，不妨以贾宝玉的年龄（本身就忽大忽小）为参照点，进行参照和判断。宝玉投胎入世时，英莲年方三岁。林黛玉六岁进贾府，她小宝玉一岁。湘云小宝玉二岁，宝钗大宝玉一岁，薛蟠大宝玉三岁，探春小一二岁，惜春小三四岁，这就是最基本的年龄关系。

宝玉及迎春、探春、惜春、宝钗、黛玉、袭人等六位姑娘的年龄，在贾母八十大寿时，都应该超过了二十岁。然而，这些少男少女却一直没有长大，年龄是停止不前的、不确定的。他们增长的是阅历，不变的是年龄，意在打造一个永恒的青春王国。

1. 贾宝玉有多大?

第二回，宝玉降生。“说来更奇，一落胎胞，嘴里便衔下一块五彩晶莹的玉来，上面还有许多字迹，就取名叫作宝玉。”继而又写道：“说来又奇，如今长了七八岁，虽然淘气异常，但其聪明乖觉处，百个不及他一个。”

第三回，林黛玉进贾府。黛玉因陪笑道：“舅母说的，可是衔玉所生的这位哥哥？在家时亦曾听见母亲常说，这位哥哥比我大一岁，小名就唤宝玉，虽极憨顽，说在姊妹情中极好的。”黛玉六岁进贾府，比宝玉小一岁。宝玉这时的年龄应该是七岁。

同样在第三回，林黛玉初见宝玉。曹雪芹这样表述道:“(黛玉)心中想着，忽见丫鬟话未报完，已进来了一个年轻的公子。”这位被称作“年轻的公子”的贾宝玉，绝对不可能只有七岁吧?否则，怎么称他为“年轻的公子”呢?

第二十四回，宝玉见到贾芸，笑道:“你倒比先越发出挑了，倒像我的儿子。”贾琏笑道：“好不害臊！人家比你大四五岁呢，就替你作儿子了？”宝玉笑道：“你今年十几岁了？”贾芸道：“十八岁。”这时宝玉应该是十三四岁。

第二十五回，赵姨娘让马道婆作法，五个鬼附身致使贾宝玉和王熙凤患重病，后被癞头和尚与跛足道人用通灵宝玉医好。原文有这么一段：“贾政听说，便向宝玉项上取下那玉来递与他二人。那和尚接了过来，擎在掌上，长叹一声道：青埂峰一别，展眼已过十三载矣！”也就是说这一回中，宝玉仍然是十三岁。

第八十一回，因马道婆其他事败露，又重新提及旧事。宝玉走到贾母房中，贾母见他进来，便问道：“你前年那一次大病的时候，后来亏了一个疯和尚和个瘸道士治好了的。那会子病里，你觉得是怎么样？”前年贾宝玉十三岁，现在应该是十五岁了。

第一二〇回，贾政得知宝玉走失，只得从金陵忙往回赶。一日，船泊清净处，忽见宝玉向他倒身下拜。“只见舡头上来了两人，一僧一道，夹住宝玉说道：‘俗缘已毕，还不快走。’说着，三个人飘然登岸而去。”贾政叹道：“岂知宝玉是下凡历劫的，竟哄了老太太十九年！”可见，贾宝玉出家时，年仅十九岁。

从第二十四回，宝玉认贾芸为儿子，到第一一〇回，贾母八十三岁去世，时间跨度起码在十年以上。宝玉的年龄应该从十二三岁升到了二十三四岁。宝钗、黛玉的年龄和宝玉也只是相差上下一岁。然而，他们的年龄似乎都停止了。

2. 林黛玉有多大？

第二回，冷子兴眼里的林家：“今如海年已四十……今只有嫡妻贾氏，生得一女，乳名黛玉，年方五岁。夫妻无子，故爱如珍宝，且又见他聪明清秀，便也欲使他读书识得几个字，不过假充养子之意，聊解膝下荒凉之叹。”此话表明，黛玉当时五岁。

第二回继续写道，贾雨村在林家做家教，“堪堪又是一载的光阴，谁知女学生之母贾氏夫人一疾而终”。也就是说，贾雨村在林家家教将要满一年时，黛玉的母亲去世。不久，贾母派人来接黛玉进京。

林黛玉初进荣国府的时候应该是六七岁，与宝玉同住在贾母处，无忧无虑过了六七年。宝玉十四岁，黛玉十三岁。

第四十五回，黛玉对宝钗说道：“细细算来，我母亲去世的早，又无姊妹兄弟，我长了今年十五岁，竟没有一个人像你前日的话教导我。”这里应该是虚岁。

一般认为，林黛玉死时，十七岁。一年多后，宝玉出家，年为十九岁。

3. 薛宝钗有多大?

第四回，“寡母王氏乃现任京营节度使王子腾之妹……只有薛蟠一子。还有一女，比薛蟠小两岁，乳名宝钗，生得肌骨莹润，举止娴雅。”当时，薛宝钗应该是十三岁。

第二十二回，贾母要给宝钗庆生，凤姐和贾琏商量怎么办薛宝钗生日。贾琏说比照林妹妹的生日办就是，凤姐听了，冷笑道：“我难道连这个也不知道?我原也这么想定了。但昨儿听见老太太说，问起大家的年纪生日来，听见薛大妹妹今年十五岁，虽不是整生日，也算得将笄之年。老太太说要替他作生日。”

第二十八回，凤姐曾替宝玉辩护道：“宝兄弟不是撒谎，这倒是有的。上日薛大哥亲自和我来寻珍珠，我问他作什么，他说配药。”这里，凤姐称薛蟠为“薛大哥”。第六十六回，薛蟠曾对贾琏称凤姐为“舍表妹”。第六十三回：群芳开夜宴，掷骰吃酒。袭人抽到一支桃花，需同庚者陪一盏。众人笑道：“这一回热闹有趣。”“大家算来，香菱、晴雯、宝钗三人皆与他同庚，黛玉与他同辰，只无同姓者。”第六回：“袭人本是个聪明女子，年纪本又比宝玉大两岁。”

如此推算，薛蟠就比贾琏小一岁，比凤姐大一岁。凤姐自然比宝钗大一岁。薛宝钗比贾宝玉大两岁，比林黛玉大三岁。

4. 王熙凤有多大?

第二回，冷子兴闲话贾琏。“长名贾琏，今已二十来往了，亲上作亲,娶的就是政老爹夫人王氏之内侄女,今已娶了二年。”如此算来，贾琏二十岁，十八岁娶凤姐。凤姐小他两岁，嫁到贾府时十六岁。

第六回，刘姥姥初见王熙凤。刘姥姥因说：“这凤姑娘今年大还不过二十岁罢了，就这等有本事，当这样的家，可是难得的。”周瑞家的听了道：“我的姥姥，告诉不得你呢。这位凤姑娘年纪虽小，行事却比世人都大呢。”刘姥姥认定“凤姑娘今年大还不过二十岁罢了”，周瑞家的并未表示异议，可见大致不差。

第四十九回，大观园比先更热闹了许多。“李纨为首，余者迎春、探春、惜春、宝钗、黛玉、湘云、李纹、李绮、宝琴、邢岫烟，再添上凤姐儿和宝玉，一共十三个。叙起年庚，除李纨年纪最长，他十二个人皆不过十五六七岁，或有这三个同年，或有那五个共岁，或有这两个同月同日，那两个同刻同时，所差者大半是时刻月分而已。”

这时，凤姐的年龄竟然下降到了十五六七岁。曹雪芹既然已将李纨单独列出，何不也将凤姐单独列出？如是强调李纨年纪最长，凤姐不可与之并列，完全可以表述为“除李纨年纪最长，凤姐次之，余皆不过十五六七岁”亦未尝不可。

如果按照小说前文所写的时间来推算，凤姐此时已二十三四岁了。即使从第七回算起，至第四十九回众女儿齐聚大观园，这期间至少经过了贾敬生日、秦氏之丧、修建大观园、元妃省亲等事件，已经过去了三年，进入第四个年头。

凤姐的年龄明显错位表现在，她出嫁时是十六七岁，而过了七八年，还是十六七岁。

第一〇一回，临死前，凤姐冷笑道：“你那里知道，我是早已明白了。我也不久了。虽然活了二十五岁，人家没见的也见了，没吃的也吃了，也算全了。所有世上有的也都有了。气也算赌尽了,强也算争足了,就是寿字儿上头缺一点儿,也罢了。”

从第六回到第一〇一回，王熙凤只长了五岁。而从第三十九回到第八十八回，贾母则年长了十岁。

5. 贾元春有多大？

贾元春是十二钗中的重要人物。

第二回，元春的年龄只比宝玉大一岁。小说中写道，贾政的妻子王夫人“第二胎生了一位小姐，生在大年初一，这就奇了；不想后来又生一位公子”，显然，王夫人第二胎大年初一生的是元春，后来生的一位公子就是宝玉。《红楼梦》己卯、甲戌、甲辰本，都是“不想次年又生一位公子”，从戚序、舒序本才将“次年”改为“后来”，这样一改，尽管让元春与宝玉的年龄相差超过了一岁，但最多也就两三岁吧。

元春十六岁选妃进宫。进宫前，她一直辅导宝玉学习，所以姐弟情深，省亲时还专门传宝玉进见，并一把把宝玉拉进怀里。第十八回，“那宝玉未入学堂之先，三四岁时，已得贾妃手引口传，教授了几本书，数千字在腹内。其名分虽系姊弟，其情状有如母子。”如此说来，元春的年龄应比宝玉大得多。一个五六岁的姐姐，是不可能教三四岁的弟弟几本书和数千字的。

第八十六回，“前几年正月，外省荐了一个算命的，说是很准。那老太太叫人将元妃八字夹在丫头们八字里头，送出去叫他推算。他独说这正月初一日生日的那位姑娘只怕时辰错了，不然真是个贵人，也不能在这府中。”

也就是说，元妃生于“甲申年正月丙寅”。高鹗在第九十五回写道，是年甲寅年十二月十八日立春，元妃薨日是十二月十九日，已交卯年寅月，存年四十三岁。

元春省亲时，宝玉年龄约为十三岁。元春去世时为四十三岁，随后宝玉出家时是十九岁。这时的元春比宝玉大了二十四岁，显然不符合情理。第五回，判词中有一句“二十年来辨是非，榴花开处照宫闱”，说明元春在宫中生活约有二十多年。如果细算，元春大约比宝玉要大十岁，元春去世时应为三十一岁。

6. 袭人有多大?

袭人是宝玉的贴身大丫鬟。

第六回，袭人“年纪本又比宝玉大两岁”。然而，第十九回，袭人说她姨妹子：“如今十七岁，各样的嫁妆都齐备了，明年就出嫁。”照此看来，袭人最小也应十七岁。这时宝玉十三四岁，袭人则为十五六岁。这样，袭人反倒比表妹还小，显然错位了。

袭人原是贾母的丫鬟。而此前作为贾母的八大丫鬟之一，袭人的年龄应不会太小，否则不应属大丫鬟之列。假设袭人给宝玉的这年，以十六岁来算，到宝玉等人住大观园时，已经六年，袭人此时应二十二岁了。

第三十二回，袭人对湘云说：“你还记得十年前，咱们在西边暖阁住着，晚上你同我说的话儿？那会子不害臊，这会子怎么又害臊了？”这说明，“十年前”袭人曾服侍过湘云。第五十四回，贾母说：“他从小儿伏侍了我一场，又伏侍了云儿一场，末后给了一个魔王宝玉，亏他魔了这几年。”因此，从各回有关袭人的叙述中，可得出结论：十年前，袭人作为贾母的大丫鬟年龄只有十二岁，恐怕也还嫌小了些。在第三回中，黛玉进贾府时所带的十岁的小丫头雪雁，书中就写“贾母见雪雁甚小，一团孩气”，而袭人十二岁以前，就成为贾母的大丫鬟，似不合情理。综上所述，袭人服侍贾母时就是“十五六七岁”，服侍湘云、宝玉时也还是这个年龄，她的年龄似乎也是不变的，一直处于“十五六七岁”的阶段。

7. 晴雯有多大？

晴雯是宝玉的四大丫鬟之一。

晴雯最初出场是在第五回，宝玉在秦氏房中睡中觉，“只留袭人、媚人、晴雯、麝月四个丫鬟为伴”，晴雯即其中之一。说明此时，她已是宝玉的丫鬟。第七十七回，追溯晴雯的来历时说：“这晴雯当日系赖大家用银子买的，那时晴雯才得十岁，尚未留头。因常跟赖嬷嬷进来，贾母见他生得伶俐标致，十分喜爱。故此赖嬷嬷就孝敬了贾母使唤，后来所以到了宝玉房里。”若按第六十三回所说，晴雯是和香菱、袭人、宝钗同岁，那就是比宝玉大两岁，当年贾府买进来应该是十二岁。

第七十七回，晴雯抱屈而死。宝玉时年十六岁（或十五岁），晴雯则应为十八岁（或十七岁）。这一年龄应是合理的。但在第七十八回，宝玉在《芙蓉女儿诔》中写道：“窃思女儿自临浊世，迄今凡十有六载。”也就是说，晴雯死时仅十六岁，又与宝玉同岁了。显然与“香菱、晴雯、宝钗三人皆与他（袭人）同庚”相矛盾。

可见，晴雯从她第五回出场到第七十七回抱屈夭亡，似乎也是处在“十五六七岁”的年龄段未变。

二、增长的是年龄，不变的是世故，支撑与世抗争的老年天地

与大观园里的少男少女形成鲜明对比，贾府里的贾母及那

些照顾主子的老嬷嬷，却是光阴似箭。当大观园的青春停滞不前时，贾府的老妇很快就变成了“鱼眼睛”。贾母眨眼就年长了十年。还有宝玉的乳母李嬷嬷、黛玉的乳母王嬷嬷、贾琏的乳母赵嬷嬷等，一直处于老年状态，明显与乳母身份不符。她们增长的是年龄，不变的是世故，顽强地支撑着这片与世抗争的老年天地。

1. 老祖宗贾母有多大?

第三十九回，贾母与刘姥姥谈闲话。贾母道：“老亲家，你今年多大年纪了？”刘姥姥忙立身答道:“我今年七十五了。”贾母向众人道：“这么大年纪了，还这么健朗。比我大好几岁呢。我要到这么大年纪，还不知怎么动不得呢。”

根据这段对话，我们可以理解为，贾母这个时候应该是七十岁出头。因为贾母自己说刘姥姥比她大好几岁。如果是一或两岁，按照正常的说话习惯，会说大一岁或大两岁。既然贾母说比她大好几岁，至少是三岁或更多。

第四十七回，贾母有这样一段话作了印证：“我进了这门子作重孙子媳妇起，到如今我也有了重孙子媳妇了，连头带尾五十四年，凭着大惊大险千奇百怪的事，也经了些，从没经过这些事。”

到这时，贾母的年龄也就可以大致确定了。如果贾母十六岁嫁进贾府，那么贾母的年龄就七十岁了。古时，一般大户人家的小姐，由于门第观念、择婿慎重以及疼爱女儿等关系，有可能会稍微延后一两年，那么，以当时女子婚嫁的标准年龄“年方二八”也就是十六岁计算，贾母在十七八岁出嫁是比较可信的。

第七十一回，贾母庆生。“因今岁八月初三日乃贾母八旬之庆，又因亲友全来，恐筵宴排设不开，便早同贾赦及贾珍贾琏等商议，议定于七月二十八日起至八月初五日止荣宁两处齐开筵宴，宁国府中单请官客，荣国府中单请堂客，大观园中收拾出缀锦阁并嘉荫堂等几处大地方来作退居。”

考证第三十九回到第七十一回的故事情节，以及参照其他人物的年龄变化，似乎也就是两三年间的事，而贾母的年龄竟然一下子长了十岁之多。

第一一〇回，贾母归天。“王夫人宝钗上去轻轻扶着，邢夫人凤姐等便忙穿衣，地下婆子们已将床安设停当，铺了被褥，听见贾母喉间略一响动，脸变笑容，竟是去了，享年八十三岁。”

2. 宝玉的乳母有多大？

从小说的描写来看，宝玉的乳母李嬷嬷比周瑞家的、林之孝家的都要大。周瑞家的是王夫人的陪房，王夫人已快五十岁的人了，周瑞家的也不会比王夫人小多少，或者还大，所以周瑞家的也应在五十左右。如此，李嬷嬷至少也快六十了。从书中对李嬷嬷老态龙钟的描写来看，她的年龄似乎确实在六十开外。这与宝玉乳母的身份很不相称。即使以六十岁来算，宝玉出生时她已四十六了，这个年龄的乳母还有奶水吗？贾府为何要找这么大年龄的乳母？按常理，奶妈应该是二十多岁或三十岁左右的哺乳期妇女，四十多岁的女人只能做佣人。以贾府的地位、势力，要找这样的人是不难的。曹雪芹如此夸大宝玉乳母的年龄，显然是有意的。

乳母李嬷嬷的出场，表现出的都是昏聩、可厌的一面。第八回，李嬷嬷吃了宝玉的枫露茶，又拦阻宝玉喝酒，引起宝玉摔了茶杯，又要撵她。第十九回，李嬷嬷来到宝玉房中，骂宝玉的丫鬟们，又嫌宝玉的屋子脏，又问这问那，丫头们说她是“好一个讨厌的老货”。第二十回，李嬷嬷又在宝玉屋里排揎袭人，凤姐遇上并将她拉走后，连宝钗黛玉都拍手笑道：“亏这一阵风来，把个老婆子撮了去了。”老货、老婆子，是李嬷嬷三场“重头戏”给人的印象。

3. 黛玉的奶娘有多大?

第三回，黛玉进贾府。“贾母见雪雁甚小，一团孩气，王嬷嬷又极老，料黛玉皆不遂心省力的，便将自己身边的一个二等丫头，名唤鹦哥者给了黛玉。”但“极老”到底是多大年龄?曹雪芹并没有明确的交代，而是模糊处理的。所谓“极老”，即使在过去，也应是指六十岁左右的年纪，而黛玉当时不过六七岁，如果黛玉一岁时请奶妈，王嬷嬷进林家时应该是五十岁开外，进贾府时年近六十岁，说“极老”还勉强可以。问题是，林家干嘛要找一个五十多岁的老婆婆给女儿当奶妈?这么大年龄的老妇人能当奶妈?显然，将黛玉乳母王嬷嬷的“极老”与后文相联系来看，这是曹雪芹有意夸大了王嬷嬷的年龄，让她超越了实际年龄，让这帮老嬷嬷与大观园的少男少女形成一种鲜明的反差。

4. 贾琏乳母赵嬷嬷多大?

从小说的描写来看，贾琏的乳母赵嬷嬷的年龄至少也在五十岁出头，因为贾琏这时已二十五岁，凤姐又称赵嬷嬷的两个儿子为“奶哥哥”，可见赵嬷嬷的儿子都应比贾琏大。而赵嬷嬷自己也说“我也老了”，到了能够卖老的年龄，至少也应该是五十岁以上。

第十六回，当凤姐听到元妃将要省亲时，便笑道：“若果如此，我可也见个大世面了。可恨我小几岁年纪，若早生二三十年，如今这些老人家也不薄我没见世面了。”赵嬷嬷道：“嗳哟哟，那可是千载希逢的！那时候我才记事儿，咱们贾府正在姑苏扬州一带监造海舫，修理海塘，只预备接驾一次，把银子都花的淌海水似的！”如此算来，以三十年前来算，赵嬷嬷当时也有二十岁，显然不是“才记事儿”。才记事儿的年龄，一般是指在四五岁、五六岁左右，若赵嬷嬷三十年前“才记事儿”，则此时应该三十四五六岁，年长十岁，不可能成为贾琏的乳母。而且，凤姐说的“可恨我小几岁年纪”与“早生二三十年”也不相符。只有一种解释，就是在曹雪芹的笔下，这些奶娘都应该年长些甚至更年长些。一开口就是二三十年前的事，有见识，显老成。

据周汝昌先生说：“按早二三十年，正康熙屡次南巡时，甚合。”所以赵嬷嬷之说，与历史事件也是一个印证。这正是作者将自己的人生阅历剪裁、选用于小说的表现，是符合创作规律的。同时表达了作者刻意让贾府嬷嬷老龄化的创作意图。

三、凸显青春主题，打压衰老，营造“不愿长大”的文学意境

《红楼梦》是青少年的故事，大观园是青春的王国。《红楼梦》小说人物的年龄错位，绝不是曹雪芹的粗心大意，而是作者的有意为之，是一种模糊艺术表达。据考证，曹雪芹十五岁时，曹家被抄，从此走向败落。曹家的富庶、繁华与美好似乎都定格在了曹雪芹十五岁的时光里。

在美丽的大观园里，一帮永远长不大的孩子，在老妇人的呵护下，无忧无虑，快乐生活。曹雪芹认为，十五岁左右的年龄，是人生最美好的季节。由此，他采用乾坤大挪移的手法，让青少年似乎不长，让老年人快快长。贾宝玉、林黛玉、薛宝钗永远停留在十三、十四、十五岁，而贾母突然间从七十岁到了八十岁。通过年龄错位的模糊表达，凸显青春主题，打压落后与衰老，刻意营造一个“不愿长大”的文学意境，让美好的时光永恒。

1. 表达“不愿长大”的青春理想

《红楼梦》是一部青春小说。小说的主人翁，主要是一帮青春少年。曹雪芹在这百万字的青春小说中，需要有一群长时间内活跃在贾府的少男少女,以表达青春王国的小说主题思想，实现作者构筑的青春理想的意愿。由此，作者刻意在小说人物的年龄上故意采取了模糊手法，年龄错位，岁月混淆。由于小说内容精彩合理，令读者并没有感到什么不妥。这正是作者手

法的高明之处。

小说的主要情节从林黛玉六岁离别扬州的家，来到荣国府投奔外祖母贾老夫人开始；从第十八回到第五十三回，基本上是写贾宝玉十二岁到十三岁、林黛玉十一岁到十二岁、薛宝钗十四岁到十五岁这一年里的故事。其实，故事的发展远远突破了一年的时限，然而这帮小孩的年龄就停滞在这一年里。这个年龄段的青春文字，占据全本《红楼梦》的三分之一。

毫无疑问，曹雪芹对于小说人物的年龄是有着统一构思的。小说人物的年龄错位，是作者采取了“为我所用”的创作态度，根据小说故事的发展，服务所要表达的主题思想，人物年龄或停滞、或长大、或变小。

《红楼梦》中的少男少女年龄，被曹雪芹有意限定在“十三至十七岁”之间，宝玉、宝钗、黛玉、湘云、迎春、探春、惜春等不用说，其他如宝琴、岫烟、李纹、李绮等也都是这一年龄段的。即使一些次要人物也是如此，如莺儿是十六岁，柳五儿是十六岁，小红是十六七岁，夏金桂是十七岁。雪雁随黛玉来时是十岁，过了六年，也恰是十六岁。这一年龄段，作为女子，正是人生最美好的黄金时代，也是作者十分向往和留恋的。

曹雪芹认为，随着年龄的增长，受社会浸染的时间越长，人的本真也就越容易迷失。第五十九回，怨不得宝玉说：“女孩儿未出嫁，是颗无价之宝珠；出了嫁，不知怎么就变出许多的不好的毛病来，虽是颗珠子，却没有光彩宝色，是颗死珠了；再老了，更变的不是珠子，竟是鱼眼睛了。”

由此，回答了曹雪芹为什么要将他笔下的女子大都限定在“十五六七岁”的这个问题。而且凤姐也被划入“十五六七岁”

的范畴，正是因为凤姐和宝钗一样，也是属于那种童心依旧的人。

留住青春，珍爱青春，如此鲜明地表达了《红楼梦》的深刻主题。

2. 营造“不愿长大”的文学意境

打造理想的青春王国，留住青春，彰显青春，就不能让小说里的少男少女长大，这是营造小说文学意境的需要。

正是因为如此，曹雪芹要表现他的青春理想，就不能让笔下少女们的年龄超出这一特定的范围。于是，他只能在创作中有意回避人物的年龄问题。在那个时代，在贾府这样的大户人家，如果人物年龄太大，贾宝玉便失去了“在内帏厮混”的资格。如果年龄太小，便不可能说出许多富含人生哲理的话来，更不可能谈情说爱。

正如大多数红学家所公认的，假如大观园男女的年龄太大，他们就不可能生活在一个园内，就不可能无忧无虑地结社吟诗。因而也就不会有“寿怡红群芳开夜宴”“芦雪庵争联即景诗”等美好的场面了。如果将他们的年龄写得再小一些呢？如十岁左右，就成为童话故事，自然就失去了青春王国的活力和张力。

贾府的少男少女们，每天都在茁壮成长，然而他们似乎永远都长不大。这正是曹雪芹追求的文学意境。这不仅对贾府里的千金小姐们来说如此，即使对丫鬟们来说，如袭人、晴雯等，也是长不大的。如果让她们都迅速长大了，就失去了鲜花盛开的浪漫，也失去了打造青春王国的载体。

第七十回，林之孝开了一个人名单子来，共有八个二十五岁的单身小厮应该娶妻成家，等里面有该放的丫头们好求指配。小厮们到二十五岁为限，丫鬟们很可能只到二十一二岁，就该指配给人了。这说明，贾府里有着严格的年龄限制，丫鬟们到时必须走人的。由此，曹雪芹只能制造人物年龄的混乱，不能让少男少女长大，可谓用心良苦。

3. 形成“老妇该老”的年龄比对

青春，是与老年相对而言。打造青春王国，必须要有与之相对应的老年人群，以对比、衬托和彰显青春的活力。譬如说，宝玉的顽皮、长者对宝玉的溺爱，大都是通过宝黛自幼滚在贾母、王夫人的怀里，“耳鬓厮磨”的亲昵来表现的。贾母、王夫人以及众多老嬷嬷妇人的存在，为衬托少男少女的青春生活、嬉戏场面提供了对比和载体。

贾母是贾府的最高权威者，称之为老祖宗。她是贾府的象征，也是“一言九鼎”的最高权威。为了建立贾母至高无上的权威，年老见识广是最基本的条件。人世三年间，贾母的年龄竟然从七十岁出头，到了八十岁高寿。如此夸张的年龄表现，显然不是简单的逻辑错误，而是作者“老妇该老”创作意图的体现。

4. “重写意轻写实”的手法支撑

曹雪芹作为一个浪漫主义作家，他采取的是“遗形取神”的创作手法。诸如时间、地点、人物年龄等，都不是写实而重在写意，只取其事体情理罢了。显然，这种“重写意轻写实”之法，是在为青春王国表达提供写作支撑。

由于作者重在写意，自然无须去刻求形式上的完美，正如中国绘画重神似而不重形似一样。作者在这里抓的是“意”，而不是“形”，所以不在意将人物的年龄算得十分精准。根据故事的发展，需要人物年龄大的时候就大，需要小的时候就小。曹雪芹对于人物年龄问题采取的重写意而轻写实态度，是其创作思想的体现。在这里，时间观念被模糊了，仅仅留下遥远的印象。回忆中的往事，往往是以模糊状态存在的。

从另一个方面来看，“重写意轻写实”的表现手法，也顺应了神话故事的任意表达。《红楼梦》的神话故事，是人物形象的重要来源和基因传承。神话中的主人公，常常是人间奇迹的创造者。既然《红楼梦》人物传承着神话基因，其年龄忽大忽小，变与不变，都是很正常的事情。一帮自西天下凡的青春男女，沐浴阳光雨露，想长大就长大，不想长大就停下，这很符合神话中的传说表达，也很符合神话创作的艺术规律。

可卿春困

李纨守节

宝琴立雪

韵托良桐

后记

我的红学体验

一

初次见到《红楼梦》，那年我还不到 10 岁。

文化大革命开始了，停课闹革命。抄家、破四旧，闹得乱哄哄的。我年龄太小，造反派不要我，我就跟着他们屁股后面看热闹。

这天，造反派撞开了学校图书室的门，把柜子里的书全部搬到操场上焚烧。我挤在人群里，蹲下身子，顺手摸了一本厚书，揣进了怀里，悄悄地回了家。

这本书为《红楼梦》第一册（全四册）。人民文学出版社 1964 年版，繁体竖排，图文并茂。记忆中，书中插图是程十发先生所绘。

读小学时，正逢推广简体字。老师教简体字时，还要教繁体字，我认识了很多繁体字。读繁体版的《红楼梦》，让我很有成就感。

当老师的母亲，是不让我读旧书的。再说，在那个时代，读写爱情的书，让我很害羞。书里的好多字都不认识，诗、词、赋和典故也很多，许多意思读不明白。我像做贼一样，偷偷摸摸地读着，隔三差五读几页，读得很慢。

不久，父亲的工作变动了，我们家要搬到县城去。早上搬行李时，我记得把书藏在了棉被里包着。坐了一天的小木船，晚上到新家后，打开棉被一看，书竟然不见了。书怎么会不翼而飞呢？我不敢问，感觉很窝火。至今，仍然是一个谜。

二

1982 年春，一个偶然的原因，我与著名红学家吴世昌先生有过一次通信。有趣的是，那时我还没有读完《红楼梦》，竟然与吴先生在信中讨论起了宝黛爱情。

当时，我在焦枝铁路线上的紫荆岭机务段党委办公室当宣传干事。一天，我翻阅《工人日报》，发现有篇报道竟然表扬某工人从事第二职业。这是现行政策不允许的。我们机务段有个职工，就是因为下班后摆摊修理自行车，受到了行政处分。我担心报纸造成误导，便给报社写了一封信，要求予以更正。可是没有消息。

一次，我参加党报通讯员学习班，得知著名汉学家、红学家吴世昌先生经常给《人民日报》的文章挑错。于是，我冒昧地给吴老写了一封信，指出《工人日报》的稿件错误，要求先生评理。为了与吴老套近乎，我特意谈了一些我对《红楼梦》

的批判观点。譬如说，小说中的宝黛爱情，实际上是在倡导贪图享受的生活方式等等。很快，我收到了回信。吴老在信中写道：你对红学的认识，有一定的代表性。鲁迅先生早就说过，因读者的眼光种种，就有不同的《红楼梦》。希望你多读几遍《红楼梦》，过好语言关。另外，依照政策规定，《工人日报》的报道值得商榷，请直接与报社联系……

不久，我考上了苏州铁道师范学院。牢记吴老的叮嘱，读书计划中，有一项就是通读三遍《红楼梦》。1986 年夏天，我大学毕业，拿着 18 门功课全部优秀的成绩单准备向吴老汇报时，却传来了他老人家与世长辞的噩耗。我连夜写了一篇散文，题目是《大学者与小学生》，记述了我与吴先生的交往，表达了我的思念之情。文章刊发在当年 10 月 26 日《经济日报》文化副刊的头条位置。

三

2009 年，我调任铁道部机关新职。来北京后，我租住在南菜园的一个居民楼里，与大观园只有十分钟的路程。每逢周末、节假日，我都会去大观园散步，坐在亭台楼阁里读书。

这是一座再现《红楼梦》景观的仿古园林，原址为明清两代皇家菜园。1984 年拍摄电视剧《红楼梦》时，经红学家、古建筑家、园林学家和清史专家共同商定，按《红楼梦》中的描述，采用中国古典园林建筑的传统技法，建造了这座大观园。

我熟悉了大观园里的每一处建筑，甚至每一棵树、每一块石头。流连于此，我时常幻想红楼梦里的往日岁月，追寻富有青春气息的往日故事……

我还特意去过香山脚下的曹雪芹纪念馆。这是一排坐北朝南的清式平房，依山傍水，草木葱绿，相传是曹雪芹晚年居住和写作的地方。这里有曹雪芹当年居住的小屋，有写作《红楼梦》的书斋，以及《红楼梦》所描述的实物、仿制品等。

雪芹晚年家境极为贫苦。相传这年大年初一，朋友鄂比赠给他一副对联：远富近贫，以礼相交天下少；疏亲慢友，因财而散世间多。鄂比以对联的形式，对曹雪芹不趋炎附势、不攀高厌低的高尚品德，予以了高度评价。

1971 年，有人在香山老屋的西壁上发现了一些题壁诗，其中一首与传说中的鄂比赠曹雪芹的对联基本一致。由此，一些红学者考证认为,香山老屋是曹雪芹晚年生活和写作的地方。

寻觅如此，让人肃然起敬。

四

2017 年 5 月，我从工作岗位上退下来。

静下心来，我决定重读《红楼梦》。这次不仅仅是读，而是听、看、读，三管齐下，不亦乐乎。

清晨走步锻炼时，戴上耳塞听红学专家谈《红楼梦》，如王蒙、刘心武、蒋勋、马瑞芳、张世君等红学家的讲座，时间两小时左右。

早餐后，阅读《红楼梦》原著。包括两个版本，一个是人民文学出版社的 1981 版《红楼梦》；一个是东方出版社的 2006 年版《脂砚斋全评石头记》。阅读时间四小时。

午休后，看《红楼梦》87 版电视剧。与原著对照思考。

不难看出，我设计的这套立体式的阅读方式，有一种狂轰滥炸的架势和力量。

直到这时，我还没有研究红学的想法。只是想用执着顽强的精神，完成一件学习任务。

阅读中，我有了一个意外发现，就是《红楼梦》人物年龄关系十分混乱。我依据小说故事的发展脉络，对十几个主要人物的年龄进行了标注，结果全都是错位的，少则几岁，多则十几岁。

于是，我写了一篇文章《论〈红楼梦〉人物年龄的错位表达》。

文章投给《中国铁路文艺》后，执行主编杨天祥很兴奋地打来电话，你能不能写成系列，我们刊物给你开一个“品《红楼梦》随笔”栏目。

我犹豫了。品味《红楼梦》，我行吗？

五

一次，我与外文出版社胡开敏总编聊天。

我在外文出版社出过一些书，社长、总编都很高看我。我也很看重外文出版社的图书品位和格调。

我试探地问胡总：我想研究《红楼梦》，写一些品味红学的文章，您会有兴趣吗？

胡总问：你准备从哪个方面切入？

我说：想研究探讨《红楼梦》的写作艺术，给当今的中学生、大学生一些写作借鉴。

胡总笑了：嗯。这个有点意思。

我说：怎么讲？

胡总说：从写作学角度系统地研究《红楼梦》，这是一个很好的创意。以前有过这类研究，但都是零散的、不成体系。一些红学爱好者，热衷于小说故事探究和人物猎奇，失去了原著精神，研究面窄，社会意义也不大。

我问：您也喜欢《红楼梦》吧？

胡总笑了：是很喜欢。我北京大学中文系毕业后，就分配到了中国艺术研究院红楼梦研究所，在那里工作了八年。王蒙、刘心武的第一篇红学论文，都是我上门约的稿。由于工作关系，我与许多红学家都有交往，自然是约知一二啊。

我十分惊奇：啊，您可是真人不露相啊，我拜您为师了。

胡总说：您客气啦。说好了，这本书算我约稿了。

既然有红学家的认可，我信心大增，立即动手，开始了这一浩大的探究工程。

六

这天，我来到北京昌平朋友家喝茶。朋友很讲究喝茶，很懂茶道。

我向他请教一个常识性问题："绿茶需要放在冰箱里保存吗？"

朋友回答道："这要看你的需求。譬如说吃豆腐，你想吃新鲜的，自然要放在冰箱里保鲜。你想吃豆腐干，就要放在通风口晾着。若想吃臭豆腐，那就要让它上霉发酵。”

朋友的一席话，让我回味了好久。

我想，读书也是同理，也要讲究需求。为啥读这本书，而不读那本书？你需要从书中获得什么？这是方法问题，也是方向问题。特别是研读一本书，更应该有着明确的方向。

品味《红楼梦》，一旦方向确定，眼前的天地立刻开朗起来。

徜徉于红学迷宫，穿花度柳，曲径通幽，眼花缭乱，美不胜收。动词的活用、形容词的美学、双关语的暗示，还有道具的妙用、幽默的魅力……

《红楼梦》开篇说道：都云作者痴，谁解其中味？品味《红楼梦》，重在一个“味”字：味道、趣味与意味。品《红楼梦》随笔连载后，我不断收到读者、朋友的来信来电，给予了许多鼓励。当然，更多的是探讨交流。

我以为，《红楼梦》的最大成就是其文学性。人皆称红楼百读不厌，常读常新。何以如此呢？只能归结为曹雪芹写得好！即写作艺术之美。曹雪芹的写作奥妙何在？

作为红学爱好者，一个热爱写作、希望从古典名著里得到教益的人，若是从《红楼梦》的写作之美入手，独辟蹊径，系列探究，也许不失为一种明智的选择。

七

我在大学中文系学习时，讲授现代汉语课的是鲁启华老师。她上世纪 50 年代末考入北京大学中文系，师从著名语言学家王力、朱德熙、林焘、高名凯等。这些都是中国现代语言学的奠基人，泰斗式人物。

到底是受益名师真传，鲁老师精通古代汉语、现代汉语，上课讲语法，讲修辞，旁征博引，侃侃而谈。同学们听得津津有味，趣味倍至。我是现代汉语课代表，自然是兴趣浓厚，乐此不疲。

1985 年初夏的一天，鲁老师对我说，王力先生来苏州开会了，明天是最后一天，我带你去见见老先生吧。我一夜难眠，引颈以待。然而，鲁老师次日突然有事，没能兑现安排。次年，王力先生与世长辞。我遗憾终身。

《〈红楼梦〉写作之美》书稿完成后，我想请鲁老师审定把关。老师已是 78 岁高龄，我有些犹豫。我试探着给老师打电话，她高兴地说："没问题，赶紧把书稿寄过来吧。"老师收到书稿后，立刻电话热线不断。她每发现一个问题，都会及时与我探讨。有些拿不准的，她就通过电话与当年的同学、同事交流，让我感动不已，受益匪浅。

老师不顾暑天炎热，夜以继日，在很短的时间里，就完成了书稿的审校。我向老师表达感激之情，老师笑了："这是我应该做的，看来我还有点用。"

八

《红楼梦》开篇说：曹雪芹于悼红轩中披阅十载，增删五次，纂成目录，分出章回，则题曰《金陵十二钗》。

全书最后写道：又不知过了几世几劫，果然有个悼红轩，见那曹雪芹先生正在那里翻阅历来的古史。

悼红轩在哪里？就是香山脚下的曹雪芹故居吗？已无从考证。大多数红学家认为，悼红轩是虚构的，根本就不存在。既然如此，曹雪芹最后的日子会在哪里？虚构的悼红轩与真实的曹雪芹渊源何在？

诚然，文学离不开虚构。

我以为，《红楼梦》的故事，既是“梦境”与“幻境”的交织，又是为情、为文、为理的追梦，两者既同曲相和，又各有妙音。这“幻中有真”的审美意境，本就是一种生活的真实与存在。

《红楼梦》是一场文学大梦。它起于梦，结于梦；表面写梦，实际并非写梦。这正是文学的魅力所在。

追梦而行，我的红学体验一直在路上。

2019 年 8 月 26 日于北京

2020 年秋修订于北京